LE MASQUE
Collection de romans d'aventures
créée par
ALBERT PIGASSE

Mr BROWN

Agatha Christie

MR BROWN

Traduction nouvelle d'Albine Vigroux

Librairie des Champs-Élysées

Ce roman a paru sous le titre original :

THE SECRET ADVERSARY

PROLOGUE

Il était 14 heures en ce tragique 7 mai 1915. Le *Lusitania*, touché coup sur coup par deux torpilles, sombrait rapidement. Des canots étaient mis à la mer, tandis que les femmes et les enfants, en longues files, attendaient leur tour de quitter le navire. Désespérément on se cramponnait à son mari, à son père, on étreignait ses enfants.

Seule, une jeune fille se tenait à l'écart. Elle n'avait pas dix-huit ans. Elle ne manifestait aucune peur. Ferme face au danger, l'œil sombre, elle regardait droit devant elle.

— Excusez-moi...

Une voix derrière elle la fit se retourner. Elle avait déjà remarqué cet homme parmi les passagers de première classe. Il planait autour de lui une sorte de mystère qui avait éveillé sa curiosité. Il ne parlait jamais à personne et si d'aventure quelqu'un lui adressait la parole, il s'empressait de couper court à la conversation. Il avait aussi une curieuse façon de jeter des regards soupçonneux tout autour de lui.

À cette minute, il paraissait encore plus agité que d'habitude. Son front ruisselait de sueur. De toute évidence, il était sous le coup d'une peur incontrôlée, et pourtant, il n'avait rien d'un homme que la mort effraie.

— Oui?

Sans ciller, elle l'interrogea du regard tandis qu'il restait planté devant elle, indécis, comme désespéré.

— Il faut que je me décide, murmura-t-il entre ses dents. Oui... oui, c'est la seule solution. (Puis à haute voix :) Vous êtes américaine ?

— Oui.

— Et vous aimez votre pays ?

La jeune fille rougit :

— Je ne vois pas de quel droit vous me posez une telle question. Bien sûr que j'aime mon pays !

— Ne le prenez pas mal. Si vous saviez ce qui est en jeu... Il faut que je fasse confiance à quelqu'un... et il est indispensable que ce soit une femme.

— Pourquoi ?

— Parce que « les femmes et les enfants d'abord »... (Il regarda autour de lui et baissa la voix :) J'ai sur moi des documents... des documents d'un intérêt capital. Ils peuvent modifier le cours de l'histoire pour les Alliés. Comprenez-vous ? Ces documents *doivent* être sauvés. Ils auront plus de chances de l'être avec vous qu'avec moi. Acceptez-vous de les prendre ?

La jeune fille tendit la main.

— Attendez..., il faut que je vous prévienne. Si j'ai été suivi, vous serez en danger. Je ne le pense pas, mais on ne sait jamais. Avez-vous le courage de risquer le tout pour le tout ?

La jeune fille sourit :

— Ne vous inquiétez pas. Je m'en tirerai. Je suis très fière que vous m'ayez choisie. Mais après, qu'est-ce qu'il faudra que je fasse ?

— Lisez le journal ; je prendrai contact avec vous en faisant passer dans le *Times* une petite annonce qui commencera ainsi « Compagnon de voyage désire renouer contact avec... ». Si au bout de trois jours, vous n'avez pas de mes nouvelles, eh bien... c'est que j'aurai eu de sérieux ennuis. Alors vous porterez ce paquet à l'ambassade des États-Unis. Et vous le remettrez à l'ambassadeur en mains propres. C'est clair ?

— Très clair.

— Alors à vous de jouer. Nous allons nous quitter, maintenant. (Et, lui prenant la main :) Au revoir ! Et bonne chance ! ajouta-t-il en haussant la voix.

La jeune fille se retrouva avec un paquet enveloppé de toile cirée dans la main.

Le *Lusitania* donnait de plus en plus de la bande. Le commandant de bord lança un ordre et la jeune fille embarqua sur un canot de sauvetage.

1

« LES JEUNES AVENTURIERS, S.A »

— Tommy, mon petit vieux !

— Tuppence, ma vieille branche !

Les deux jeunes gens se jetèrent dans les bras l'un de l'autre, bloquant ainsi momentanément la sortie de métro à Dover Street. Les qualificatifs « vieux » et « vieille » n'étaient guère du genre bien choisi... À eux deux, Tommy et Tuppence ne devaient pas totaliser plus de quarante-cinq ans.

— Ça fait des siècles que je ne t'ai pas vue ! s'exclama le jeune homme. Où est-ce que tu cours comme ça ? Si nous allions prendre une tasse de thé ? D'ailleurs, nous provoquons un embouteillage et les gens commencent à nous regarder de travers. Viens !

La jeune fille acquiesça et tous deux dévalèrent Dover Street en direction de Piccadilly.

— Où veux-tu aller ? demanda Tommy.

Miss Prudence Cowley, surnommée Tuppence par ses intimes pour d'obscures raisons, décela comme une légère inquiétude dans la voix de son compagnon. Aussitôt, elle déclara :

— Tommy, tu es fauché !

— Pas du tout, répondit Tommy sans conviction. Je roule sur l'or.

— Tu as toujours été un sale menteur, riposta Tuppence en affectant un ton sévère. Tu te souviens du jour où tu as fait croire à l'infirmière en chef que le médecin t'avait prescrit de la bière pour te remonter mais qu'il avait oublié de le marquer sur ton ordonnance ?

Tommy éclata de rire :

— Tu penses, si je m'en souviens ! La colère qu'elle a piquée quand elle a découvert le pot aux roses ! Pourtant, ce n'était pas un mauvais cheval, cette brave miss Greenbank ! L'hôpital n'était pas mal non plus, d'ailleurs. Au fait, tu as été démobilisée comme tout le monde ?

— Oui, fit Tuppence. Toi aussi ?

— Depuis deux mois.

— Et ta prime de démobilisation ?

— Partie en fumée...

— Tommy, voyons !

— Non, ma vieille, je ne me suis pas roulé dans la débauche. Loin de là ! De nos jours, le coût de la vie, les petites dépenses quotidiennes, je t'assure, tu n'es peut-être pas au courant, mais...

— Mon cher enfant, il n'y a rien que je ne connaisse aussi bien que le coût de la vie ! Tiens, nous voici devant le *Lyon's* ; allons-y et chacun payera sa part, d'accord ?

Et, sans attendre de réponse, elle s'engagea dans l'escalier.

Le salon de thé était plein à craquer et ils se mirent à la recherche d'une table, captant çà et là des bribes de conversation :

— Non, mais vous vous rendez compte ! elle s'est effondrée quand je lui ai annoncé que je ne pourrais pas lui céder mon appartement.

— Une affaire en or, ma chérie, un tailleur comme celui que Mabel Lewis s'est rapporté de Paris !

— Qu'est-ce qu'on n'entend pas ! murmura Tommy. Tout à l'heure, dans la rue, j'ai croisé deux individus qui parlaient d'une fille, une certaine Jane Finn. Drôle de nom, tu ne trouves pas ?

À cet instant précis, deux femmes d'un certain âge se levèrent et ramassèrent leurs paquets. Tuppence se précipita pour s'installer à leur table.

Tommy commanda du thé et des *buns*, Tuppence du thé et des toasts.

— Et deux théières ! précisa Tuppence d'un ton ferme.

Tommy s'assit en face d'elle. Il arborait une somptueuse tignasse rousse, soigneusement plaquée en arrière. Son visage, banal, d'une laideur sympathique, était celui de tout gentleman et de tout sportif qui se respecte. Il portait un costume marron, de bonne coupe, mais qui avait connu des jours meilleurs.

Tuppence, qu'on ne pouvait qualifier de jolie, ne manquait ni de charme ni de caractère, avec ses traits fins, son menton volontaire et ses grands yeux gris très clairs sous des sourcils foncés. Une petite toque d'un vert vif tranchait sur sa chevelure brune et bouclée ; sa jupe quelque peu élimée découvrait des chevilles d'une rare finesse. De toute évidence, Tuppence faisait l'impossible pour paraître élégante.

Un couple résolument moderne que ces deux jeunes gens attablés chez *Lyon's*.

On apporta le thé et Tuppence, s'arrachant à sa méditation, fit le service.

— Et maintenant, déclara Tommy, en mordant avec un bel appétit dans son *bun*, si nous nous racontions un peu nos vies ! Nous ne nous sommes plus revus depuis l'hôpital, et c'était en 1916...

— Allons-y ! approuva Tuppence en croquant dans un des toasts qu'elle venait de beurrer généreusement. Biographie succincte de miss Prudence Cowley — Tuppence pour ses amis et connaissances —, cinquième fille du pasteur Cowley, de Little Missendell, Suffolk.

»Au début de la guerre, miss Cowley quitte les

délices — et les corvées domestiques — du foyer paternel. Elle se rend à Londres où elle prend du service dans un hôpital militaire. Premier mois : vaisselle — six cent quarante-huit assiettes par jour. Second mois : grâce à une promotion inespérée, essuyage des assiettes en question. Troisième mois, encore une promotion : à l'épluchage des pommes de terre. Quatrième mois : coupe le pain et beurre les tartines. Cinquième mois : grimpe d'un étage, est promue fille de salle, armée d'un seau et d'un balai. Sixième mois : promue au service des repas. Septième mois : son physique agréable et ses bonnes manières lui valent l'honneur suprême de servir les infirmières elles-mêmes ! Huitième mois : incident de parcours. La surveillante Bond ingurgite l'œuf de la surveillante Westhaven. J'en prends pour mon grade ! La fille de salle est décrétée coupable ! Une faute d'inattention dans une affaire de cette importance ne saurait être trop sévèrement punie. Retour au seau et au balai ! Plus dure sera — ou plutôt fut — la chute ! Neuvième mois : de nouveau promue au balayage des salles, je tombe sur un ami d'enfance, le lieutenant Thomas Beresford (redresse-toi Tommy !), que je n'avais pas vu depuis cinq ans. Retrouvailles émouvantes ! Dixième mois : surprise par la surveillante en chef au cinéma, en compagnie d'un blessé de l'hôpital, le susmentionné lieutenant Thomas Beresford, je reçois un blâme. Les onzième et douzième mois, je recommence à servir à table avec brio si bien qu'à la fin de l'année, je quitte l'hôpital auréolée de gloire.

»Après toutes ces aventures, la brillante miss Cowley conduit une camionnette de livraison puis un camion avant de devenir le chauffeur d'un général, ce qui, à tout prendre, est plus agréable. Il faut dire que le général en question est fort jeune...

— Qu'est-ce que c'était que ce type ? demanda Tommy. Je trouve ça écœurant, la manière dont les officiers d'état-major se sont fait conduire pendant toute la guerre du ministère de la Guerre au *Savoy* et du *Savoy* au ministère de la Guerre !

— Je ne sais plus, j'ai oublié son nom, avoua Tuppence. Bref, c'était l'apogée de ma carrière. Ensuite, je suis entrée dans je ne sais plus quel ministère. Nous y avons vécu de grands moments : des thés mondains inoubliables. Puis j'ai été successivement travailleuse à la terre, postière et conductrice de bus — hélas ! l'Armistice est venu mettre un terme à cette ascension sociale. Je me suis cramponnée à mon poste comme un naufragé à une épave, mais ils ont fini par réussir à me flanquer dehors. Et depuis, je cherche du boulot. Bon, maintenant... c'est ton tour.

— De mon côté, c'est encore moins brillant, répondit Tommy d'un ton lugubre, et beaucoup moins varié. Tu te souviens qu'on m'avait envoyé en France. De là, on m'a expédié en Égypte où j'ai été blessé une seconde fois — et à nouveau bon pour l'hôpital.

»J'ai donc été bloqué là-bas jusqu'à l'Armistice ; j'y ai traîné mes guêtres et, comme je te l'ai déjà dit, j'ai fini par être démobilisé. Depuis, et cela fait maintenant dix longs mois, je me suis tué à chercher du travail ; mais il n'y a pas de travail — et s'il y en avait, on ne me le confierait pas. Je suis bon à quoi ? Qu'est-ce que je connais aux affaires ? Rien !

— Et les colonies ?

— Je n'aimerais pas les colonies ; et je suis certain qu'elles me le rendraient bien.

— Aucun parent fortuné ?

Tommy secoua la tête.

— Même pas une grand-tante ?

— J'ai un vieil oncle qui roule plus ou moins sur l'or, mais c'est sans espoir.

— Pourquoi ?

— Quand j'étais gosse, il a voulu m'adopter. Je l'ai envoyé paître.

— J'en ai entendu parler, dit Tuppence, d'un air songeur. Tu as refusé à cause de ta mère, non?

— Si, ça n'aurait pas été chic vis-à-vis de maman, confirma Tommy en rougissant. Comme tu le sais, elle n'avait que moi. Le cher homme la détestait — il voulait me séparer d'elle à tout prix. Par pure méchanceté !

— Ta mère est morte, non? demanda doucement Tuppence.

Tommy acquiesça. Quant aux beaux yeux gris de Tuppence, ils se firent brumeux :

— Tu es un type bien, Tommy. Je l'ai toujours su.

— Foutaises ! Tu vois où j'en suis ? Ma situation est quasi désespérée.

— Et la mienne donc ! J'ai tenu aussi longtemps que possible. J'ai joué toutes mes cartes. J'ai répondu à toutes les petites annonces. J'ai tout essayé : je me suis serré la ceinture, j'ai rogné sur tout, j'ai tiré le diable par la queue. Rien à faire : il va falloir que je retourne à la maison.

— Et cela ne te dit rien?

— Bien sûr que non ! Inutile de faire du sentiment. Papa est un amour et je l'adore, mais tu ne peux savoir à quel point je le scandalise ! Il vit encore en pleine ère victorienne, pour lui, porter des jupes courtes ou fumer, c'est immoral. Tu vois quelle croix je représente pour lui.

»Il a été bien soulagé quand la guerre l'a débarrassé de moi. Tu comprends, nous sommes sept à la maison. C'est horrible ! le ménage, les ventes de charité... j'ai toujours été le vilain petit canard de la famille et je n'ai aucune envie de retourner là-bas. Mais Tommy, franchement, qu'est-ce que je peux faire d'autre?

Tommy secoua tristement la tête. Il y eut un silence. Et soudain Tuppence éclata :

— L'argent ! l'argent, toujours l'argent ! J'y pense

vingt-quatre heures sur vingt-quatre. J'ai l'air pingre et intéressée, mais je n'y peux rien !

— J'en suis au même point, gémit Tommy.

— J'ai pensé à tous les moyens imaginables de se procurer de l'argent, poursuivit Tuppence. C'est bien simple : il n'en existe que trois : faire un héritage, se marier, ou en gagner. Le premier, n'en parlons pas : je n'ai pas de parents vieux et riches. Tout ce que ma famille compte de vieillards survit dans des maisons pour gâteux. J'aide toujours les vieilles dames à traverser la rue, je ramasse les paquets des vieux messieurs dans l'espoir de rencontrer des millionnaires excentriques. Mais aucun d'entre eux ne m'a jamais demandé mon nom et la plupart du temps ils ne me disent même pas merci.

Il y eut un nouveau silence.

— Bien sûr, reprit Tuppence, le mariage représente ma meilleure chance. Toute petite, j'avais déjà décidé de décrocher le gros lot. C'est le cas de toutes les filles sensées ! Parce que je ne suis pas romantique pour deux sous. À ton avis, je suis romantique ?

— Certainement pas, répondit précipitamment Tommy. Qui aurait l'idée de t'associer à une quelconque idée de sentiment !

— Ça, ce n'est pas très aimable. Mais il faut bien avouer que tu as raison. Quoi qu'il en soit, je suis prête à tout, mais je ne rencontre jamais d'hommes riches. Tous ceux que je connais sont aussi fauchés que moi.

— Et le général ? demanda Tommy.

— En temps de paix, je parie qu'il tient un magasin de vélos. Non, rien à faire. Mais *toi*, pourquoi n'épouserais-tu pas une fille riche ?

— Pour la même raison que toi : je n'en connais pas.

— Et alors ? Tu peux toujours en rencontrer une. Moi, si je vois un homme en pelisse de fourrure sortir du *Ritz*, je ne peux décemment pas l'aborder et lui dire : Mon vieux, vous m'avez l'air plein aux as. Si nous faisions connaissance ?

— Es-tu en train de suggérer que c'est ce que je devrais faire avec une jeune fille bien sapée ?

— Ne sois pas stupide. Tu lui marches sur le pied, tu lui ramasses son mouchoir, quelque chose dans ce goût-là. Si elle pense que tu as envie de faire sa connaissance, elle sera flattée, et elle te facilitera la manœuvre.

— Je crois que tu surestimes mes talents de séducteur, murmura Tommy.

— Décidément, le mariage est bourré de difficultés. Gagner de l'argent, il n'y a pas d'autre solution.

— Nous avons déjà essayé, et ça n'a pas marché, rappela Tommy.

— C'est vrai, mais par des moyens orthodoxes. Si nous cherchions maintenant des moyens hétérodoxes ? Oh ! Tommy, si nous devenions des aventuriers ?

— Pourquoi pas ? acquiesça joyeusement Tommy. Par quel bout commençons-nous ?

— Tout le problème est là ; faisons-nous connaître et quelqu'un nous engagera peut-être pour commettre un crime à sa place.

— C'est charmant, commenta Tommy. Et dire que tu es une fille de pasteur !

— Il serait responsable. Pas nous. Reconnais qu'il y a une différence entre voler un collier de diamants pour son compte et le voler pour le compte d'un tiers.

— Si nous étions pris en flagrant délit, je te garantis que ça ne ferait pas la moindre différence !

— Peut-être. Mais on ne m'attraperait pas. Je suis bien trop intelligente.

— La modestie a toujours été ton péché mignon.

— Trêve de plaisanteries ! Bon, Tommy, tu es d'accord, on s'associe ?

— On fonde une société de vols de bijoux ?

— Ce n'était qu'un exemple. Créons — voyons — je ne sais plus comment les comptables appellent ça...

— Je ne sais pas, je n'ai jamais tenu de comptabilité !

— Moi si ; j'ai d'ailleurs toujours tout confondu : je mettais les crédits dans la colonne des débits et vice versa, si bien qu'ils ont fini par me renvoyer... Ah oui ! je me souviens, une « société en participation ». Au milieu de colonnes de chiffres rébarbatifs, ça m'a paru une expression parfaitement romantique. Elle a un petit parfum élisabéthain, qui évoque pour moi des galions et des doublons. Une société en participation !

— Nous l'appellerions « Les Jeunes Aventuriers S.A. », c'est bien ton idée, Tuppence ?

— Tu peux toujours rire. Moi, je pense qu'il y a là une idée à creuser.

— Et comment envisages-tu d'entrer en contact avec nos hypothétiques employeurs ?

— Par petites annonces, répondit Tuppence sans hésiter. Tu as un papier et un crayon ? Aussi vrai que toutes les femmes ont dans leur sac un poudrier et du rouge à lèvres, les hommes ont toujours de quoi écrire.

Tommy exhuma un vieux carnet vert et Tuppence se mit à écrire fébrilement.

— Nous pourrions commencer comme ça : « Jeune officier, deux fois blessé au front... »

— Certainement pas.

— Bien, bien, mon cher. Sache pourtant que ce genre de précision peut toucher le cœur d'une vieille fille. Elle serait capable de t'adopter et tu n'aurais même pas besoin de devenir un jeune aventurier.

— Je n'ai aucune envie d'être adopté.

— J'oubliais ton parti pris contre l'adoption. Je te taquinais, c'est tout. Mais les journaux sont bourrés de ce genre d'annonces. Enfin, écoute-moi, que penses-tu de ceci ? « Deux jeunes aventuriers, prêts à tout, n'importe où, contre rémunération substantielle. » Autant être très clairs là-dessus dès le départ... Nous pourrions ajouter : « Aucune proposition raisonnable ne sera écartée. » Comme pour les appartements.

— Dans ce cas, toutes les propositions que nous allons recevoir seront « déraisonnables » !

— Tommy, tu es génial ! Voilà qui est encore beaucoup plus chic : « Aucune proposition — même déraisonnable — ne sera écartée, mais forte prime exigée. »

— Moi, je ne parlerais pas deux fois d'argent ; ça fait intéressé.

— Moins que je ne le suis en réalité ! Mais tu as peut-être raison. Je te relis l'ensemble : « Deux jeunes aventuriers, prêts à tout, n'importe où, contre rémunération substantielle. Aucune proposition — même déraisonnable — ne sera écartée. » Quelle serait ta réaction si tu lisais cette annonce dans un journal ?

— Je penserais soit à un canular, soit à une histoire de fou.

— En tout cas, c'est beaucoup moins idiot que ce que j'ai lu ce matin et qui commençait par : « Pétunia » et c'était signé : « le meilleur des hommes. »

Elle arracha la feuille et la tendit à Tommy :

— Tiens, le *Times* fera l'affaire. Réponse : B.P. numéro tant. Ça nous coûtera pas loin de cinq shillings. En voici la moitié.

Tommy contemplait la feuille d'un air songeur. Son visage s'empourpra :

— Si on essayait vraiment ? demanda-t-il enfin. Si on essayait, Tuppence ? Rien que pour nous amuser.

— Tommy, tu es merveilleux ! J'étais sûre que tu marcherais ! Buvons à nos succès.

Elle versa quelques gouttes de thé froid dans les tasses.

— À notre association... longue vie et prospérité !

— Aux « Jeunes Aventuriers Associés S.A.R.L. », enchaîna Tommy.

Ils reposèrent leurs tasses, avec un petit rire gêné.

— Je dois regagner ma somptueuse suite au Foyer de Jeunes Filles, dit Tuppence en se levant.

— C'est aussi l'heure que je retourne au *Ritz*, ajouta Tommy en grimaçant un sourire. Quand et où nous revoyons-nous ?

— Demain, à midi. À la sortie du métro Piccadilly, ça te convient ?

— Mon temps n'appartient qu'à moi, répondit Tommy, grand seigneur.

— Alors, à demain !

— Salut !

Les jeunes gens se séparèrent.

Le Foyer de Tuppence était situé dans un quartier charitablement baptisé « Belgravia Sud ». Par souci d'économie, la jeune fille ne prit pas le bus. Elle traversait St. James's Park quand elle entendit une voix d'homme dans son dos.

— Excusez-moi. Pourrais-je vous dire deux mots ?

2

L'OFFRE DE MR WHITTINGTON

Tuppence se retourna brusquement, mais les mots moururent sur ses lèvres car l'allure et les manières de l'inconnu ne justifiaient pas ses craintes. Elle hésita. Comme s'il avait deviné sa pensée, l'inconnu s'empressa d'ajouter :

— Ne craignez rien, je n'ai aucune intention déshonnête.

Il paraissait sincère et Tuppence était toute prête à penser qu'il ne cherchait pas à l'importuner comme elle l'avait tout d'abord cru. Cependant, d'instinct, elle le jugea louche et antipathique. Grand, rasé de près, l'inconnu avait une mâchoire lourde, de petits yeux fourbes et un regard fuyant.

— Eh bien, que voulez-vous ? demanda-t-elle après l'avoir ainsi dévisagé.

— J'ai entendu une partie de votre conversation avec ce jeune homme, au *Lyon's*, répondit l'homme en souriant.

— Bon, et alors ?

— Alors, je pense pouvoir vous aider.

— Et vous m'avez suivie jusqu'ici ?

— Oui, j'ai pris cette liberté !

— Et de quelle manière pensez-vous pouvoir m'aider ?

Sortant une carte de sa poche, l'inconnu la lui tendit en s'inclinant. Elle était ainsi libellée : « Mr Edward Whittington, Verreries de l'Esthonie & Cie. » Suivait l'adresse du bureau de la City.

— Si vous vous présentez demain matin, à 11 heures, reprit l'homme, je vous détaillerai ma proposition.

— À 11 heures ? demanda Tuppence, avec un peu d'hésitation. (Puis se décidant :) Très bien, j'y serai.

— Je vous en remercie. Bonsoir !

Whittington salua la jeune fille d'un grand coup de chapeau et s'éloigna. Pendant quelques secondes, Tuppence le suivit du regard, puis elle s'ébroua curieusement, comme un jeune chien qui sort de l'eau.

« Les aventures ont commencé, se dit-elle. Qu'est-ce qu'il veut que je fasse ? Ça, je me le demande ! Il y a en vous, Mr Whittington, quelque chose que je n'aime pas. Mais d'un autre côté, vous ne me faites pas peur du tout. Tuppence, ma fille, ce n'est ni la première fois ni la dernière fois que tu le dis : tu n'as besoin de l'aide de personne ! »

Comme pour souligner cette assertion, la jeune fille hocha la tête puis elle s'éloigna d'un pas alerte. Cependant, elle fit un crochet par le bureau de poste et là, un formulaire de télégramme à la main, réfléchit quelques instants. La perspective de dépenser cinq shillings peut-être pour rien la décida à agir et elle prit le parti de ne miser que neuf pences.

Dédaignant le stylo usé et empâté que l'État mettait généreusement à sa disposition, Tuppence extirpa de son sac celui de Tommy qu'elle s'était approprié au passage et écrivit d'une traite : « Ne passe pas l'annonce. Je t'expliquerai demain. » Elle adressa le message à Tommy, au club qu'il devrait quitter à la fin du mois à moins qu'un miracle ne lui permette de payer sa cotisation. « Ça lui parviendra peut-être. En tout cas, ça vaut la peine d'essayer. »

Ayant remis le pli au guichet, elle se hâta de rentrer après avoir acheté pour trois pences de *buns* frais à la boulangerie.

Elle passa la soirée dans sa minuscule chambre sous les toits, à grignoter ses *buns* tout en réfléchissant à l'avenir. Quel genre de société pouvait bien être les « Verreries de l'Esthonie & Cie » et quel besoin pouvait-elle bien avoir de ses services ? Tuppence se sentait délicieusement excitée ; en tout cas, le presbytère campagnard était de nouveau relégué à l'arrière-plan de ses préoccupations et le lendemain s'annonçait plein de promesses.

Tuppence eut du mal à s'endormir et quand elle finit par sombrer dans le sommeil, ce fut pour rêver que Mr Whittington l'avait recrutée pour laver une pile de Verreries de l'Esthonie qui ressemblaient à s'y méprendre... aux assiettes de l'hôpital.

À 11 heures moins cinq, Tuppence était devant l'immeuble qui abritait les « Verreries de l'Esthonie &

Cie ». Se présenter avant l'heure, c'était montrer trop d'impatience ; aussi décida-t-elle de faire les cent pas sur le trottoir. À 11 heures précises, elle s'engouffra dans l'entrée de l'immeuble. Les locaux des « Verreries de l'Esthonie & Cie » étaient situés au dernier étage. Bien qu'il y eût un ascenseur, Tuppence décida de monter à pied.

Un peu essoufflée, elle s'arrêta quelques instants devant une porte vitrée où l'on pouvait lire : « Les Verreries de l'Esthonie & Cie. »

Elle frappa. « Entrez », lui répondit une voix. Elle poussa la porte et pénétra dans un bureau d'une propreté douteuse. Un employé entre deux âges était perché sur un tabouret, devant une table près de la fenêtre. Il vint à sa rencontre, l'air interrogateur.

— J'ai rendez-vous avec Mr Whittington, déclara Tuppence.

— Si vous voulez bien me suivre, dit l'employé en se dirigeant vers une porte marquée « Privé ».

Il frappa, ouvrit et s'effaça pour laisser passer la jeune fille.

Whittington était assis derrière un immense bureau couvert de papiers. Tout de suite, Tuppence éprouva la même impression que la première fois. Quelque chose la gênait chez cet homme. Cette apparente prospérité alliée à un regard fuyant n'avait rien pour plaire.

Il leva les yeux et eut un hochement de tête approbateur.

— Ainsi vous vous êtes décidée à venir ? Parfait, asseyez-vous, je vous en prie.

Tuppence prit place en face de lui. Ce matin-là, elle paraissait plus petite et plus réservée que d'habitude, les yeux modestement baissés, tandis que Whittington triait des documents dans un grand bruissement de papiers. Finalement, il les mit de côté et planta les coudes sur le bureau :

— Et maintenant, jeune fille, parlons affaires. (Un

large sourire éclaira son visage.) Vous cherchez du travail ? Bon, j'ai quelque chose à vous proposer. Que diriez-vous de cent livres d'acompte tout de suite, tous frais payés ?

Whittington se renversa dans son fauteuil et glissa ses pouces dans les emmanchures de son gilet.

Tuppence le regarda d'un air circonspect :

— Et de quel travail s'agit-il ?

— Fictif, purement fictif ; un voyage d'agrément, sans plus.

— Où ça ?

— À Paris, répondit Mr Whittington avec un sourire.

— Oh !

Tuppence était perplexe. Dans son for intérieur, elle pensait : « Si papa entendait ça, il aurait une attaque... et pourtant, je n'arrive pas à imaginer ce Whittington dans le rôle du joyeux séducteur. »

— Oui, poursuivit Whittington. Franchement, quoi de plus charmant ? Remonter le temps de quelques années — oh ! très peu — j'en suis sûr — et retourner dans un de ces exquis « pensionnats de jeunes filles » tels qu'il en existe à Paris.

— Un pensionnat ?

— Oui, celui de Mme Colombier, avenue de Neuilly.

Tuppence connaissait de nom cet établissement, le plus chic de tout Paris. Plusieurs de ses amies américaines l'avaient fréquenté. De plus en plus intriguée, elle demanda :

— Vous voulez que j'aille chez Mme Colombier ? Et pendant combien de temps ?

— Je ne sais pas encore. Disons, trois mois.

— C'est tout ? Y a-t-il d'autres conditions ?

— Aucune. Naturellement, vous serez considérée là-bas comme ma pupille et vous n'entretiendrez aucune relation avec vos amis. Pendant toute cette période, j'exige de vous la plus grande discrétion. À propos, vous êtes anglaise, n'est-ce pas ?

— Oui.

— Alors comment se fait-il que vous vous exprimiez avec une pointe d'accent américain ?

— À l'hôpital, ma meilleure camarade était américaine. C'est d'elle que je tiens mon accent. Mais je peux m'en débarrasser rapidement.

— Au contraire ! Ce sera plus simple pour vous de passer pour une Américaine. Vous n'aurez pas à vous expliquer sur votre vie en Angleterre. Oui... à la réflexion, ce sera mieux ainsi. D'ailleurs...

— Un instant, Mr Whittington. Vous faites comme s'il allait de soi que j'avais accepté.

— Vous ne pensez tout de même pas refuser mon offre ! s'exclama Whittington au comble de la surprise. Vous savez bien que le pensionnat de Mme Colombier est le plus chic et le mieux pensant qui soit. De surcroît, les conditions sont très avantageuses.

— C'est vrai, et c'est là que le bât blesse ; ces conditions sont beaucoup trop avantageuses, Mr Whittington. Je ne vois pas pour quelles raisons vous m'engagez à un tarif aussi élevé.

— Vous ne comprenez pas ? Eh bien, je vais vous l'expliquer, poursuivit Whittington avec douceur. Bien sûr, je pourrais prendre quelqu'un d'autre qui me coûterait bien moins cher. Mais je préfère payer le prix fort pour une jeune fille intelligente, dotée d'assez de présence d'esprit pour bien jouer son rôle et suffisamment discrète aussi pour ne pas me poser trop de questions.

Tuppence esquissa un sourire. Whittington venait de marquer un point.

— Autre chose. Jusqu'à présent, il n'a pas été question de Mr Beresford. Quel rôle aura-t-il à jouer ?

— Mr Beresford ?

— Mon associé, précisa Tuppence très sérieusement. Vous nous avez vus ensemble hier.

— Ah oui ! À vrai dire, nous n'aurons pas besoin de lui.

— Alors, n'en parlons plus, dit Tuppence en se levant. C'est lui et moi ou personne. Je suis désolée, mais c'est comme ça. Au revoir, Mr Whittington.

— Attendez ! Essayons de trouver une solution ! Asseyez-vous, miss...

Visiblement il attendait qu'elle se présente. À la pensée de son respectable père, Tuppence éprouva un remords de conscience. Aussi lança-t-elle le premier nom qui lui passa par la tête. À peine avait-elle répondu « Jane Finn » qu'elle resta bouche bée, interloquée par l'effet que produisit ce nom. Le visage de Mr Whittington avait perdu son expression aimable. Rouge de colère, les veines du front saillantes, au comble de l'incrédulité, il se pencha et siffla d'une voix furieuse :

— Alors c'est donc cela votre petit jeu ?

Tuppence, stupéfaite, réussit à garder son calme. Si elle n'avait pas la moindre idée de ce que pouvait bien signifier ce nom, elle était assez futée pour comprendre qu'il était indispensable qu'elle donne le change.

— Et pendant tout ce temps, vous avez joué au chat et à la souris avec moi ? Vous saviez ce que j'attendais de vous, mais vous avez continué votre petite comédie ? C'est bien cela, n'est-ce pas ?

Peu à peu Whittington se maîtrisa et son visage reprit une couleur normale :

— Qui a bavardé ? Rita ? demanda-t-il sans la quitter des yeux.

Tuppence avait beau ignorer combien de temps elle pourrait encore faire illusion, elle sentait bien qu'il ne fallait pas mêler à l'affaire cette Rita dont elle ignorait tout.

— Non, répondit-elle, parfaitement sincère. Rita ignore jusqu'à mon existence.

Whittington n'en continua pas moins de la dévisager de son regard perçant.

— Que savez-vous au juste ? lança-t-il.

— Peu de chose en vérité.

Tuppence nota avec plaisir que l'embarras de Whittington, loin de se dissiper, ne cessait de croître. Si elle s'était vantée d'en connaître davantage, il aurait eu des doutes.

— En tout cas, grommela-t-il, vous en savez suffisamment pour être venue jusqu'ici me jeter ce nom à la tête.

— Et si c'était le mien ? hasarda Tuppence.

— Comme s'il était vraisemblable que deux filles portent ce même nom !

— Mais j'aurais pu tomber dessus par hasard, poursuivit Tuppence, grisée par les résultats que lui valait sa franchise.

Whittington frappa un grand coup de poing sur son bureau.

— Arrêtez de dire des sottises ! Que savez-vous ? Combien voulez-vous ?

Cette dernière question impressionna d'autant plus favorablement Tuppence qu'elle s'était contentée de dîner de quelques *buns* et le matin même d'un maigre petit déjeuner. Le rôle qu'elle avait à jouer désormais était celui d'une aventurière et non plus d'un personnage dans une aventure quelconque. Les possibilités n'en étaient pas moins intéressantes. Elle se redressa et arbora le sourire de quelqu'un qui maîtrise parfaitement la situation :

— Cher Mr Whittington, jouons cartes sur table et, je vous en prie, ne vous mettez plus en colère. Hier vous m'avez entendue : je disais que j'avais l'intention de me lancer dans l'aventure. Je viens de vous prouver que j'en suis capable. C'est vrai que j'ai connaissance d'un certain nom mais il est possible que je n'en sache pas davantage.

— Peut-être bien que oui, peut-être bien que non.

— Décidément, vous me jugez mal, murmura Tuppence avec un soupir.

— Je vous l'ai déjà dit, arrêtez vos entourloupes et parlons affaires. Ne faites pas l'innocente. Vous en savez beaucoup plus que vous ne voulez bien le dire.

Assez satisfaite de la façon dont elle avait conduit la conversation, Tuppence continua d'une voix égale :

— Je m'en voudrais de vous contredire, Mr Whittington.

— Bon, nous en venons à la question habituelle : combien voulez-vous ?

Tuppence était perplexe. Jusque-là, elle avait brillamment dupé Whittington. Mais si elle exigeait de lui une somme trop importante, ne risquait-elle pas de lui mettre la puce à l'oreille ? Elle eut la présence d'esprit de répondre :

— Disons, une petite avance tout de suite, et nous reparlerons du reste plus tard.

— C'est du chantage ?

Whittington jeta un regard sombre à Tuppence qui s'empressa de rectifier avec un sourire angélique :

— Oh, non ! il s'agit plutôt d'une avance pour les services que je vais vous rendre. Voyez-vous, je ne suis pas une femme d'argent !

— Eh bien, vous au moins, vous n'avez pas froid aux yeux ! marmonna Whittington qui ne voulait pas paraître trop admiratif. Vous m'avez eu jusqu'au trognon. Et moi qui pensais que vous n'étiez qu'une petite gamine juste assez maligne pour exécuter mes plans !

— Que voulez-vous ! La vie nous réserve bien des surprises, commenta Tuppence d'un ton moralisateur.

— Quelqu'un a parlé. Et ça n'est pas Rita. Entrez !

L'employé entra et déposa une feuille sur la table de son patron.

— Un message téléphonique pour vous, monsieur.

Whittington le parcourut, soucieux.

— Parfait, Brown, vous pouvez disposer.

L'employé sortit en prenant soin de refermer la porte derrière lui.

Whittington se tourna vers Tuppence :

— Revenez demain, à la même heure. J'ai à faire maintenant. Voilà cinquante livres pour commencer, ajouta-t-il en sortant quelques billets de son portefeuille et en les jetant sur le bureau.

Puis il se leva, visiblement impatient de la voir s'en aller.

En vraie femme d'affaires, elle compta les billets, les rangea soigneusement dans son sac et se leva.

— Bonne journée, Mr Whittington ! ou plutôt, *au revoir*, dit-elle en français.

— C'est cela, *au revoir*.

Whittington était redevenu presque aimable, ce qui ne laissa pas d'inquiéter Tuppence :

— *Au revoir*, chère et brillante jeune personne !

Elle s'élança dans l'escalier, folle de joie. Il était midi moins 5 à l'horloge du quartier. « Et si je faisais une surprise à Tommy ? » songea-t-elle, et elle s'empressa de héler un taxi.

Tommy, qui attendait devant la bouche du métro, ouvrit de grands yeux et aida Tuppence à descendre de voiture. Elle lui sourit avec tendresse et, d'une voix légèrement affectée, laissa tomber :

— Paye la course, veux-tu, mon vieux ? Je n'ai rien de plus petit qu'un billet de cinq livres.

3

REVERS DE FORTUNE

L'instant ne fut pas aussi glorieux qu'il eût été souhaitable. D'abord parce que les ressources de Tommy étaient quelque peu limitées — il ne parvint que péniblement à réunir le montant de la course, complété par une vulgaire pièce de deux pence retrouvée par la demoiselle. Ensuite parce que le chauffeur, la main remplie de piécettes, ne se résignait pas à partir, occupé qu'il était à demander au jeune homme s'il avait pensé au pourboire.

— Je crois que tu lui as donné trop d'argent et qu'il veut t'en rendre, déclara innocemment Tuppence.

Ce fut sans doute cette remarque qui incita le chauffeur à démarrer.

Enfin libre de laisser libre cours à son étonnement, Tommy s'exclama :

— Pourquoi diable as-tu pris un taxi ?

— Je craignais d'être en retard et de te faire attendre.

— Quoi ! Tu-craignais-d'être-en-retard ! Non mais je rêve !

— Tu sais, minauda Tuppence en jouant de la prunelle, c'est la stricte vérité : je n'avais rien de plus petit qu'un billet de cinq livres...

— Tu as bien joué ton rôle, ma vieille, mais le chauffeur n'y a pas cru un instant.

— Non, constata Tuppence, il ne m'a pas crue. C'est drôle, quand on dit la vérité, personne ne vous croit. J'ai découvert ça ce matin. Et maintenant, si nous allions déjeuner ? Que dirais-tu du *Savoy* ?

— Pourquoi pas le *Ritz* ?

— Finalement, j'aime mieux le *Piccadilly* ; c'est plus près. Et nous n'aurons pas besoin d'un autre taxi. Alors, tu viens ?

— C'est une nouvelle lubie ou tu as le cerveau dérangé ?
— Ta dernière hypothèse est la bonne. La fortune a fondu sur moi et je n'ai pas supporté le choc. Pour ce genre de trouble, un éminent médecin recommande des hors-d'œuvre à volonté, du homard à l'américaine, un poulet en cocotte et une pêche Melba. Allons-y !
— Tuppence, ma vieille, qu'est-ce qui t'est arrivé ?
— Oh, esprit sceptique ! (D'un geste brusque, Tuppence ouvrit son sac.) Regarde ! Mais regarde donc !
— Allons, mon chou, cesse donc de brandir tous ces billets d'une livre !
— Ce ne sont pas des billets d'une livre, mais de cinq livres, de dix livres !
— J'ai dû boire et je ne m'en souviens plus ! Tuppence, je rêve ou est-ce que tu es vraiment en train d'agiter dangereusement une liasse de billets de cinq livres ?
— Tu ne rêves pas, ô mon prince. Et maintenant si nous allions déjeuner ?
— J'irai où tu voudras. Mais qu'as-tu fait ? Tu as dévalisé une banque ?
— Chaque chose en son temps. Piccadilly Circus est un endroit d'une laideur ! Tiens, voilà un énorme bus. Il ne manquerait plus que cela pour qu'il réduise nos billets à néant.
— Et si nous allions au grill ? demanda Tommy lorsqu'ils eurent traversé la rue sans encombres.
— Le restaurant est plus cher, objecta Tuppence.
— Mais c'est de la folie pure ! Allons donc au grill !
— Crois-tu que je trouverai là tout ce dont j'ai envie ?
— Ce menu incroyablement malsain dont tu

parlais à l'instant ? Bien sûr que oui, ou en tout cas tout ce que tu seras capable d'avaler...

Et comme ils s'attablaient devant les nombreux hors-d'œuvre rêvés par Tuppence, Tommy, incapable de contenir plus longtemps sa curiosité, la pria de tout lui raconter par le menu.

— Et le plus curieux de l'histoire, conclut-elle, c'est que j'ai vraiment inventé ce nom de Jane Finn ! Je ne voulais pas donner le mien par égard pour mon pauvre papa, au cas où j'aurais été mêlée à une affaire louche.

— C'est ce que tu crois, dit Tommy en pesant ses mots. Mais en réalité, tu ne l'as pas inventé.

— Comment ?

— Eh oui ! C'est moi qui t'en ai parlé. Tu ne te souviens pas ? Hier, je t'ai dit que j'avais entendu deux individus qui parlaient d'une certaine Jane Finn. Voilà pourquoi ce nom t'est venu spontanément à l'esprit.

— Tu as raison, je m'en souviens maintenant. C'est extraordinaire. (Tuppence demeura silencieuse un instant, puis, elle s'exclama :) Tommy, comment étaient les deux hommes que tu as croisés ?

Tommy fronça les sourcils dans un effort de réflexion :

— L'un des deux était grand, fort, rasé de près et brun, il me semble.

— C'est lui ! s'écria Tuppence d'une voix aiguë, c'est Whittington ! Et l'autre, comment était-il ?

— Je ne m'en souviens pas. Je n'ai pas fait attention à lui. C'est ce nom, inhabituel chez nous, qui m'a frappé.

— Quand on dit que les coïncidences n'existent pas, murmura Tuppence en s'attaquant joyeusement à sa pêche Melba.

Mais Tommy paraissait préoccupé :

— Sérieusement ma vieille, à quoi tout cela va-t-il nous conduire ?

— À de l'argent.

— Ça, je sais. Tu n'as que cette idée en tête. Mais qu'est-ce qui va se passer maintenant ? Comment vas-tu faire pour continuer à mener ce Whittington en bateau ?

— Là, tu me poses une vraie colle.

Tuppence reposa sa petite cuillère sur la table.

— Tu ne pourras pas le bluffer éternellement. Tôt ou tard, tu commettras une gaffe. En plus, c'est punissable par la loi. C'est du chantage, tu sais.

— Tu dis des âneries, Tommy. Faire du chantage, c'est menacer de faire des révélations à moins qu'on ne vous donne de l'argent. Dans mon cas, je ne peux rien dire, parce que je ne sais rien.

— Bon, mais qu'allons-nous faire ? Ce matin, Whittington était pressé de te voir partir, mais la prochaine fois, il voudra en savoir un peu plus avant de te donner de l'argent. Il cherchera à découvrir ce que tu sais, où tu l'as appris et une foule d'autres détails encore. Autant de questions auxquelles tu seras bien incapable de répondre. Alors qu'est-ce que tu feras ?

— Réfléchissons ! Tommy, commande un café noir pour stimuler notre cerveau. Mon Dieu ! Je crois que j'ai trop mangé !

— Dis plutôt que tu t'es goinfrée ! Je n'ai pas jeûné non plus, mais je peux me vanter d'avoir choisi mon menu plus judicieusement que toi. Garçon ! Deux cafés ! Un noir et un crème.

Tuppence se mit à siroter son café d'un air inspiré et fit signe à Tommy de se taire :

— Attends, je réfléchis !

— Je me tais, ô grandissime cerveau ! se contenta de dire Tommy.

— Voilà !... je tiens mon plan ! Il est clair que nous devons tout faire pour en savoir plus long sur cette histoire. Ne te moque pas de moi, poursuivit Tuppence comme Tommy applaudissait. Nous ne pourrons avancer que grâce à Whittington. Nous devons découvrir où il habite et ce qu'il fait. Bref, nous devons l'espionner ! Maintenant qu'il me connaît, je ne peux plus m'en charger. Mais toi, il t'a seulement aperçu un instant au *Lyon's*. Il est probable qu'il ne te reconnaîtra pas. D'ailleurs, qu'est-ce qui ressemble plus à un jeune homme qu'un autre jeune homme ?

— Je m'inscris en faux. Je suis certain que mon physique agréable et ma distinction naturelle font de moi un garçon inoubliable.

— Voici mon plan, continua Tuppence sans se démonter. Demain, j'irai seule chez lui. Je lui donnerai le change tout comme aujourd'hui. Tant pis si cette fois je n'obtiens pas d'argent. Cinquante livres devraient nous permettre de tenir deux ou trois jours.

— Ou même davantage !

— Tu resteras dehors. Quand je sortirai, je ne t'adresserai pas la parole, pour le cas où il m'observerait. Mais je me posterai à proximité de l'immeuble et, quand il sortira, j'agiterai un mouchoir et tu te mettras en route.

— En route pour où ?

— Pour le suivre, nigaud ! Que penses-tu de mon idée ?

— C'est le genre de choses qu'on lit dans les romans. Dans la réalité, quelqu'un qui reste planté dans la rue, sans rien faire, a toujours l'air idiot. Les gens vont se demander ce que je fais.

— Pas dans la City. Tout le monde est pressé. Les gens ne te remarqueront même pas.

— C'est la seconde fois que tu me fais une réflexion de ce genre. Passons ! Je te pardonne ! De toute façon, ce sera une expérience amusante. Et cet après-midi, que fais-tu ?

— Eh bien, j'ai pensé à des chapeaux, ou peut-être

à des bas de soie, ou peut-être encore..., murmura Tuppence, songeuse.

— Attention, sermonna Tommy. Cinquante livres ne nous mèneront pas bien loin. Mais offrons-nous toujours un dîner et un spectacle.

— Pourquoi pas ?

La journée se déroula agréablement. Il en alla de même pour la soirée. Deux livres sur cinq s'étaient à jamais volatilisées.

Ils se retrouvèrent le lendemain, et se rendirent dans la City. Tuppence pénétra dans l'immeuble tandis que Tommy restait sur le trottoir d'en face.

Tommy gagna à petits pas l'extrémité de la rue, puis revint en sens inverse. Comme il arrivait à la hauteur de l'immeuble, Tuppence lui fonça dessus.

— Tommy !

— Qu'est-ce qu'il y a ?

— C'est fermé. Personne ne répond.

— Étrange...

— Monte avec moi. Nous allons réessayer.

Comme ils parvenaient au troisième étage, un jeune employé sortit d'un bureau. Il hésita puis, s'adressant à Tuppence :

— Vous cherchez les Verreries de l'Esthonie ?

— Oui.

— Il n'y a plus personne. Depuis hier après-midi. Il paraît que la société a déménagé. Je ne l'ai pas entendu dire personnellement, mais ce qu'il y a de sûr, c'est que les locaux sont à louer.

— Merci, bredouilla Tuppence. Vous n'avez pas l'adresse de Mr Whittington, par hasard ?

— Non, je suis désolé. Ils sont partis si vite...

Tommy remercia le jeune employé. Ils redescendirent et, une fois dans la rue, se regardèrent, déconcertés.

— Il ne manquait plus que cela, déclara finalement Tommy.

— Ça, je ne l'avais pas prévu, se lamenta Tuppence.

— Courage, ma vieille, nous n'y pouvons rien.

— Mais si, au contraire! (Tuppence releva le menton d'un air de défi.) Tu crois que c'est la fin? Dans ce cas, tu te trompes, mon bonhomme. Ce n'est que le début.

— Le début de quoi?

— De l'aventure, Tommy. Tu ne comprends donc pas que s'ils sont assez inquiets pour s'enfuir comme ça, c'est la preuve que cette affaire Jane Finn est vraiment sérieuse. Il faut que nous sachions de quoi il retourne. Nous les démasquerons. Nous allons devenir des espions pour de bon.

— Oui, sauf que nous n'avons personne à espionner.

— C'est pourquoi nous devons tout reprendre depuis le commencement. Passe-moi ton stylo. Attends. Tais-toi.

Tuppence griffonna quelques lignes et les relut avec une certaine délectation.

— De quoi s'agit-il?

— D'une annonce.

— Tu ne vas pas l'insérer à nouveau, après tout ce qui s'est passé?

— Ce n'est pas la même.

Elle lui tendit la feuille et Tommy lut à haute voix :

« Recherche tous renseignements concernant Jane Finn. Contacter J. A. »

4

QUI EST JANE FINN ?

La journée du lendemain passa lentement. Il fallait songer à faire des économies. Judicieusement administrées, quarante livres pouvaient durer un certain temps. Par bonheur, il faisait beau et Tuppence décréta que « la marche était le moyen de transport le plus économique ». Dans la soirée, ils allèrent voir un film dans un cinéma de quartier.

Le jour de la grande désillusion avait été le mercredi. Le jeudi, comme prévu, l'annonce parut dans le *Times*. Le vendredi les réponses étaient censées arriver chez Tommy. Il avait juré que s'il avait des lettres dans sa boîte, il ne les ouvrirait pas mais se rendrait à la National Gallery où son associée l'attendrait à 10 heures.

Arrivée la première au rendez-vous, Tuppence se cala dans un fauteuil de velours rouge et contempla des Turner sans les voir jusqu'à ce que Tommy pénètre à son tour dans la salle.

— Alors ?

— Alors, enchaîna Tommy, taquin, quel est ton tableau préféré ?

— Ne sois pas odieux ! Y a-t-il ou non des réponses ?

Tommy adopta un air sombre et soupira, avec un ton de mélancolie théâtrale.

— Je ne voudrais pas te décevoir, ma vieille. Mais rien ne va plus. Nous avons gaspillé notre bel argent... Voilà, suite à la parution de l'annonce, nous n'avons reçu... que deux réponses...

— Tommy, tu es ignoble ! s'écria Tuppence d'une voix aiguë. Donne-les-moi. Comment peux-tu être aussi infect ?

— Je t'en prie, surveille un peu ton langage ! Nous

sommes à la National Gallery ! On ne plaisante pas ici, c'est un musée national. Et comme je te l'ai déjà dit plusieurs fois, rappelle-toi que, en tant que fille de pasteur...

— ... Je devrais monter sur les planches !

— Mais non, ce n'est pas ce que je voulais dire. Maintenant que tu es au comble de la joie après avoir été au comble du désespoir, grâce à mes bons offices, retournons à nos moutons, comme on dit.

Sans vergogne, Tuppence arracha les deux précieuses enveloppes des mains de son compagnon et les examina attentivement :

— Le papier est épais. Ça fait riche. Gardons celle-ci pour la fin et ouvrons d'abord l'autre.

— Tu as raison, vas-y !

D'un coup de pouce, Tuppence décacheta l'enveloppe et ils lurent :

Cher monsieur,

Suite à votre annonce, parue dans le journal de ce matin, je pense pouvoir vous être de quelque utilité. Consentiriez-vous à passer me voir, demain matin, à 11 heures, à l'adresse indiquée ?

Sincèrement vôtre,

A. Carter.

— 27, Carshalton Garden, déchiffra Tuppence. C'est du côté de Gloucester. Si nous prenons le métro, nous avons tout le temps.

— À moi, maintenant, dit Tommy. Voici mon plan de campagne : Je suis en présence de Mr Carter. Après les salutations d'usage, il me dit : « Je vous en prie, asseyez-vous, Mr... euh... Mr ? » Ce à quoi je m'empresse de répondre, d'un air entendu : « Edouard Whittington ». Carter devient rouge comme une pivoine et, dans un hoquet, il me demande : « Combien ? » J'empoche les cinquante livres d'usage, je te rejoins dehors, nous nous rendons à l'autre adresse, et nous refaisons notre petit numéro.

— Tommy, arrête de faire l'idiot! Vite, l'autre lettre! Fichtre! Elle vient du *Ritz*!

— Alors ce sera cent livres au lieu de cinquante.

Cher monsieur,

En réponse à votre annonce, je vous prie de bien vouloir venir me voir vers midi.

Sincèrement vôtre,

Julius P. Hersheimmer

— Tiens! s'exclama Tommy. S'agit-il d'un Allemand ou seulement d'un millionnaire américain d'origine douteuse? Quoi qu'il en soit, nous irons le voir vers midi. N'est-ce pas une bonne heure, qui peut nous valoir un déjeuner en prime? Et maintenant, commençons par Carter! Grouillons-nous.

Carshalton Garden offrait un ensemble harmonieux de demeures que Tuppence qualifia d'« aristocratiques ».

Ils sonnèrent au 27. La domestique qui leur ouvrit était si respectable qu'elle mit Tuppence mal à l'aise. Elle les introduisit dans un petit salon. Une minute à peine s'était écoulée qu'un homme de haute taille, au visage émacié et au profil aquilin, les rejoignit.

— Mr J.A.? demanda-t-il avec un sourire charmant malgré la fatigue qui marquait ses traits. Mais asseyez-vous tous deux, je vous en prie.

Il prit place en face de Tuppence et le sourire engageant qu'il lui adressa eut pour effet de lui faire perdre toute contenance. Comme il ne semblait pas décidé à parler, elle prit les devants :

— Nous voudrions savoir... c'est-à-dire... seriez-vous assez aimable pour nous dire ce que vous savez de Jane Finn?

— Jane Finn? Hé, Hé! fit Carter d'un air pensif. La question serait plutôt de savoir ce que vous, vous savez d'elle...

— Je ne vois pas le rapport, répliqua sèchement Tuppence.

— Non? Mais moi, je vous assure qu'il y en a un,

rétorqua-t-il avec un sourire las. Revenons à nos moutons. Que savez-vous de Jane Finn ?

Comme Tuppence restait silencieuse, il se pencha vers elle, et d'un ton persuasif malgré sa voix éteinte :

— Pour avoir passé cette annonce, vous savez forcément quelque chose...

— Nous ne vous cracherons pas le morceau, n'est-ce pas, Tommy ? déclara Tuppence qui tentait d'échapper au magnétisme qui se dégageait de Mr Carter.

Mais à sa grande surprise, son compagnon n'abonda pas dans son sens.

— Nous ne savons pas grand-chose qui puisse vous intéresser, monsieur, mais nous serons heureux de vous le confier, dit-il d'une voix particulièrement respectueuse.

— Tommy ! s'exclama Tuppence.

Carter avait fait pivoter son fauteuil et interrogeait le jeune homme du regard.

— Je vous ai tout de suite reconnu, monsieur, expliqua ce dernier. Je vous ai rencontré en France, quand je travaillais dans les services secrets. Dès que vous êtes entré, je vous ai reconnu.

D'un geste, Carter coupa la parole à Tommy :

— Pas de nom, je vous en prie. Ici, on m'appelle Carter. Cette maison est celle de ma cousine. Elle me la prête de temps en temps quand je m'occupe officieusement d'une affaire. Bien. Et maintenant, qui de vous deux me met au courant ?

— À toi l'honneur, Tuppence ! Après tout, c'est ton histoire.

— Oui, jeune fille, dites-moi tout.

Docilement, Tuppence narra leurs aventures depuis la création de leur société jusqu'à leur visite à Carshalton Garden.

Le visage toujours marqué par la fatigue, Carter

écoutait en silence. À plusieurs reprises, il réprima un sourire avant de conclure gravement :

— C'est peu. Mais c'est intéressant. Très intéressant. Permettez-moi de vous le dire : vous êtes un jeune couple étonnant. Qui sait ?... Vous pourriez peut-être réussir là où d'autres ont échoué...je crois à la chance, moi... j'y ai toujours cru...

Après avoir marqué un temps, il reprit :

— Vous êtes en quête d'aventures. Voudriez-vous travailler pour moi ? Pas de manière officielle, bien sûr. Défrayés, et avec un salaire modeste ?

Tuppence le contempla, bouche bée, les yeux écarquillés.

— Et qu'aurons-nous à faire ? demanda-t-elle dans un souffle.

— Rien de plus que ce que vous faites en ce moment : retrouver Jane Finn.

— Oui, mais... qui est Jane Finn ?

Mr Carter hocha gravement la tête :

— Bien sûr. Vous avez le droit de le savoir. Du moins, je le pense.

Il se laissa aller dans son fauteuil, croisa les jambes et, tout en jouant avec ses doigts, commença d'une voix basse et monotone :

— Je ne vous parlerai pas du Renseignement diplomatique — politique presque toujours déplorable, d'ailleurs. Je me contenterai de vous dire qu'un projet d'accord occulte, une sorte de traité secret, avait été élaboré dans les derniers jours de 1915. Rédigé aux États-Unis — encore neutres, à ce moment-là —, prêt à être signé par les parties intéressées, il avait été envoyé en Angleterre par un messager spécialement sélectionné pour cette mission — un jeune homme du nom de Danvers. On espérait naturellement qu'aucune information ne transpirerait. En général, ce genre d'espoir est déçu. Quelqu'un finit toujours par parler !

»Danvers avait donc embarqué sur le *Lusitania*

pour rejoindre l'Angleterre. Il portait le précieux document dans un pli enveloppé de toile cirée et cousu dans sa chemise. C'est précisément au cours de cette traversée que le *Lusitania* sombra après avoir été torpillé. Danvers fut porté au nombre des disparus. Plus tard, son corps fut retrouvé sur le rivage et identifié sans le moindre doute possible. Quant au pli enveloppé de toile cirée, il avait bel et bien disparu !

»Le lui avait-on enlevé ? L'avait-il lui-même remis à quelqu'un ? Certains indices rendent cette thèse plausible. Dès que le navire avait été touché par la torpille, tandis qu'on mettait les canots à la mer, des passagers virent Danvers parler avec une jeune Américaine. Lui a-t-il confié les papiers ? On n'en sait rien. Mais c'est bien possible. Pour moi, je crois qu'il a confié le document à la jeune fille, pensant qu'une femme aurait plus de chance que lui d'être sauvée. Si tel fut bien le cas, qui était cette jeune fille et qu'a-t-elle fait du document ? Plus tard, les Américains nous informèrent que Danvers avait probablement été suivi tout au long de la traversée. Cette fille était-elle en cheville avec ses ennemis ? Ou bien a-t-elle été espionnée à son tour et contrainte à remettre le précieux paquet ?

»C'est alors que nous avons commencé à la rechercher, ce qui s'est révélé extrêmement difficile. Si son nom, Jane Finn, était inscrit en toutes lettres sur la liste des survivants, elle semblait avoir complètement disparu. Une enquête sur ses parents n'a pas mené à grand-chose. Orpheline, elle était devenue enseignante dans une petite école de l'Ouest. Engagée volontaire, elle avait obtenu un visa pour la France où elle devait travailler comme volontaire dans un hôpital. Ayant lu son nom sur la liste des rescapés du *Lusitania*, l'hôpital avait été surpris de ne pas la voir rejoindre son poste ni donner signe de vie. Bref, tous les efforts pour retrouver sa trace ont été vains. Nous l'avons recherchée en Irlande, mais personne n'avait entendu parler d'elle depuis qu'elle avait débarqué. Aucune suite ne fut donnée à ce projet de traité — ce qui était pourtant du domaine du possible — et nous en avons conclu que Danvers l'avait finalement détruit. La guerre entra dans une autre phase, la situation diplomatique évolua en conséquence, et on ne procéda pas à une nouvelle rédaction de ce projet. Tous les bruits relatifs à l'existence de ce document furent fermement démentis. On ne parla plus de la disparition de Jane Finn et l'affaire sombra dans l'oubli.

Carter se tut, mais Tuppence ne put s'empêcher de demander :

— Pourquoi l'affaire a-t-elle ressurgi? La guerre est finie, que je sache !

— Parce qu'il semble en fin de compte que ce document n'ait pas été détruit et qu'il pourrait bien refaire surface un de ces jours. Ce qui aurait des conséquences dramatiques.

Tuppence écarquilla les yeux. Et Carter hocha la tête :

— Il y a cinq ans, ce projet de traité représentait une arme entre nos mains. Aujourd'hui, cette arme est dirigée contre nous. Car ce projet était une erreur monstrueuse. Si ses termes en étaient rendus publics, cela pourrait déclencher une nouvelle guerre pas avec l'Allemagne, cette fois-ci ! D'accord, cette éventualité est peut-être un peu tirée par les cheveux, et pour ma part, je n'y crois guère. Mais il n'en demeure pas moins certain que ce document implique des hommes politiques qu'il vaut mieux éviter de mettre en cause à l'heure actuelle. Un tel déballage ne manquerait pas de rameuter tous les Travaillistes. Or, un gouvernement travailliste dans la situation actuelle poserait de graves problèmes à l'économie britannique. Mais tout ceci n'est rien à côté du vrai danger.

»Peut-être avez-vous lu ou entendu dire que

l'agitation ouvrière actuelle serait commanditée par les bolcheviques ?

Tuppence acquiesça.

— Eh bien c'est exact. L'or bolchevique afflue dans ce pays dans le seul but de déclencher la révolution. Et il existe un homme dont personne ne connaît le vrai nom et qui travaille dans l'ombre, pour son propre compte. Si les bolcheviques sont derrière l'agitation ouvrière, lui, il est derrière les bolcheviques. Nous ignorons qui il est, mais il se fait appeler d'un nom passe-partout, « Brown », et une chose est certaine : c'est le plus génial des criminels de notre époque. Il contrôle une organisation qui fonctionne à merveille, il a des espions partout. Pendant la guerre, toute la propagande pacifiste et défaitiste a été orchestrée et financée par lui.

— C'est un Allemand naturalisé ? demanda Tommy.

— Pas du tout. J'ai de bonnes raisons de croire au contraire qu'il est anglais. Il était pro-Allemand, comme il aurait été pro-Boer. Son but, nous ne le connaissons pas. Sans doute prendre le pouvoir suprême — du jamais vu dans l'histoire de l'humanité. Nous ne possédons pas l'ombre d'un indice sur sa personnalité. On prétend que ses propres complices ne savent pas qui il est. Chaque fois que nous avons failli lui mettre le grappin dessus, il se contentait d'un rôle secondaire, un de ses complices jouant le rôle principal. Et nous finissons toujours par mettre la main sur un lampiste, un domestique ou un employé que personne n'a remarqué — tandis que l'insaisissable Mr Brown nous échappe, une fois de plus...

Tuppence sursauta soudain :

— Je me demande...

— Oui ?

— Ça me revient tout d'un coup. Quand j'étais dans le bureau de Whittington, son employé... son employé... il l'appelait Brown. Et si...

— C'est très probable. Curieusement, notre homme use toujours de ce patronyme. C'est chez lui une sorte de manie. Pourriez-vous me décrire votre Brown ?

— Je n'ai vraiment pas fait attention à lui. Il était très ordinaire, très effacé, le parfait Monsieur-Tout-le-monde.

— C'est toujours la même description, soupira Mr Carter. Il apportait un message téléphonique à Whittington, c'est cela ? Avez-vous remarqué un téléphone dans le bureau de Brown ?

— Non, je pense qu'il n'y en avait pas, répondit Tuppence après réflexion.

— Vous avez raison. Ce « message téléphonique » n'est qu'une manière de donner des ordres à son subordonné. Naturellement, il avait écouté votre conversation. C'est ensuite que Whittington vous a remis l'argent et vous a dit de revenir le lendemain ?

Tuppence acquiesça.

— C'est signé Brown. Vous voyez maintenant à qui vous avez affaire ? Probablement l'un des criminels les plus doués du siècle. Tout cela ne me plaît guère. Vous êtes si jeunes tous les deux. Ça m'ennuierait qu'il vous arrive quelque chose.

— Il ne nous arrivera rien, s'empressa de décréter Tuppence d'une voix ferme.

— Je veillerai sur elle, ajouta Tommy.

— Et moi, je veillerai sur toi, rétorqua Tuppence, irritée par cette assertion toute masculine.

— Alors, veillez l'un sur l'autre, conclut Carter en souriant, et revenons à notre affaire. Il y a autour de ce projet de traité un point que nous n'avons pas encore éclairci. La menace que nous avons reçue est sans ambiguïté : l'extrême gauche a carrément déclaré que le document était entre ses mains et qu'elle avait l'intention de le rendre public du jour au lendemain. Par ailleurs, il est évident qu'elle ignore la plus grande partie de ses articles. Le gouvernement considère que c'est du bluff et, à tort ou à raison, nie catégoriquement l'existence de ce traité. Pour ma part, je ne serais pas aussi affirmatif. Un certain nombre d'indiscrétions laissent à supposer que cette menace est fondée, qu'ils ont mis la main sur ce fameux document mais qu'ils ne parviennent pas à le déchiffrer sous prétexte qu'il est codé. Or, nous savons pertinemment que ce projet n'était pas codé — ce n'était pas l'usage pour ce genre de texte. Donc, tout cela ne tient pas debout. Mais il y a cependant quelque chose. Bien entendu, Jane Finn est peut-être morte..., mais je ne le crois pas. Car ce qui est quand même étrange, c'est qu'ils essayent de nous soutirer des informations à son sujet.

— Quoi ?

— Oui. Nous avons déjà quelques indices, et votre histoire, jeune fille, confirme mes hypothèses. Ils savent que nous sommes à la recherche de Jane Finn. Aussi vont-ils produire une Jane Finn de « leur cru », que nous « découvrirons » — par exemple — dans un pensionnat parmi les plus huppés de Paris.

Devant l'air ébahi de Tuppence, Carter sourit :

— Finalement, personne ne sait le moins du monde de quoi elle a l'air, ce qui les arrange bien. On lui compose un passé, forgé de toutes pièces, et son objectif est de rassembler un maximum d'informations. Vous voyez un peu le topo ?

Tuppence mit un certain temps à analyser cette hypothèse :

— Donc, à votre avis..., ils voulaient m'envoyer à Paris pour que je joue le rôle de Jane Finn ?

Mr Carter sourit, l'air plus épuisé que jamais :

— Voyez-vous, je crois beaucoup aux coïncidences.

5

JULIUS P. HERSHEIMMER

— Eh bien, commenta Tuppence en recouvrant ses esprits, il faut croire que c'était écrit.

Carter hocha la tête :

— Je comprends ce que vous voulez dire. Je suis moi-même superstitieux. Le hasard, la chance... Le sort semble vous avoir choisie pour débrouiller cette affaire.

Tommy se permit un petit rire :

— Bon sang ! Je ne m'étonne plus que Whittington soit sorti de ses gonds quand Tuppence lui a jeté ce nom à la figure ! À sa place j'en aurais fait autant ! Mais, monsieur, nous abusons de votre temps. Avez-vous des consignes à nous donner avant que nous nous mettions en piste ?

— Non. Mes experts, qui emploient des méthodes classiques, ont échoué. Usez de votre esprit d'initiative. Ne vous découragez pas si vous ne réussissez pas tout de suite. Il faudra vous adapter aux circonstances.

Mais pour Tuppence, certains points demeuraient obscurs. Aussi Carter poursuivit-il :

— Quand vous avez eu cet entretien avec Whittington, ils avaient du temps devant eux. Je sais qu'ils ont décidé de frapper un grand coup au début de l'année prochaine. Mais le gouvernement envisage une action pour contrecarrer toute menace de grève. Très vite, ils auront vent de cette décision — si ce n'est déjà fait —, alors il se peut qu'ils accélèrent le processus. Pour ma part, c'est ce que je souhaite. Moins ils auront de temps pour mettre au point leur tactique, mieux cela vaudra. Tout cela pour vous dire que vous n'avez pas beaucoup de marge devant vous. Et qu'en cas d'échec, vous ne devez pas vous laisser abattre.

Vous avez une lourde tâche sur les bras. Voilà, c'est tout.

— Je vais me montrer femme d'affaires, dit Tuppence en se levant. Dans quelle mesure pouvons-nous — concrètement — compter sur vous, monsieur ?

— Un revenu raisonnable, des informations détaillées à tout moment et aucune reconnaissance officielle, répondit Carter en esquissant un sourire. Je veux dire par là qu'en cas de bisbille avec la police, je ne pourrai pas vous tirer du pétrin. Vous ne devrez compter que sur vous-mêmes.

— Cela va de soi, répondit Tuppence. Quand j'aurai eu le temps de mettre la situation à plat, je vous poserai des tas d'autres questions. Et pour ce qui est de l'argent...

— Oui, miss Tuppence ? Vous voulez savoir de combien vous disposerez ?

— Pas vraiment. Nous avons ce qu'il nous faut pour l'instant. Mais par la suite...

— Eh bien, je serai là.

— Bien sûr, mais sans vouloir me montrer déplaisante à l'égard de notre gouvernement, vous savez qu'il faut un temps fou pour en obtenir quoi que ce soit. Et si nous devons remplir un formulaire bleu, puis l'envoyer à un bureau pour, trois mois plus tard, en recevoir un vert et ainsi de suite... Ce sera du temps perdu, non ?

— Ne vous inquiétez pas, miss Tuppence, dit Carter en éclatant de rire. Vous m'adresserez une demande personnelle à cette adresse et vous recevrez l'argent en billets par retour du courrier. Quant au salaire, disons trois cents livres par an ? Et la même somme pour Mr Beresford.

— Formidable ! s'écria Tuppence, radieuse. Vous êtes un chou ! J'adore l'argent ! Je vous ferai de superbes relevés, avec le débit, le crédit et le solde ; à droite, en bas de la page, je tracerai un trait rouge et j'inscrirai les totaux. Je sais très bien faire ce genre de trucs, quand je m'en donne la peine.

— Je n'en doute pas un instant ! Alors, au revoir et bonne chance.

Carter leur serra la main et quand ils se retrouvèrent dans l'escalier, quelques instants plus tard, la tête leur tournait un peu.

— Tommy, dis-moi vite qui est ce Mr Carter ?

Tommy lui murmura un nom à l'oreille.

— Bon sang ! s'exclama Tuppence, impressionnée.

— Et je t'assure, ma vieille, que c'est un homme formidable.

— Bon sang, répéta Tuppence avant d'ajouter : je l'aime beaucoup. Pas toi ? Il a l'air si fatigué, si désenchanté et pourtant on sent bien qu'il est solide comme un roc, vif comme l'éclair, dangereux comme... Oh, bon sang ! (Elle esquissa un pas de danse.) Pince-moi, Tommy, je t'en prie... je n'arrive pas à croire que je ne suis pas en train de rêver !

Beresford pinça fort obligeamment son associée.

— Aïe ! ça suffit ! Non, nous ne rêvons pas. Nous avons trouvé un job.

— Et quel job ! L'aventure à deux va commencer.

— C'est beaucoup plus respectable que ce que je pensais, commenta Tuppence, pensivement.

— Dieu merci, je n'ai pas ta passion pour le crime ! À propos, quelle heure est-il ? Si nous allions déjeuner ? Et... oh ! mince, alors !

Ils y avaient pensé tous les deux en même temps. Mais Tommy fut le premier à prononcer son nom :

— Julius P. Hersheimmer !

— Nous n'en avons même pas parlé à Carter !

— Tant que nous ne l'avons pas vu, nous n'avions pas grand-chose à lui dire. Allez, viens, sautons dans un taxi !

— Dis-moi, Tommy, tu ne deviendrais pas un peu dépensier ?

— Souviens-toi : « Défrayés.» Allez, en route !

— Quoi qu'il en soit, notre arrivée en taxi sera du meilleur effet, murmura Tuppence en se laissant aller voluptueusement sur la banquette. Je suis sûre que les maîtres chanteurs ne se déplacent pas en autobus.

— Nous ne sommes plus des maîtres chanteurs.

— Je n'en suis pas aussi sûre que toi, répliqua Tuppence d'un air sombre.

Au *Ritz*, ils demandèrent Mr Hersheimmer et on les conduisit immédiatement à sa suite. Le chasseur avait à peine frappé qu'une voix impatiente cria : « Entrez. »

Julius P. Hersheimmer était beaucoup plus jeune que Tommy et Tuppence ne l'avaient imaginé. Elle lui donna trente-cinq ans. De taille moyenne, aussi carré d'épaules que de mâchoire, l'air bagarreur mais sympathique, il avait tout du parfait Américain, même s'il parlait pratiquement sans accent.

— Bien reçu mon mot ? Asseyez-vous et dites-moi tout ce que vous savez de ma cousine.

— Votre cousine ?

— Ouais ! Jane Finn.

— C'est votre cousine ?

— Mon père et sa mère étaient frère et sœur, précisa Hersheimmer.

— Ah ! s'exclama Tuppence. Vous savez donc où elle est !

— Non ! vociféra Hersheimmer en donnant un grand coup de poing sur la table. Jamais de la vie ! Et vous, vous le savez ?

— Nous avons passé une annonce pour recueillir des informations, non pour en donner, remarqua Tuppence sèchement.

— J'avais compris, merci, je sais lire. Mais j'avais dans l'idée que c'était peut-être des recherches sur son passé que vous faisiez et que vous saviez où elle se trouve maintenant.

— Eh bien non, mais nous serions heureux, en effet, d'en savoir davantage sur son passé.

Hersheimmer parut soudain se méfier.

— Hé là ! On n'est pas en Sicile ! Vous n'allez tout de même pas me demander une rançon ou me menacer de lui couper une oreille si je refuse de cracher le morceau ! Nous sommes dans les Îles Britanniques, alors arrêtez votre petit jeu ou je siffle ce magnifique policeman anglais là en bas.

Tommy s'empressa de mettre les choses au point :

— Nous n'avons pas kidnappé votre cousine. Au contraire, nous cherchons à la retrouver. Nous sommes payés pour ça.

Hersheimmer s'enfonça dans son fauteuil :

— Affranchissez-moi !

Tommy lui donna une version prudente de la disparition de Jane Finn, suggérant qu'elle avait peut-être été mêlée sans le savoir à une « affaire politique ». Il mentionna que lui-même et Tuppence étaient des détectives privés chargés de la retrouver, et conclut qu'ils seraient très heureux de connaître tous les détails que leur charmant interlocuteur pourrait leur fournir.

— Bon, ça va. J'ai pris la mouche un peu vite. Mais Londres me tape sur les nerfs. Moi, je ne jure que par mon bon vieux New York. Allez-y, posez-moi des questions, et je vous répondrai.

Pendant quelques secondes, une telle franchise désarma les Jeunes Aventuriers, mais Tuppence reprit le dessus. Se remémorant les romans policiers qu'elle avait lus, elle se jeta à l'eau :

— Quand avez-vous vu pour la dernière fois la déf... votre cousine ?

— Je ne l'ai jamais vue.

— Quoi ! lança Tommy, abasourdi.

Hersheimmer se tourna vers lui :

— Non, monsieur. Je vous l'ai déjà dit, mon père et sa mère étaient frère et sœur, comme vous deux sans doute (Tommy ne fit rien pour rectifier), mais ils ne s'entendaient pas très bien. Et quand ma tante a décidé d'épouser Amos Finn, enseignant pauvre dans une école perdue au fin fond de l'Ouest, mon père est devenu fou de rage. Il lui a dit que s'il faisait fortune — il était bien parti pour —, il ne lui donnerait jamais un centime. Finalement, tante Jane est partie dans l'Ouest et nous n'en avons plus entendu parler.

» Quant à mon père, il a fait fortune comme prévu. Il s'est occupé de pétrole, puis d'acier. Il s'est ensuite intéressé aux chemins de fer, et je peux vous garantir que Wall Street n'en est pas revenu. Et puis il est mort — l'automne dernier —, et j'ai hérité de son tas de dollars. Croyez-moi ou pas, ma conscience s'est mise à me tarabuster. Régulièrement, une petite voix me disait : « Et que devient donc ta tante Jane, perdue au fin fond de l'Ouest ? » Ça me tracassait. Je me doutais bien qu'Amos Finn ne s'en tirerait jamais. Ce n'était pas un battant. Finalement, j'ai engagé un détective privé pour la retrouver. Résultat : elle était morte, son mari aussi, mais ils laissaient une fille, Jane, qui se rendait à Paris, à bord du *Lusitania*, quand il a été torpillé. Elle a été sauvée, d'accord, mais impossible d'avoir de ses nouvelles. J'ai pensé qu'on ne devait pas trop se bousculer pour la rechercher, c'est pourquoi j'ai décidé de venir accélérer les choses. J'ai commencé par téléphoner à Scotland Yard et au ministère de la Marine. Si le ministère de la Marine m'a envoyé promener, en revanche, à Scotland Yard, ils ont été très aimables. Ils m'ont dit qu'ils allaient faire une enquête et, ce matin, ils ont même envoyé quelqu'un chez moi prendre la photo de ma cousine. Demain, je vais à Paris, voir ce qu'ils font à la Préfecture. Je parie que si je les titille un peu, ils vont finir par s'activer.

Une telle énergie forçait l'admiration.

— Mais dites-moi, ajouta-t-il, vous ne la recherchez pas pour un délit quelconque, au moins ? Du genre outrage au tribunal ou à quelque institution bien britannique ? Une jeune Américaine qui n'a pas froid aux yeux pourrait bien juger vos lois et vos règlements de temps de guerre un peu dépassés et « s'asseoir dessus », comme on dit. Si c'est le cas, et s'il faut payer quelques pots-de-vin, je cracherai au bassinet.

Sur ce point, Tuppence put rassurer le jeune Américain.

— C'est bien. Dans ce cas, travaillons ensemble. Si nous passions à table ? Est-ce que nous faisons monter le déjeuner ou bien préférez-vous descendre au restaurant ?

Tuppence opta pour la seconde solution et Julius l'approuva. Les huîtres venaient de faire place à la sole Colbert, quand le chasseur apporta une carte à Hersheimmer.

— Inspecteur Japp. Scotland Yard de nouveau. C'est un autre, cette fois-ci. Il s'attend à quoi ? J'ai déjà tout dit à son collègue. J'espère qu'ils n'ont pas perdu la photo. L'atelier du photographe a brûlé, tous les négatifs ont été détruits et ce cliché était le seul qui existait. C'est la directrice du collège qui me l'a donné.

Une vague crainte envahit Tuppence :

— Vous... vous vous souvenez du nom de l'homme qui est venu ce matin ?

— Oui. Ou plutôt non. Attendez... deux secondes. J'ai vu sa carte. Ah oui ! ça me revient. Inspecteur Brown. Un type plutôt ordinaire, plutôt effacé. Monsieur-Tout-le-monde, quoi !

6

UN PLAN DE CAMPAGNE

Jetons un voile sur les événements de la demi-heure qui suivit et bornons-nous à préciser que l'« inspecteur Brown » était inconnu à Scotland Yard. La photo de Jane Finn, qui aurait été si utile à la police, était bel et bien perdue. Une fois de plus, Mr Brown avait gagné.

Cet incident eut pour effet immédiat de rapprocher Julius Hersheimmer des Jeunes Aventuriers. Toutes les barrières tombèrent comme par enchantement et Tommy, tout comme Tuppence, eut l'impression d'avoir toujours connu le jeune Américain.

Abandonnant leur réticence à parler de leur activité d'agents secrets, les deux jeunes gens révélèrent à leur nouvel ami — qui la jugea follement amusante — toute l'histoire de leur association.

Quand Tuppence en eut fini, il s'écria :

— Jusqu'à présent, je pensais que les jeunes Anglaises étaient des créatures victoriennes, douces et démodées, incapables de faire trois pas sans un valet de pied ou un chaperon. Je crois que mes renseignements n'étaient pas à jour !

Pour fêter cette amitié, Tommy et Tuppence transportèrent leurs pénates au *Ritz*, afin, déclara Tuppence, de rester en contact étroit avec le seul parent vivant de Jane Finn.

— Et dis-toi bien, précisa-t-elle à Tommy sur le ton de la confidence, que personne ne pourra faire de remarques désobligeantes sur cette dépense.

En effet, personne n'en fit, et ce fut bien agréable.

— Et maintenant, au travail ! lança la jeune fille dès le lendemain de leur installation.

Tommy posa le *Daily Mail* dans lequel il était plongé et applaudit avec une vigueur quelque peu ostentatoire ; son associée le pria poliment de ne pas faire l'idiot.

— Bon sang, Tommy ! Nous ne sommes tout de même pas payés pour ne rien faire !

— C'est vrai, ça, soupira Tommy. Je crains que notre bon gouvernement ne nous entretienne pas toute notre vie à flemmarder au *Ritz*.

— C'est bien ce que je viens de te dire : il faut nous remuer !

— D'accord, acquiesça Tommy en reprenant son journal. Vas-y, je t'en prie, je ne t'interromprai pas.

— Vois-tu, je pensais...

La jeune fille fut à nouveau interrompue par une salve d'applaudissements.

— C'est sûrement divin, Tommy, de rester dans son fauteuil à faire le clown. Mais te creuser la cervelle ne te ferait pas de mal non plus.

— Tuppence, voyons, tu sais bien que mon syndicat m'interdit de travailler avant 11 heures !

— Si tu ne veux pas que je te flanque ton journal à la figure, arrête. Nous devons dresser un plan de campagne sans perdre une seconde.

— Bravo !

— Eh bien, allons-y.

— Tuppence, tu parles comme un livre. Vas-y, je t'écoute, dit Tommy en se décidant à reposer son journal.

— D'abord, sur quelles bases pouvons-nous démarrer ?

— Aucune, déclara gaiement Tommy.

— Faux ! dit Tuppence en brandissant un index énergique. Nous avons deux pistes.

— Lesquelles ?

— Primo : nous connaissons un des membres de la bande.

— Whittington ?

— Oui. Je le reconnaîtrais n'importe où.

— Est-ce vraiment une piste ? fit Tommy avec une

moue dubitative. Tu ne sais pas où le trouver et il y a à peu près une chance sur mille que tu le rencontres par hasard.

— Je n'en suis pas si sûre. J'ai souvent remarqué que quand les coïncidences commencent, elles n'en finissent pas de se produire. C'est une loi naturelle et merveilleuse que l'homme n'a pas eu à découvrir. Mais tu as raison, on ne peut pas vraiment compter là-dessus. N'empêche qu'il y a dans Londres des endroits où tout un chacun est amené à passer un jour ou l'autre, Piccadilly Circus, par exemple. Et si je m'y installais là tous les jours avec un stand de petits drapeaux ?

— Et pour les repas ? demanda Tommy, toujours pratique.

— Voilà bien une préoccupation d'homme ! Quelle importance, la nourriture ?

— Tout cela est bel et bon. Tu as dans l'estomac un petit déjeuner du tonnerre. Mais personne n'a meilleur appétit que toi. Et dès 4 heures de l'après-midi, tu dévoreras tout ce qui te tombera sous la main : drapeaux, épingles, et tout ce qui s'ensuit... Non, en toute honnêteté, ton idée ne me paraît pas géniale. Whittington n'est peut-être plus à Londres.

— C'est possible. De toute façon, la piste numéro deux s'annonce mieux.

— Je t'écoute.

— C'est seulement un prénom que Whittington a mentionné l'autre jour : Rita.

— Tu veux passer une troisième annonce : « Recherchons une femme, appartenant à une bande d'escrocs et prénommée Rita » ?

— Non. Je veux simplement raisonner logiquement. Le messager, Danvers, a été espionné pendant la traversée. Et il est fort probable que c'était par une femme.

— Je ne vois pas pourquoi.

— Moi, si. Non seulement c'était une femme, mais encore une jolie femme, décréta Tuppence.

— Pour ce qui est des détails techniques, je te fais confiance.

— Or, cette femme, quelle qu'elle soit, a été sauvée.

— Et pourquoi donc?

— Parce que si elle ne l'avait pas été, comment auraient-ils su que Jane Finn avait les documents?

— C'est juste. Continue, Sherlock Holmes.

— Il y a une chance — une chance sur cent, je l'admets — que cette femme ait été Rita.

— Et si c'est le cas?

— Si c'est le cas, nous devons étudier la liste des survivants du *Lusitania* jusqu'à ce que nous trouvions son nom.

— Commençons donc par nous procurer la liste des survivants.

— Je l'ai. J'avais envoyé à Carter une liste de tous les renseignements que je souhaitais obtenir ; j'ai reçu sa réponse ce matin et, entre autres, la liste des survivants du naufrage. Est-ce que je ne suis pas extraordinaire?

— Dix sur dix en dynamisme, zéro en modestie. Mais la vraie question est : y a-t-il une Rita sur la liste?

— Je n'en sais rien, avoua Tuppence. Regarde. (Ensemble ils se penchèrent sur la feuille.) Les prénoms sont rarement mentionnés. Les noms des femmes sont précédés de Mrs ou de miss.

— Voilà qui complique la tâche.

Tuppence s'ébroua à la manière d'un fox-terrier en folie, comme elle le faisait toujours en pareil cas.

— Nous n'avons plus qu'à nous atteler à la tâche. Commençons par Londres et sa proche banlieue. Pendant que je mets mon chapeau, recopie en vitesse les adresses de toutes les femmes qui habitent le secteur.

Cinq minutes plus tard, le jeune couple roulait en taxi vers les Lauriers, 7 Glendower Road, résidence de Mrs Edgar Keith, le premier des sept noms figurant sur la liste de Tommy.

Les Lauriers était une maison délabrée, construite un peu en retrait de la rue ; quelques bosquets jaunis faisaient office de jardin. Tommy paya le taxi et ils se dirigèrent vers la porte.

Comme Tuppence s'apprêtait à sonner, Tommy l'arrêta :

— Que vas-tu dire ?

— Eh bien... je vais dire... eh bien, je ne sais pas. C'est très ennuyeux.

— C'est bien ce que je pensais, déclara Tommy avec satisfaction. Tu n'es pas une femme pour rien ! Aucune vue à long terme ! Pousse-toi un peu, tu vas voir comment un homme digne de ce nom maîtrise ce genre de situation.

Tandis qu'il sonnait, Tuppence s'éloigna de quelques pas.

Une souillon, affligée de strabisme convergent et traînant la savate, vint leur ouvrir.

— Bonjour ! clama allègrement Tommy, son stylo et son carnet à la main. Hampstead Borough Council. Recensement des électeurs. Mrs Edgar Keith, c'est bien ici ?

— Ouais, répondit la domestique.

— Prénom ?

— Le prénom de Madame ? Eleanor Jane.

— E.L.E.A.N.O.R, épela Tommy. A-t-elle des enfants majeurs ?

— Non, non.

— Merci. (Un claquement sec, Tommy avait refermé son carnet.) Au revoir !

— Alors, ce n'est pas vous qui venez pour le gaz ? Je pensais que c'était peut-être vous, marmonna-t-elle dans sa moustache, avant de refermer la porte.

Tommy rejoignit sa complice :

— Tu as vu, Tuppence ? C'est un jeu d'enfant pour un cerveau masculin.

— J'avoue que, pour une fois, tu t'en es sorti avec brio. Je n'aurais pas pensé à ça !

— C'est une bonne astuce, non ? Et elle marche autant de fois que l'on veut.

Au déjeuner, ils dévorèrent un bifteck et des frites dans une gargote. Ils avaient découvert une Gladys, une Marie, une Marjorie et subi une déconvenue avec une rescapée qui avait changé d'adresse. Une Américaine exaltée leur infligea un long discours sur les vertus du suffrage universel. Ils finirent par apprendre qu'elle s'appelait Sadie.

Après avoir avalé une bonne gorgée de bière, Tommy déclara :

— Ah ! je me sens mieux ! Quelle est la prochaine étape ?

Tuppence s'empara du carnet et lut : « Mrs Vandemeyer, 20, South Audley Mansions. Miss Wheeler, 43, Clapington Road, Battersea. » C'est une femme de chambre, pour autant que je m'en souvienne. Elle sera absente et je doute qu'il s'agisse d'elle.

— Eh bien, prenons-les dans l'ordre : allons chez cette Mrs Vandemeyer, à Mayfair.

— Tommy..., je commence à désespérer !

— Du cran, ma vieille ! nous savions depuis le début qu'il n'y avait qu'une chance sur cent. Et puis, nous commençons à peine. Si nous échouons à Londres, nous pouvons encore faire le tour de l'Angleterre, de l'Irlande, de l'Écosse !

— C'est vrai ! s'exclama Tuppence, reprenant du poil de la bête. Et tous frais payés ! Mais j'aime quand les choses ne traînent pas. Jusqu'à présent les aventures se sont succédé sans interruption. Ce matin tout va de travers.

— Mets une sourdine à ton goût pour les sensations fortes, Tuppence, et dis-toi que si Brown est bien tel qu'on nous l'a décrit, c'est un miracle qu'il ne nous ait pas encore fait passer de vie à trépas. Belle phrase, non ? avec un relent tout ce qu'il y a de plus littéraire ?

— Tu es encore plus vaniteux que moi et tu as moins d'excuses ! Il n'en demeure pas moins étrange que Mr Brown n'ait pas encore sur nous assouvi sa vengeance — tu vois, je sais causer aussi bien que toi ! — et que nous continuions indemnes notre petit bonhomme de chemin.

— Peut-être juge-t-il qu'il n'a pas à se méfier de nous !

Cette remarque déplut fortement à Tuppence qui s'exclama :

— Arrête de proférer des insanités ! C'est comme si nous comptions pour du beurre !

— Je suis désolé, Tuppence, je voulais juste dire que nous opérons comme des taupes au plus profond de leurs galeries et qu'ils ne soupçonnent pas nos plans infâmes autant que ténébreux. Ha ! ha !

Tous deux éclatèrent de rire et se mirent en route.

South Audley Mansions était un ensemble d'immeubles imposants situés en bordure de Park Lane. Le numéro 20 se trouvait au second étage. Tommy avait mis au point son numéro et il débita son laïus à une personne d'un certain âge — gouvernante plus que femme de chambre — qui vint leur ouvrir.

— Prénom ?

— Margaret.

Tommy se mit à épeler, mais elle l'interrompit :

— Non G.U.E.

— Ah oui ! Marguerite ! À la française. (Puis, se jetant à l'eau :) Sur ma liste je vois « Rita Vandemeyer ». Mais c'est une erreur, sans doute.

— C'est comme ça qu'on l'appelle le plus souvent, mais son vrai nom est Marguerite.

— Merci. Ce sera tout. Au revoir !

Contenant à peine son excitation, Tommy dégringola l'escalier.

— Tu as entendu? demanda-t-il à Tuppence qui l'attendait plus bas.

— Oh, oui ! Oh, Tommy !

Tommy lui étreignit le bras :

— Oui, je sais. Je pense comme toi.

— C'est merveilleux d'imaginer des choses puis de les voir se réaliser ! s'exclama Tuppence, dans un grand élan d'enthousiasme.

Main dans la main, ils avaient atteint le hall d'entrée. De l'escalier, au-dessus de leurs têtes, leur parvint un bruit de pas et de voix. Soudain, au grand étonnement de Tommy, Tuppence l'entraîna à côté de l'ascenseur, dans un coin sombre.

— Qui est-ce...

— Chut !

Deux hommes descendaient l'escalier. Quand ils furent sortis, Tuppence serra le bras de Tommy.

— Vite, suis-les. Moi, je n'ose pas. Il pourrait me reconnaître. Je ne sais pas qui est l'autre, mais le plus grand, c'est Whittington.

7

LA MAISON DE SOHO

Whittington et son compagnon marchaient d'un bon pas. Tommy se lança immédiatement à leur poursuite et arriva à temps pour les voir tourner au coin de la rue. Grâce à ses grandes jambes, il les rattrapa, et lorsque, à son tour, il atteignit le coin de la rue, la distance entre eux avait sensiblement diminué. Les ruelles de Mayfair étaient presque désertes et il jugea prudent de ne pas les perdre de vue. C'était pour lui un sport d'un genre nouveau : bien que la technique de la filature lui fût familière à travers ses lectures, il n'avait jamais essayé de suivre quelqu'un — et il s'aperçut d'emblée que, dans la pratique, c'était un exercice semé d'embûches. Et si, par exemple, ils hélaient un taxi ? Dans les romans, on saute dans un autre taxi, on promet au chauffeur une livre ou son équivalent au cours du jour et le tour est joué. Mais dans le cas présent, il était peu probable que Tommy trouvât un second taxi. Il devrait donc courir. Et que pouvait-il arriver à un jeune homme qui courait sans s'arrêter dans les rues de Londres ? Dans une avenue, on pourrait penser qu'il cherchait à attraper son autobus. Mais dans ces petites rues aristocratiques, il aurait de fortes chances d'être arrêté par un agent et assailli de questions.

À cet instant précis, un taxi dont le drapeau était relevé tourna le coin. Tommy retint son souffle. Et si les deux hommes lui faisaient signe ? Ouf ! il n'en fut rien. Leur parcours en zig zag devait les conduire aussi rapidement que possible vers Oxford Street. Quand finalement ils y débouchèrent pour se diriger vers l'est, Tommy commença à marcher un peu plus vite. Petit à petit, il se rapprocha d'eux. Le trottoir était très fréquenté et il avait peu de chances de se faire remarquer. Si seulement il pouvait capter des bribes de leur conversation ! Rien à faire : ils parlaient tout bas et le vacarme de la circulation couvrait complètement leurs voix.

Juste avant la station de métro de Bond Street, ils traversèrent, Tommy toujours sur leurs talons, et entrèrent au *Lyon's*. Ils montèrent au premier et s'attablèrent devant la fenêtre. Il était tard, et la salle se vidait peu à peu. De peur d'être reconnu, Tommy prit place juste derrière Whittington. Il pouvait ainsi étudier à loisir le second personnage. Blond, les traits lourds, antipathique, d'origine russe ou polonaise sans doute, il devait avoir une cinquantaine d'années. Quand il parlait, il se courbait en avant, et ses yeux, petits et sournois, furetaient partout.

Ayant déjà déjeuné de bon cœur, Tommy commanda pour la forme un Welsh rarebit et un café. Whittington commanda un déjeuner substantiel. Quand la serveuse se fut éloignée, il rapprocha sa chaise de la table et ils commencèrent à parler à voix basse. Tendant l'oreille autant que possible, Tommy put saisir un ou deux mots, essentiellement des directives, des ordres que le plus grand des deux donnait à son compagnon, lequel n'avait pas toujours l'air d'accord. Whittington l'appelait Boris. Les mots « Irlande » et « propagande » revinrent à plusieurs reprises mais aucune mention ne fut faite de Jane Finn. Une soudaine accalmie dans le brouhaha de la salle permit à Tommy de capter une phrase entière de Whittington : « Ah ! mais vous ne connaissez pas Flossie ! Une petite merveille ! On lui donnerait le Bon Dieu sans confession. Elle imite les voix à la perfection et c'est vraiment le plus important. »

Tommy n'entendit pas la remarque de Boris, mais Whittington répondit : « Bien entendu, seulement en cas de nécessité absolue. »

Il avait à nouveau perdu le fil de la conversation quand certaines phrases redevinrent distinctes, soit que les autres aient insensiblement élevé la voix, soit que l'ouïe de Tommy se soit affinée. Deux mots que prononça Boris, « Mr Brown », le firent sursauter. Whittington parut sur le point de réprimander son compagnon, mais il se contenta de rire.

— Et pourquoi pas, cher ami ? reprit l'autre. C'est un nom des plus respectables, des plus communs. N'est-ce pas pour cette raison qu'il l'a choisi ? Ah ! j'aimerais tellement le rencontrer, ce Mr Brown !

— Qui sait ? Peut-être l'avez-vous déjà rencontré, répliqua Whittington d'une voix glaciale.

— Bah ! c'est une fable d'enfant de chœur, une histoire pour la police. Vous savez ce que je me dis parfois ? C'est une fable inventée par l'Organisation, un épouvantail pour nous faire peur. C'est possible après tout.

— Le contraire est également possible.

— Je me demande... est-ce vrai qu'il est avec nous, parmi nous, inconnu de tous, sauf de quelques élus ? Auquel cas son secret est bien gardé et son idée est bonne. On ne sait jamais. Nous nous regardons les uns les autres ; l'un d'entre nous *est* Mr Brown. Oui, mais lequel ? Il donne des ordres, mais il en exécute également. Dire qu'il est parmi nous, l'un des nôtres et que personne ne le connaît...

S'efforçant de revenir à la réalité le Russe regarda sa montre.

— Oui, murmura Whittington. Il est temps d'y aller.

Il appela la serveuse et régla l'addition. Tommy fit de même et, quelques minutes plus tard, il descendait l'escalier derrière les deux hommes. Une fois dans la rue, Whittington héla un taxi et ordonna au chauffeur de les conduire à la gare de Waterloo. Comme il y avait beaucoup de taxis, Whittington était à peine monté dans le sien que Tommy en arrêtait un, d'un geste impérieux.

— Suivez cette voiture, ne la perdez pas de vue, ordonna-t-il au chauffeur.

Ce dernier, un homme d'un certain âge, ne manifesta aucune curiosité particulière. Il se contenta d'émettre un grognement et d'abaisser son drapeau. La course se déroula sans incident. Le taxi de Tommy vint se ranger à hauteur du quai des départs, derrière la voiture des deux hommes. Au guichet, Whittington prit un aller simple pour Bornemouth et Tommy en fit autant.

— Vous êtes en avance. Il vous reste encore une demi-heure, fit remarquer Boris, après avoir jeté un coup d'œil à l'horloge.

Ainsi Whittington allait voyager seul et son compagnon restait à Londres. Il devait donc choisir celui des deux qu'il allait suivre. De toute évidence, il ne pouvait pas les suivre tous les deux, à moins que... Comme Boris, il jeta un coup d'œil sur l'horloge puis sur le tableau affichant le départ des trains. Le train pour Bornemouth partait à 15 h 30. Il était 15 h 10. Tandis que Whittington et Boris faisaient les cent pas devant le kiosque à journaux, Tommy hésita un instant, leur jeta un coup d'œil, puis se précipita dans la cabine téléphonique la plus proche. Il ne prit pas le risque de gaspiller des minutes précieuses à essayer de joindre Tuppence qui devait être encore du côté de South Audley Mansions. Mais il lui restait un autre allié. Il composa le numéro du *Ritz* et demanda Julius Hersheimmer. Il y eut un déclic suivi d'un bourdonnement. Ah ! si seulement le jeune Américain pouvait être dans son appartement ! Un autre déclic précéda un « Hullo ! » prononcé avec cet inimitable accent d'outre-Atlantique.

— Allô ! Hersheimmer ? Beresford à l'appareil. Je suis à la gare de Waterloo. J'y ai suivi Whittington et un autre individu. Je n'ai pas le temps de vous expliquer. Whittington va partir pour Bornemouth par le train de 15 h 30. Pouvez-vous être ici à temps ?

La réponse « oui, je me grouille » fut on ne peut plus rassurante.

Tommy raccrocha avec un soupir de soulagement. Il ne mettait pas en doute la vélocité de Julius. Instinctivement, il sentait que l'Américain arriverait à temps. Whittington et Boris étaient toujours là où il les avait laissés. Si Boris restait jusqu'au départ de son ami, tout irait bien. Tommy vérifia le contenu de son portefeuille ; bien qu'on lui eût donné carte blanche, il n'avait pas encore pris l'habitude d'avoir beaucoup d'argent sur lui. Après avoir pris un billet de première classe pour Bornemouth, il n'avait plus que quelques shillings en poche. Il ne lui restait qu'à espérer que le portefeuille de Julius serait mieux garni.

Pendant ce temps, les minutes s'égrenaient... 15 h 15... 15 h 20, 15 h 25, 15 h 27. Et si Julius n'arrivait pas ? 15 h 29. Les portes claquaient. Tommy se sentit envahi par une vague de désespoir. Soudain, une main se posa sur son épaule :

— Me voici, vieux. On peut dire que vos embouteillages anglais valent le détour ! Montrez-moi nos oiseaux !

— Voilà Whittington, le grand brun qui s'approche de nous. L'autre, c'est l'étranger avec lequel il est en train de parler.

— J'y suis. Je prends lequel ?

Tommy avait déjà réfléchi à la question :

— Vous avez de l'argent sur vous ?

Julius fit signe que non et le visage de Tommy se crispa.

— Non, je ne dois pas avoir plus de trois ou quatre cents dollars sur moi.

— Ouf ! s'exclama Tommy, soulagé. Vous, les millionnaires, on peut dire que vous ne parlez pas la même langue que nous ! Montez vite dans le compartiment. Voici votre billet. Ne perdez pas Whittington !

Le train s'ébranlait quand Julius grimpa sur le marche-pied.

— À nous deux, Whittington ! déclama Julius sur le mode tragique, avant d'ajouter : À bientôt Tommy !

Le train quitta la gare et Tommy poussa un gros soupir de soulagement. Boris venait à sa rencontre le long du quai. Dès qu'ils se furent croisés, le jeune homme prit de nouveau l'étranger en chasse. Boris s'engouffra dans le métro et descendit à Piccadilly. Il longea Shaftesbury en direction de Soho, Tommy toujours derrière lui, juste à la bonne distance.

Ils finirent par déboucher sur une place assez minable. Les maisons sales et à l'abandon étaient sinistres, Boris jeta un coup d'œil circulaire, et Tommy se glissa sous une porte cochère. La place était presque déserte. Et comme il s'agissait d'un cul-de-sac, les voitures n'y passaient pas. La manière furtive dont l'autre avait inspecté les environs ne manquait pas d'intriguer Tommy. De son poste d'observation, il vit l'homme gravir les marches d'une maison à l'air louche et frapper plusieurs coups à la porte selon un rythme bien précis. Il dit un ou deux mots au gardien qui lui ouvrit tout de suite, entra dans la maison. La porte se referma sur lui.

C'est à cet instant que Tommy perdit la tête. Ce qu'il aurait dû faire, ce que tout homme sensé aurait fait, c'était de rester patiemment là où il était et d'attendre que l'étranger ressorte. Mais il fit une chose contraire au bon sens, lequel constituait pourtant d'ordinaire l'une de ses principales qualités. Comme il le déclara par la suite, quelque chose se déclencha dans son cerveau. À son tour, sans perdre le temps de réfléchir, il gravit lui aussi les marches et frappa tant bien que mal à la porte sur le rythme utilisé par Boris. Elle s'ouvrit tout aussi vite que la première fois. Un homme à la physionomie peu engageante et aux cheveux coupés ras se tenait sur le seuil.

— Ouais ? grogna-t-il.

C'est à cet instant que Tommy se rendit pleinement compte de sa folie. Ne pouvant plus reculer, il lança les premiers mots qui lui vinrent à l'esprit :

— Mr Brown.

À sa vive stupéfaction, l'homme le fit entrer.

— En haut, deuxième porte à gauche, précisa-t-il en pointant son pouce par-dessus son épaule.

8

LES AVENTURES DE TOMMY

Tout ébahi qu'il fût par l'accueil du gardien, Tommy n'hésita pas une seconde. Puisque l'audace l'avait mené aussi loin, il ne lui restait plus qu'à espérer qu'elle le conduirait plus loin encore. Il entra et gravit l'escalier délabré. Tout était d'une saleté indicible. La tapisserie crasseuse dont on ne parvenait plus à distinguer les motifs tombait en lambeaux. Et il y avait des toiles d'araignée dans tous les coins.

Tommy monta sans se presser. Comme il parvenait au premier, il entendit le gardien se retirer dans une des pièces du rez-de-chaussée. Il était clair qu'on ne le soupçonnait pas encore. Se présenter à la porte d'entrée, demander « Mr Brown » semblait la chose la plus naturelle au monde.

Sur le palier, Tommy s'arrêta pour réfléchir. En face de lui, il découvrit un étroit couloir percé de portes de chaque côté. De la plus proche, à droite, lui parvenait un murmure de voix étouffées. C'est là qu'on lui avait dit d'entrer. À cet instant son attention fut attirée par un petit renfoncement, à sa droite, d'un mètre carré environ, à demi masqué par un rideau de velours déchiré. Situé en face de la porte de gauche, mais placé dans l'angle, il commandait aussi l'escalier. C'était là une cachette idéale pour un homme, deux au besoin. Tommy était fortement tenté de s'y réfugier.

Réfléchissant lentement et posément, selon son habitude, il décida que « Mr Brown » était sinon une personne, du moins un mot de passe utilisé par la bande. Quoi qu'il en fût, ce nom lui avait permis de franchir le seuil. Jusqu'à présent, personne ne le soupçonnait, mais il devait décider rapidement de la suite des opérations. Entrer hardiment dans la pièce à gauche du couloir ? Suffirait-il pour cela d'avoir été admis dans la maison ? Ou bien lui demanderait-on un autre mot de passe ou au moins une preuve de son identité ? Si, de toute évidence, le concierge ne connaissait pas de vue tous les membres de la bande, à l'étage ce devait être différent. La chance l'avait bien servi jusque-là mais pouvait-il continuer à croire en sa bonne étoile ? Une fois dans la pièce le jeu devenait périlleux car il ne pouvait espérer donner le change indéfiniment. Tôt ou tard, il serait conduit à se trahir et perdrait sa dernière chance par pure témérité.

Des coups semblables aux précédents venaient d'être frappés à la porte d'entrée. Sans plus hésiter, Tommy s'empressa de se glisser dans le renfoncement et tira prudemment le rideau de manière à être complètement dissimulé. Des fentes et des déchirures dans le tissu lui permettaient de voir ce qui se passait. Il observerait le déroulement des événements et, quand il le souhaiterait, pourrait rejoindre les autres en adoptant le même comportement que le nouvel arrivant.

Tommy n'avait jamais vu l'homme qui montait l'escalier d'un pas furtif sans le moindre bruit. Visiblement issu des bas-fonds de la société, avec ses sourcils bas et menaçants et ses traits bestiaux, il aurait été identifié du premier coup d'œil par Scotland Yard. L'individu passa devant le renfoncement en soufflant comme un phoque. Il s'arrêta devant la porte située en face et frappa plusieurs coups bien rythmés, comme il venait de le faire à la porte d'entrée.

De l'intérieur, on cria quelque chose. L'homme ouvrit la porte et entra, permettant à Tommy d'entrevoir l'intérieur de la pièce. Quatre ou cinq personnes étaient assises autour d'une longue table qui occupait presque toute la salle. Il y avait surtout parmi eux un homme de haute taille aux cheveux coupés ras et à la courte barbe pointue, qui présidait l'assemblée, un dossier ouvert devant lui. Comme le nouvel arrivant pénétrait dans la pièce, il le dévisagea et, dans un anglais correct, mais avec une élocution bizarre, lui demanda :

— Votre numéro, camarade ?

— Quatorze, chef, répondit l'autre d'une voix rauque.

— Exact.

Et la porte se referma.

« Si ce n'est pas un Boche, moi je suis hollandais, pensa Tommy. Et il dirige la séance avec ordre et méthode, comme ils savent si bien le faire. J'ai été bien inspiré de ne pas aller me fourrer là-dedans. J'aurais donné un faux numéro et ç'aurait été le bouquet. Il faut que je reste planqué ici. Tiens, on frappe, en bas ! »

Le nouveau visiteur ne ressemblait en rien au précédent. Tommy vit tout de suite qu'il s'agissait d'un indépendantiste irlandais. De toute évidence, l'organisation de Mr Brown avait des ramifications partout : le criminel de droit commun, le gentleman irlandais bien élevé, le Russe blafard et l'efficace maître des cérémonies allemand. Quelle assemblée étrange et sinistre ! Qui était donc cet homme qui tenait entre ses mains les maillons si disparates de cette chaîne inconnue ?

Cette fois encore, la procédure fut rigoureusement identique : les coups frappés à la porte, la question sur le numéro — et la réponse. De nouveau, par deux fois très rapprochées, on frappa à la porte d'entrée.

Le premier des deux hommes était totalement inconnu de Tommy. L'air posé et intelligent, la tenue miteuse, il avait tout d'un employé de la City. Quant au second, c'était un ouvrier dont le visage ne semblait pas inconnu à notre héros.

Trois minutes plus tard, apparut un homme visiblement habitué au commandement, vêtu avec une élégance parfaite et chez qui tout révélait la noblesse des origines. Bien que Tommy ne pût mettre un nom sur son visage, il ne lui était pas inconnu non plus.

S'ensuivit une longue attente. Estimant que l'assemblée était au grand complet, Tommy s'apprêtait à sortir de sa cachette sur la pointe des pieds quand un nouveau coup frappé à la porte du rez-de-chaussée l'obligea à faire prestement marche arrière.

Le dernier arrivant gravit les escaliers si doucement que Tommy eut à peine le temps de le voir arriver. Hormis ses pommettes saillantes à la manière slave, rien ne permettait de deviner la nationalité de cet homme de petite taille, à l'air doux, presque efféminé. Il tourna la tête en passant et son regard parut transpercer le rideau. Persuadé que l'homme l'avait découvert, Tommy ne put s'empêcher de frissonner. Bien qu'il ne fût pas plus impressionnable que la plupart des jeunes Anglais de son temps, il sentit qu'un étrange pouvoir émanait de cet homme. Cette créature lui rappelait un serpent venimeux.

Cette impression ne tarda d'ailleurs pas à se confirmer. Le nouvel arrivant frappa à la porte comme tous les autres, mais il fut reçu de tout autre façon. Tous se levèrent. Le barbu vint serrer la main du visiteur en claquant des talons.

— C'est pour nous un honneur, un très grand honneur... J'avais tellement peur que ce ne soit pas possible.

— Cela n'a pas été sans mal, répondit l'autre d'une voix basse et légèrement sifflante. J'ai bien peur que cela ne puisse plus se reproduire. Mais cette rencontre est essentielle pour la suite des opérations. Je ne peux rien faire sans... sans Mr Brown. Est-il parmi nous ?

Une légère hésitation fut perceptible dans la réponse de l'Allemand :

— Nous avons reçu un message. Il lui a été impossible de venir...

Puis il se tut, donnant l'impression de laisser sa

phrase inachevée. L'autre esquissa un sourire et regarda les visages gênés qui l'entouraient.

— Ah ! Je vois ! Je connais ses méthodes. Il travaille dans l'ombre et ne fait confiance à personne. Malgré tout, il est peut-être ici, parmi nous...

Il jeta un regard circulaire et une expression de crainte figea de nouveau tous les visages. Chacun regardait son voisin avec suspicion. Le Russe se tapota la joue.

— Quoi qu'il en soit, commençons.

Reprenant ses esprits, l'Allemand désigna au Russe la place qu'il avait occupée au bout de la table et, devant son hésitation, insista :

— C'est la seule place possible pour le numéro 1. Numéro 14, si vous voulez bien fermer la porte.

Aussitôt, Tommy se retrouva face au panneau de bois. Et les voix ne furent plus qu'un murmure indistinct. Il commença à trépigner. Le fragment de conversation déjà surpris avait éveillé sa curiosité. Il lui fallait coûte que coûte en entendre davantage.

Aucun bruit ne parvenait plus d'en bas et il était peu probable que le gardien monte à l'étage. Tommy resta encore un instant à écouter, puis il passa la tête hors du rideau : le couloir était désert. Abandonnant ses chaussures, il se dirigea prudemment, pieds nus, vers la porte. Là, il s'agenouilla et colla son oreille contre le chambranle. Mais les sons n'étaient guère plus distincts. Seul lui parvenait un mot de temps à autre quand quelqu'un élevait la voix, ce qui ne faisait qu'accroître son désir d'en entendre davantage.

Il examina la poignée de la porte. Parviendrait-il à la tourner petit à petit, si doucement et si imperceptiblement que dans la pièce personne ne s'en aperçût ? Moyennant beaucoup de doigté, cela semblait faisable. Très lentement, en retenant son souffle, il commença à la tourner par petites pressions. Encore un peu, encore un peu... En verrait-il jamais la fin ? Ah ! Enfin ! la poignée s'immobilisa.

Il attendit une minute ou deux, respira à fond, et commença à pousser tout doucement la porte. Celle-ci ne bougea pas. Tommy se renfrogna. S'il appuyait plus fort, on l'entendrait grincer. Il attendit que les voix s'élèvent pour recommencer. Cette satanée porte était-elle coincée ? En désespoir de cause, il poussa de toutes ses forces. Mais la porte resta fermée et il se trouva devant l'évidence : le verrou avait été poussé de l'intérieur. Pendant quelques secondes, l'indignation le submergea.

— Ah ! les salauds ! murmura-t-il entre ses dents. Ils m'ont bien eu !

Son calme retrouvé, Tommy examina la situation. La première chose à faire était de replacer la poignée dans sa position originale. S'il la lâchait d'un coup, ils s'en apercevraient. Avec la même application, il refit donc le même travail, dans l'autre sens. Tout se passa bien et le jeune homme se releva avec un soupir de soulagement. Aussi obstiné qu'un bouledogue, Tommy avait du mal à s'avouer vaincu. Et même si ses projets étaient contrecarrés pour l'instant, il était loin d'abandonner la partie. Plus décidé que jamais à entendre ce qui se disait derrière cette porte fermée, il en vint à la conclusion que, ce plan ayant échoué, il devait en trouver un autre.

Il regarda autour de lui. Un peu plus loin, à gauche, il découvrit encore une porte. Il s'en approcha sans bruit et, après avoir prêté l'oreille pendant quelques minutes, tourna la poignée qui céda. C'était une chambre à coucher, inoccupée, au mobilier délabré, encore plus sale que le reste de la maison. Mais ce qui intéressait Tommy, c'est précisément ce qu'il avait espéré trouver : une porte de communication entre les deux pièces, à gauche de la fenêtre. Après avoir soigneusement refermé derrière lui, il examina l'autre porte dont le verrou rouillé n'avait pas servi depuis longtemps. En l'actionnant délicatement de droite à gauche, Tommy parvint à le tirer sans faire de bruit.

Puis il recommença la même manœuvre avec la poignée et, cette fois, avec un franc succès. La porte s'entrouvrit suffisamment pour qu'il puisse entendre ce qui se disait. Un rideau de velours lui masquait la vue mais il reconnaissait les voix. L'indépendantiste irlandais à l'accent inimitable disait :

— Tout cela, c'est très joli. Mais il nous faut davantage d'argent. Sans argent, pas de résultat.

Une autre voix, qui devait être celle de Boris, répliqua :

— Nous garantissez-vous les résultats ?

— D'ici un mois — un peu plus tôt, un peu plus tard — je vous garantis que nous ferons régner en Irlande une vague de terreur telle que nous ébranlerons sur ses bases tout l'Empire Britannique.

Après un silence, le numéro 1 répondit de sa voix douce et sifflante :

— Bon, vous aurez l'argent. Boris, vous vous en occuperez.

— On passe par les Irlandais d'Amérique et Mr Polter, comme d'habitude ?

— Je pense que ça ira, déclara une nouvelle voix à l'accent américain, mais je dois vous prévenir tout de suite que les choses deviennent un peu difficiles. On ne rencontre plus la même sympathie qu'avant, et on a de plus en plus tendance à laisser les Irlandais régler leurs affaires entre eux sans l'intervention de l'Amérique.

— Où est le problème, puisque l'argent ne viendra des États-Unis qu'en théorie ? fit remarquer Boris.

— La plus grosse difficulté, reprit l'Irlandais, c'est la livraison des munitions. L'argent, lui, est acheminé assez facilement, grâce à nos collègues d'ici.

Une autre voix s'éleva, sans doute celle de l'homme habitué au commandement et que Tommy croyait connaître :

— Pensez un peu à ce que diraient vos amis de Belfast s'ils vous entendaient !

— Alors, affaire réglée ! trancha la voix sifflante. Passons maintenant à ce journal anglais et à ce problème de prêt. Boris, vous avez arrangé les détails de manière satisfaisante ?

— Je crois, oui.

— C'est bien. S'il le faut, on demandera un démenti officiel à Moscou.

Le silence qui s'ensuivit fut rompu par la voix sonore de l'Allemand :

— Je suis chargé par... par Mr Brown de vous soumettre les comptes rendus concernant les différentes corporations. Celui des mineurs est le plus satisfaisant. Quant aux cheminots, nous devons les calmer. Il pourrait y avoir des incidents avec le syndicat.

Il y eut un silence, troublé seulement par le froissement des papiers et les explications fournies de temps à autre par l'Allemand. Puis quelqu'un tambourina sur la table.

— La date, cher ami ? demanda le numéro 1.

— Le 29.

— C'est un peu tôt, commenta le Russe après réflexion.

— Je sais bien, mais c'est la date fixée par les principaux leaders Travaillistes et nous ne devons pas trop intervenir. Il faut qu'ils aient l'impression d'agir de leur propre initiative.

Le Russe se mit à rire doucement :

— Oui, oui. Vous avez raison. Ils ne doivent pas soupçonner que nous nous servons d'eux. Ce sont des gens honnêtes et c'est ce qui fait leur prix à nos yeux. C'est étrange, mais on ne peut pas faire de révolution sans des hommes honnêtes. L'instinct du peuple est infaillible. (Il se tut puis, comme enchanté par sa formule, déclama d'une voix sinistre :) Chaque révolution a eu ses hommes honnêtes. On s'en débarrasse après coup.

L'Allemand reprit la parole :

— Nous devons nous débarrasser de Clymes. Il devient trop perspicace. Le numéro 14 s'en chargera.

Une voix rauque se fit entendre :

— D'accord, chef. Et si je suis pris ?

— Vous serez défendu par le meilleur avocat d'Angleterre, répondit calmement l'Allemand. De toute façon, vous aurez des gants portant les empreintes d'un cambrioleur connu. Vous n'avez rien à craindre.

— Je ne crains rien, chef. Du moment que c'est pour le bien de la cause... Le sang coulera dans les rues, à ce qu'il paraît, ajouta-t-il d'un ton sinistre. Des fois, j'en rêve. Les diamants et les perles tomberont du ciel et tout le monde pourra s'en mettre plein les poches.

Il y eut un bruit de chaises puis le numéro 1 prit la parole :

— Donc, tout est prévu. Nous sommes sûrs du succès ?

— Oui, je crois.

La voix de l'Allemand avait perdu son assurance habituelle.

— Où est le problème ?

Numéro 1 avait changé de ton.

— Nulle part, mais...

— Mais quoi ?

— Les leaders syndicaux. Sans eux, comme vous le dites, nous ne pouvons rien faire. S'ils ne déclarent pas la grève générale le 29...

— Et pourquoi ne le feraient-ils pas ?

— Vous l'avez dit tout à l'heure : ce sont des gens honnêtes. Et malgré tout ce que nous avons fait pour discréditer le gouvernement à leurs yeux, je me demande s'ils n'ont pas toujours confiance en lui, même s'ils ne l'avouent pas...

— Mais...

— Je sais bien. Ils le malmènent en permanence.

Mais dans l'ensemble, l'opinion publique penche plutôt du côté du gouvernement. Ils ne feront rien contre lui.

Le Russe se remit à tambouriner sur la table :

— Revenons à l'essentiel, mon ami. J'avais cru comprendre qu'il existait un document qui nous assurait le succès.

— C'est exact. Si nous mettions ce document sous les yeux des leaders syndicaux, le résultat serait immédiat. Ils le publieraient dans toute l'Angleterre et se prononceraient en faveur de la révolution sans l'ombre d'une hésitation. Le gouvernement serait définitivement coulé.

— Alors que voulez-vous de plus ?

— Le document, répondit l'Allemand sans détour.

— Parce que vous ne l'avez pas ?... Mais vous savez tout de même bien où il se trouve, non ?

— Non.

— Quelqu'un sait-il où il est ?

— Une personne. Peut-être. Et encore nous n'en sommes pas sûrs.

— Et qui est cette personne ?

— Une jeune fille.

Tommy retint son souffle.

— Une jeune fille ? s'écria le Russe d'une voix méprisante. Et vous ne l'avez pas fait parler ? Dans mon pays, nous avons des méthodes pour faire parler des jeunes filles.

— Il s'agit d'un cas particulier, précisa l'Allemand d'une voix sombre.

— Un cas particulier ? Où est cette jeune fille actuellement ?

— La jeune fille ?

— Oui.

— Elle est...

Mais Tommy n'entendit pas la suite. Il eut

l'impression que le plafond lui tombait sur la tête. Et il sombra, happé par les ténèbres.

9

TUPPENCE DEVIENT FEMME DE CHAMBRE

Quand Tommy s'était lancé sur les traces des deux hommes, Tuppence avait dû se retenir pour ne pas l'accompagner. À la réflexion, elle se consola en se disant que les événements lui avaient sans doute donné raison. Sans aucun doute, les deux hommes venaient de l'appartement du second, et le simple prénom de Rita avait une fois de plus mis les Jeunes Aventuriers sur la piste des ravisseurs de Jane Finn.

Que faire maintenant? Là était la question! Tuppence n'était pas du genre à rester les deux pieds dans le même sabot. Tommy était occupé, et elle s'était interdit de le rejoindre. Dans son désœuvrement, elle revint sur ses pas et pénétra dans le hall de l'immeuble. Il n'était plus désert : un petit liftier était en train de faire briller des cuivres en sifflant la dernière chanson à la mode avec autant d'enthousiasme que d'approximation.

Quand Tuppence fut près de lui, il lui lança un coup d'œil. Restée gamine par bien des côtés, la jeune fille se sentait toujours à l'aise avec les adolescents. D'emblée, la sympathie fut réciproque. Tuppence pensa qu'un allié dans le camp ennemi, pour ainsi dire, n'était pas un élément négligeable

— Alors, William, s'exclama-t-elle dans le style enjoué de l'infirmière qui prend son service le matin, on m'a bien astiqué tout ça?

— Pas William, miss. Albert, corrigea-t-il.

— Va pour Albert!

Elle jeta autour d'elle un regard mystérieux et d'autant plus appuyé qu'elle voulait s'assurer qu'Albert le remarquerait. Puis, se penchant vers lui, elle lui murmura à l'oreille :

— J'aimerais te dire deux mots, Albert.

Albert, bouche bée, cessa illico de s'occuper de ses cuivres.

— Regarde, tu reconnais cela ?

D'un geste dramatique, elle souleva le revers de son manteau pour exhiber un petit insigne émaillé. Il était peu probable qu'Albert le reconnût — ce qui aurait porté un coup fatal au plan de Tuppence —, puisque l'insigne en question était l'emblème d'un groupe sportif créé dans le village par son père au début des hostilités.

La jeune fille avait gardé cet insigne qui lui avait servi la veille à épingler une fleur à sa boutonnière. Dotée d'une excellente vue, elle avait remarqué qu'un roman policier à quatre sous sortait de la poche d'Albert. Par ailleurs les yeux écarquillés du gamin lui confirmèrent que sa tactique était bonne et que le poisson mordait à l'hameçon.

— Force d'Intervention des Détectives Américains, souffla-t-elle.

Albert tomba dans le piège.

— Oh, mon Dieu ! murmura-t-il émerveillé.

Tuppence le gratifia du clin d'œil que l'on réserve en général à de vieux complices. Puis, de sa voix la plus cordiale :

— Tu devines qui je traque ?

Albert, les yeux ronds, retenant son souffle, articula :

— Quelqu'un de l'immeuble ?

Tuppence opina du chef et pointa son pouce en direction des escaliers :

— Numéro 20. Elle se fait appeler Vandemeyer. Vandemeyer, mon œil, oui !

Albert fit le geste de mettre sa main dans sa poche.

— Une voleuse ?

— Et quelle voleuse ! Aux États-Unis, on l'appelle Rita-la-Roulotte !

— Rita-la-Roulotte, répéta Albert tout joyeux. Comme au cinéma !

C'était en effet du cinéma, et Tuppence était une habituée des salles obscures.

— Annie a toujours dit que c'était une garce.

— Qui est Annie ? demanda Tuppence d'un ton détaché.

— Sa femme de chambre. Elle quitte sa place aujourd'hui. Combien de fois, elle m'a répété : « Retiens bien ce que je te dis, Albert, je ne serais pas étonnée si la police montait un de ces quatre. » N'empêche qu'elle est drôlement bien roulée, non ?

— Pas mal, oui, admit Tuppence sans autre précision. D'ailleurs, ça lui sert dans ses affaires, pas vrai ? À propos, tu l'as déjà vue porter les émeraudes ?

— Les émeraudes ? C'est des pierres vertes, pas vrai ?

Tuppence hocha la tête et ajouta :

— C'est cela que nous recherchons. Tu as entendu parler du vieux Rysdale ?

— Non.

— Peter B. Rysdale, le roi du pétrole ?

— J'ai dû en entendre parler, oui.

— Ces pierres lui appartenaient. C'est la plus belle collection d'émeraudes au monde. Elle vaut un million de dollars !

— Mon Dieu ! s'exclama Albert, en transe. On se croirait de plus en plus au cinéma.

Tuppence sourit, satisfaite du résultat :

— Nous ne possédons pas encore toutes les preuves. Mais nous l'avons à l'œil, et cette fois, elle ne nous échappera pas, ajouta-t-elle en ponctuant sa phrase d'un clin d'œil appuyé.

Comblé, Albert émit un son inarticulé.

— Mais attention, mon petit, pas un mot à qui que ce soit. Je n'aurais même pas dû t'en parler, mais nous, les Américaines, nous savons reconnaître un type bien quand on en croise un.

— Je ne dirai rien à personne... Est-ce que je ne pourrais pas faire quelque chose pour vous donner un coup de main ? Un peu de filature par exemple ?

Tuppence fit mine de réfléchir puis secoua la tête :

— Pas pour l'instant, mais en cas de besoin, je ferai appel à toi. Parle-moi un peu de cette femme de chambre qui s'en va.

— Annie ? Elles ont régulièrement des prises de bec. Comme dit Annie, une femme de chambre, c'est quelqu'un, de nos jours, et il faut la traiter en conséquence. Et si Annie répète à tout un chacun ce qu'elle a sur le cœur, Rita-la... la-Roulotte — c'est bien ça ? — aura du mal à la remplacer.

— Tu crois ? ajouta Tuppence, songeuse. Je me demande...

Une idée lui était venue à l'esprit. Elle tapa sur l'épaule d'Albert :

— Écoute-moi, mon petit, j'y pense. Que se passerait-il si tu disais que tu as une cousine ou qu'un de tes amis a une cousine qui conviendrait pour cette place ? Tu vois ce que je veux dire ?

— Je vous suis. Laissez-moi m'en occuper, miss, et je vous arrange le coup en deux temps trois mouvements.

— Tu es un gars du tonnerre ! Tu pourras dire que la jeune femme en question peut commencer tout de suite. Tu me tiens au courant et si c'est d'accord, je serai là demain matin à 11 heures.

— Où est-ce que je peux vous joindre ?

— Au *Ritz*, répondit Tuppence, laconique. Mon nom est Cowley.

Albert la regarda avec envie :

— Ce doit être un bon métier, ce travail de détective.

— C'est vrai, répondit Tuppence d'un air évasif. Surtout quand c'est le vieux Rysdale qui paye les frais. Mais ne t'inquiète pas, mon petit, si tout se passe bien, tu auras ta part du gâteau.

Sur cette promesse, Tuppence salua son nouvel allié et, très satisfaite de sa matinée, quitta South Audley Mansions d'un pas alerte. Mais elle n'avait pas de temps à perdre. Elle rentra directement au *Ritz* et écrivit un mot à Carter. Cela fait, comme Tommy n'était toujours pas de retour — ce qui ne la surprenait pas outre mesure —, elle partit faire des courses. Ses emplettes, ainsi que son thé copieusement accompagné de gâteaux à la crème, l'occupèrent jusqu'à 6 heures passées. Elle regagna l'hôtel, éreintée mais ravie de ses achats. Elle avait d'abord couru les magasins de confection puis les boutiques de vêtements d'occasion pour terminer chez un bon coiffeur. Maintenant, dans la solitude de sa chambre, elle déballait son dernier achat. Cinq minutes plus tard, elle se regardait dans la glace en souriant. Elle avait quelque peu modifié au crayon l'arc de ses sourcils, ce qui, ajouté à une profusion de boucles blondes, la changeait tellement que même si elle se trouvait en face de Whittington, il ne la reconnaîtrait pas. Elle porterait des talonnettes dans ses chaussures, sans parler de sa coiffe et de son tablier de femme de chambre qui constituaient les éléments les plus importants de son déguisement. Elle savait par expérience que souvent les malades ne reconnaissent pas leur infirmière quand elle n'est pas en tenue.

— Oui, déclara Tuppence à haute voix, en se contemplant malicieusement dans la glace, tu feras l'affaire.

Puis, ayant repris son apparence normale, elle dîna toute seule, un peu étonnée que Tommy ne fût pas encore de retour. Julius était également absent, ce qui s'expliquait plus facilement. Il exerçait ses activités débordantes bien au-delà de Londres, et les Jeunes Aventuriers étaient habitués à le voir disparaître brusquement pour des raisons professionnelles. Il était tout à fait possible que Julius P. Hersheimmer fût parti pour Constantinople pour peu qu'il pensât y découvrir un indice lui permettant de retrouver sa cousine. Ce dynamique jeune homme avait réussi à rendre la vie impossible à plusieurs fonctionnaires de Scotland Yard, et les standardistes du ministère de la Marine appréhendaient son « hullo ! » qu'elles reconnaissaient immédiatement. À Paris, pendant trois heures, il avait harcelé les employés de la Préfecture et il en était revenu avec l'idée — qu'avait dû lui souffler un fonctionnaire français, fatigué de le voir — que la clé du mystère se trouvait en Irlande.

« Qui sait s'il n'est pas parti là-bas ? pensa Tuppence. Tout ça c'est bien beau, mais c'est très ennuyeux pour moi. Je suis là, j'ai plein de nouvelles à raconter et personne à qui en parler. Tommy aurait pu m'envoyer un télégramme ! Je me demande où il est ! En tout cas, il ne peut avoir perdu leurs traces. Tiens ! à propos... » Miss Cowley sortit de sa méditation et fit venir le garçon d'étage.

Dix minutes plus tard, la jeune personne était confortablement installée dans son lit. Le paquet de cigarettes à portée de la main, elle se plongea dans l'étude de *Garnaby Williams, jeune détective*, un des quatre romans à trois pence chacun qu'elle avait envoyé chercher. Elle pensait, fort justement d'ailleurs, qu'avant de développer ses relations avec Albert, il était bon qu'elle s'imprégnât de l'atmosphère chère au jeune liftier.

Le lendemain matin, elle reçut une lettre de Carter ainsi libellée :

Chère miss Tuppence,

Vous avez effectué un superbe démarrage et je vous en

félicite. Cependant, je voudrais une fois de plus attirer votre attention sur les risques que vous courez, surtout si vous continuez dans le sens que vous m'avez indiqué. Ces gens sont aux abois et inaccessibles à la pitié ou à la compassion. Je crois que vous sous-estimez le danger et tiens à vous rappeler que je ne puis vous promettre ma protection. Vous nous avez procuré de précieux renseignements et si vous souhaitiez maintenant vous retirer de l'affaire, personne ne vous en blâmerait. En tout cas, réfléchissez avant de prendre une décision.

Si, en dépit de mes avertissements, vous décidiez de continuer, sachez que tout est arrangé. Pendant deux ans, vous avez vécu auprès de miss Dufferin (Le Prieuré, Llannelly). Mrs Vandemeyer peut lui demander vos références.

Puis-je vous donner un ou deux conseils ? Restez aussi près que possible de la vérité, ce qui vous mettra à l'abri d'éventuelles étourderies. Présentez-vous simplement comme une ex-infirmière de l'armée qui a choisi d'entrer au service d'un particulier. Il y en a beaucoup dans ce cas. Cela expliquera certaines intonations ou certains comportements qui autrement pourraient faire naître les soupçons.

Quelle que soit votre décision, je vous souhaite bonne chance.

Votre ami sincère,
Mr Carter.

Tuppence ne se laissa nullement abattre. Elle avait beaucoup trop confiance en elle pour prêter la moindre attention à ce genre d'avertissements. Elle n'en renonça pas moins à l'intéressant rôle de soubrette demeurée qu'elle s'était inventé. Tout en jugeant qu'elle aurait pu assumer ce rôle pendant un temps indéfini, elle avait assez de bon sens pour comprendre le bien-fondé des arguments de Carter.

Tommy n'avait toujours pas donné signe de vie, quand, au courrier du matin, Tuppence reçut une carte postale crasseuse avec au dos quelques mots griffonnés : « Tout va bien. »

À 10 h 30, elle contempla avec une certaine fierté la malle en fer légèrement cabossée qui contenait sa nouvelle garde-robe. Une ficelle artistement disposée en ajustait le couvercle. Quelque peu rougissante, elle sonna et demanda qu'on la chargeât dans le coffre d'un taxi.

Elle se fit conduire à Paddington et déposa sa malle à la consigne. Puis, ne gardant que son sac à main, elle gagna la salle d'attente réservée aux dames. Dix minutes plus tard, c'est une Tuppence métamorphosée, arborant un air modeste, qui sortait de la gare pour monter dans un autobus.

À 11 heures passées, elle pénétra dans le hall d'entrée de South Audley Mansions. À son poste, Albert vaquait sans conviction à ses occupations. Tout d'abord, il ne reconnut pas la jeune fille. Puis il manifesta une admiration sans bornes :

— Ma parole ! Dire que j'ai failli ne pas vous reconnaître ! Quel accoutrement extraordinaire !

— Ravie que vous l'aimiez, Albert, répondit Tuppence avec modestie. Alors je suis votre cousine, oui ou non ?

— Votre accent aussi ! s'extasia le gamin. Tout ce qu'il y a de plus anglais moyen ! Non, vous n'êtes pas ma cousine, mais l'amie d'un de mes amis. Annie n'était pas très contente ! Elle est restée jusqu'à aujourd'hui, soi-disant pour rendre service, mais en fait c'est pour vous monter contre la patronne.

— Adorable gamine, déclara Tuppence à Albert qui n'y vit aucune ironie.

— Elle a de la classe, et elle sait défendre ses intérêts, mais elle a un de ces caractères ! Vous voulez monter, miss ? Vous m'avez dit le 20 ? ajouta-t-il avec un clin d'œil.

La jeune fille le remit en place d'un regard sévère et pénétra dans l'ascenseur. Tandis qu'elle sonnait à la porte n° 20, elle sentait, fixé sur elle, le regard d'Albert qui redescendait.

Une jeune femme délurée lui ouvrit la porte.

— Je viens pour la place, déclara Tuppence.

— C'est une place pourrie, répondit l'autre du tac au tac. Cette vieille bique se mêle de tout. Elle m'a accusée de farfouiller dans sa correspondance. Moi ! La lettre était à moitié décachetée ! Et il n'y a jamais rien dans la corbeille à papiers : elle brûle tout ! Une horrible mégère, voilà ce qu'elle est. De belles fringues mais aucune classe. La cuisinière sait des trucs sur son compte, mais elle n'ose pas les dire. Elle en a une peur bleue ! Et soupçonneuse, avec ça : dès que vous parlez à un jules, elle est sur votre dos. Moi, je peux vous dire que...

Mais Tuppence ne devait jamais connaître la suite parce qu'à cet instant une voix claire au timbre métallique cria :

— Annie !

La jeune femme délurée bondit, comme si on lui avait tiré dessus :

— Oui, madame ?

— À qui parlez-vous ?

— C'est la personne qui vient pour la place, madame.

— Faites-la entrer. Immédiatement.

— Oui, madame.

Tuppence fut conduite dans une des pièces donnant sur un long corridor. Une femme se tenait debout près de la cheminée. Elle n'était plus de la première jeunesse : son visage était flétri, ses traits durcis, mais, naguère, elle avait dû être éblouissante. Ses cheveux, retenus sur la nuque, étaient d'un blond quelque peu artificiel. Ses yeux perçants, bleu d'acier, semblaient capables de lire dans les âmes. Sa silhouette élégante était mise en valeur par une superbe robe en crêpe georgette indigo. En dépit de sa grâce ondoyante et de la beauté éthérée de son visage, on sentait en elle quelque chose d'inflexible et de menaçant, une sorte de dureté qui s'exprimait dans la voix et le regard.

Pour la première fois, Tuppence eut peur. Elle n'avait pas eu peur de Whittington, mais avec cette femme, c'était différent. Comme fascinée, elle contemplait les lèvres rouges et cruelles et, de nouveau, elle sentit la panique l'envahir. Son habituelle confiance en elle l'abandonna. Confusément, elle sut que duper cette femme serait plus difficile que de duper Whittington. Les avertissements de Carter lui revinrent à l'esprit. Ici, en effet, elle ne devait espérer aucune pitié.

Dominant la panique qui l'engageait plutôt à s'enfuir à toutes jambes, Tuppence soutint le regard de Mrs Vandemeyer avec autant de respect que de fermeté.

Comme si ce premier examen avait été satisfaisant, Mrs Vandemeyer lui indiqua une chaise :

— Asseyez-vous. Comment avez-vous appris que je cherchais une femme de chambre ?

— Par un ami qui connaît le liftier de l'immeuble. Il a pensé que la place pourrait me convenir.

De nouveau, Mrs Vandemeyer la transperça du regard :

— Vous vous exprimez comme quelqu'un qui a reçu une certaine instruction.

Avec une relative aisance, Tuppence retraça sa carrière imaginaire, dont les grandes lignes lui avaient été suggérées par Carter. Au fur et à mesure qu'elle parlait, il lui semblait que Mrs Vandemeyer se détendait.

— Je vois, dit-elle quand Tuppence en eut terminé. À qui puis-je écrire pour avoir des références sur vous ?

— Ma dernière place était chez miss Dufferin, le Prieuré, Llanelly. J'y suis restée deux ans.

— Et puis vous vous êtes dit qu'à Londres vous gagneriez plus ? Chez moi, vous aurez entre cinquante et soixante livres, ni plus ni moins. Pouvez-vous commencer tout de suite ?

— Oui, madame. Aujourd'hui, si vous voulez. J'ai laissé mes affaires à Paddington.

— Prenez un taxi, et allez les chercher. Vous verrez, c'est une place agréable. Je sors beaucoup. À propos, comment vous appelez-vous ?

— Prudence Cooper, madame.

— Très bien, Prudence. Allez chercher vos affaires. Je ne suis pas là pour le déjeuner. La cuisinière vous fera visiter la maison.

— Merci, madame.

Tuppence se retira. La belle Annie avait disparu. Dans le hall d'entrée, un superbe concierge avait relégué Albert à l'arrière-plan. En sortant avec le maintien modeste exigé par sa condition, Tuppence ne lui adressa même pas un regard.

L'aventure avait commencé, mais elle n'éprouvait pas la même jubilation qu'en début de matinée. Il lui vint à l'esprit que si Jane Finn était tombée entre les mains de Mrs Vandemeyer, elle avait dû en voir de toutes les couleurs.

10

SIR JAMES PEEL EDGERTON ENTRE EN SCÈNE

Tuppence ne commit aucune maladresse dans l'exercice de ses nouvelles fonctions. Car les filles du pasteur avaient reçu une solide expérience des tâches ménagères. Elles étaient également très douées pour former les « nouvelles » avec un résultat toujours identique : sitôt formée, la recrue les quittait pour une autre place où son savoir fraîchement acquis lui assurait une rémunération plus substantielle que ne le permettait le maigre budget du pasteur.

Tuppence ne redoutait donc guère de ne pas être à la hauteur de sa tâche. La cuisinière de Mrs Vandemeyer qui, de toute évidence, vivait dans la terreur de sa maîtresse, l'intriguait. La jeune fille en conclut que celle-ci avait sans doute un moyen de pression sur sa domestique. Pour le reste, c'était un vrai chef, comme Tuppence eut l'occasion de s'en rendre compte le soir même. Mrs Vandemeyer attendait un invité et Tuppence mit le couvert pour deux, sur la belle table vernie. En attendant ce visiteur, elle se sentait un peu soucieuse. Il y avait des chances pour que ce fût Whittington. Même si elle était convaincue qu'il ne la reconnaîtrait pas, elle préférait que l'invité en question fût un inconnu. De toute façon, que faire, sinon espérer ?

À 8 heures passées de quelques minutes, la sonnette retentit et Tuppence, le cœur battant, alla ouvrir. Quel ne fut pas son soulagement de voir que le visiteur se trouvait être le second des deux hommes que Tommy s'était mis en devoir de filer. Il se présenta : comte Stepanov. Tuppence l'annonça et Mrs Vandemeyer, visiblement ravie, se leva de son divan pour aller à la rencontre de son invité.

— Quel bonheur de vous voir, Boris Ivanovitch !

— Tout le bonheur est pour moi, madame, répondit-il en lui baisant la main.

Tuppence retourna à la cuisine :

— Comte Stepanov ou quelque chose dans ce goût-là, annonça-t-elle avant d'affecter la plus franche curiosité : Qui est-ce ?

— Un Russe, je crois.

— Il vient souvent ?

— De temps en temps. Pourquoi vous me demandez ça ?

— Je pensais qu'il avait peut-être un faible pour la patronne, expliqua la jeune fille qui ajouta d'un air maussade: Vous avez une façon de rabrouer les gens !

— Je ne suis pas tranquille avec mon soufflé.

Toi, tu sais quelque chose, pensa Tuppence en son for intérieur, avant d'ajouter à haute voix :

— Je peux commencer à servir ? Eh bien allons-y, c'est parti !

Tout en faisant le service, Tuppence ne perdait pas une miette de ce qui se disait. L'invité était bien l'homme que Tommy avait suivi la dernière fois qu'elle l'avait vu. Déjà, bien qu'elle ne voulût pas l'admettre, elle s'inquiétait pour son associé. Où se trouvait-il ? Pourquoi ne recevait-elle aucun message de lui ? Avant de quitter le *Ritz*, elle s'était arrangée pour qu'on lui déposât son courrier chez un petit marchand de journaux tout proche où Albert se rendait fréquemment. Bien sûr, elle n'était séparée de Tommy que depuis la veille et il était absurde de s'inquiéter à son sujet. Tout de même, il était étonnant qu'il ne lui eût pas envoyé le moindre mot.

Elle avait beau écouter, la conversation n'apportait aucun éclaircissement. Boris et Mrs Vandemeyer abordèrent des sujets totalement neutres : les pièces de théâtre, les danses à la mode, les derniers potins mondains. Après le dîner, ils se retirèrent dans le boudoir où Mrs Vandemeyer, étendue sur le divan, paraissait plus redoutablement belle que jamais. Tuppence apporta le café et les liqueurs. Puis elle se retira, bien à regret.

Comme elle quittait la pièce, Boris demanda :

— C'est une nouvelle ?

— Elle n'est là que depuis ce matin. L'autre était une peste. Celle-ci a l'air bien et elle sait faire le service.

Tuppence s'attarda à côté de la porte qu'elle avait soigneusement évité de fermer et entendit l'homme demander :

— Elle est tout à fait sûre, j'imagine ?

— Vraiment, Boris, vous êtes d'une méfiance absurde. Je crois qu'elle est la cousine du portier ou quelque chose dans ce genre-là. Par ailleurs, personne ne se doute que j'ai des relations avec notre ami commun, Mr Brown.

— Pour l'amour du ciel, Rita, soyez prudente ! Cette porte n'est pas fermée.

— Eh bien, allez donc la fermer ! dit Mrs Vandemeyer d'un air moqueur.

Tuppence s'éloigna rapidement. N'osant rester loin de l'office plus longtemps, elle débarrassa et lava la vaisselle avec la rapidité fulgurante qu'elle avait acquise à l'hôpital. Puis, de nouveau, elle se glissa derrière la porte du boudoir. La cuisinière, qui prenait son temps, était encore occupée à ses fourneaux ; si elle s'apercevait de son absence, elle la croirait en train de faire la couverture.

Hélas ! à l'intérieur, la conversation se poursuivait à voix trop basse pour qu'elle pût rien entendre. Elle n'osa pas rouvrir la porte, même doucement. Mrs Vandemeyer lui faisait face et Tuppence redoutait ses yeux de lynx. Elle aurait pourtant donné beaucoup pour savoir ce qui se passait. S'il s'était produit des événements imprévus, elle aurait peut-être des nouvelles de Tommy.

Elle se creusa la tête pendant quelques instants puis son visage s'épanouit : elle traversa rapidement le couloir et entra dans la chambre à coucher de Mrs Vandemeyer dont les fenêtres donnaient sur un grand balcon qui faisait tout le tour de l'appartement. Se glissant par la fenêtre de la chambre, elle parvint jusqu'à celle du boudoir. Entrouverte — comme Tuppence l'avait prévu — celle-ci permettait d'entendre distinctement les voix.

Il n'était toujours pas question de Tommy. Mrs Vandemeyer et son interlocuteur semblaient en désaccord sur un sujet donné, et finalement le Russe s'écria avec aigreur :

— Votre insouciance perpétuelle finira par nous perdre !

Rita se mit à rire :

— Une notoriété de bon aloi, rien de plus efficace pour détourner les soupçons. Vous vous en rendrez compte un de ces jours, peut-être plus tôt que vous ne le pensez.

— En attendant, on vous voit partout en compagnie de Peel Edgerton. Non seulement c'est l'avocat le plus célèbre d'Angleterre, mais encore la criminologie est sa passion ! C'est de la folie !

— Je sais que son éloquence a sauvé beaucoup d'hommes de la potence, répondit calmement Mrs Vandemeyer. Et dans ce domaine, moi aussi, je peux aussi avoir besoin de lui un de ces jours. Si tel est le cas, quelle chance d'avoir un tel ami à la Cour de Justice — ou peut-être devrais-je dire qui nous fasse la cour.

Très nerveux, Boris se mit à arpenter la pièce de long en large.

— Vous êtes une femme intelligente, Rita, mais cela ne vous empêche pas d'être stupide. Suivez mon conseil, et renoncez à Peel Edgerton.

Mrs Vandemeyer secoua doucement la tête :

— Non.

— Vous refusez ?

Il y avait comme une menace dans la voix du Russe.

— Oui.

— Dans ce cas, gronda le Russe, nous aviserons.

Mrs Vandemeyer se leva à son tour. Ses yeux brillaient :

— Vous oubliez, Boris, que je n'ai de comptes à rendre à personne. Je ne reçois d'ordres que de Mr Brown.

— Vous êtes impossible ! marmonna Boris en levant les bras au ciel. Impossible ! Il est peut-être déjà trop tard. On dit que Peel Edgerton flaire les criminels. Pourquoi pensez-vous qu'il s'intéresse subitement à vous ? Ses soupçons sont peut-être déjà éveillés. Il a deviné que...

Mrs Vandemeyer eut un regard plein de mépris :

— Rassurez-vous, mon cher Boris, il ne se doute de rien. Vous êtes moins galant que d'habitude. Vous semblez oublier qu'on me considère généralement comme une très belle femme. Et c'est ce qui intéresse Peel Edgerton.

Sceptique, Boris secoua la tête :

— Il a étudié la criminologie comme aucun autre homme ne l'a fait en Angleterre et vous pensez pouvoir le tromper ?

— S'il est tout ce que vous dites, cela m'amusera d'essayer.

— Bon Dieu, Rita !

— D'ailleurs, ajouta Mrs Vandemeyer, il est extrêmement riche, et je ne suis pas de celles qui méprisent l'argent. Comme vous le savez, mon cher Boris, c'est le nerf de la guerre.

— L'argent ! L'argent ! C'est toujours le danger avec vous, Rita. Vous vendriez votre âme pour de l'argent !

Il se tut quelques secondes puis, d'une voix basse et sinistre, il ajouta en pesant ses mots :

— Il m'arrive même de penser que vous seriez capable de nous vendre aussi... *nous* !

Mrs Vandemeyer eut un haussement d'épaules.

— De toute façon, le prix serait beaucoup trop élevé, lança-t-elle désinvolte. C'est largement au-dessus des moyens du commun des mortels ! Seul un milliardaire pourrait payer.

— Vous voyez bien, grogna le Russe, je n'avais pas tort.

— Mon cher Boris, vous ne comprenez donc pas la plaisanterie ?

— C'était une plaisanterie ?

— Naturellement.

— Alors tout ce que je peux vous dire, c'est que vous avez un sens de l'humour un peu particulier, ma chère Rita...

Mrs Vandemeyer se contenta d'un sourire :

— Cessons de nous quereller, Boris. Sonnez, nous allons prendre un verre.

Tuppence battit en retraite et vérifia son apparence devant le long miroir de Mrs Vandemeyer. Puis elle se présenta, l'air modeste.

La conversation qu'elle avait surprise, si intéressante fût-elle — car elle prouvait la complicité de Rita et de Boris —, ne jetait qu'une faible lumière sur ses préoccupations du moment. Le nom de Jane Finn n'avait même pas été prononcé. Échangeant quelques mots avec Albert le lendemain matin, elle apprit qu'aucun message ne l'attendait chez le marchand de journaux. Il semblait incroyable que Tommy — si tout allait bien — ne se manifestât pas. Elle sentait l'angoisse lui étreindre le cœur... Et si... Courageusement, elle chassa ses craintes. S'inquiéter ne servait à rien. Elle sauta sur la chance que lui offrit Mrs Vandemeyer.

— Quel est votre jour de congé habituel, Prudence ?

— Le vendredi, madame.

— Et justement, nous sommes vendredi ! Mais comme vous êtes arrivée hier, vous n'avez sans doute pas l'intention de sortir aujourd'hui ?

— Si, j'allais justement vous demander cette permission, madame.

Mrs Vandemeyer la contempla un instant, puis sourit :

— J'aimerais bien que le comte Stepanov vous entende. Il a émis des suppositions à votre sujet, hier soir. (Son sourire s'élargit, félin :) Votre requête est très... typique. Vous m'en voyez satisfaite. Vous ne pouvez pas comprendre ce que je veux dire, mais je vous autorise à prendre votre fin de journée. Cela m'est égal, je ne dîne pas à la maison.

— Merci, madame.

Aussitôt sortie de la pièce, Tuppence ressentit un soulagement intense. Une fois de plus, elle dut s'avouer qu'elle avait terriblement peur de cette belle femme au regard cruel.

Elle astiquait l'argenterie quand elle fut dérangée par la sonnette de la porte d'entrée. Ce n'était ni Whittington ni Boris, mais un homme d'apparence tout à fait inhabituelle. D'une taille à peine supérieure à la moyenne, il donnait l'impression d'être grand. Son visage expressif rasé de près révélait une puissance et une force peu communes. Un réel magnétisme émanait de sa personne.

Était-ce un acteur ou un homme de loi ? En même temps que son nom, le visiteur apporta la réponse : sir James Peel Edgerton.

Tuppence l'observa avec un intérêt redoublé ; c'était donc lui, le fameux avocat dont le nom était sur toutes les lèvres ! On disait qu'il serait un jour Premier Ministre. Il avait déjà refusé cette fonction dans l'intérêt de sa profession, préférant siéger comme député de l'Écosse au Parlement.

Tuppence retourna à l'office, pensive. Cet homme célèbre l'avait impressionnée. Elle pouvait comprendre l'inquiétude de Boris : Peel Edgerton ne devait pas être un homme facile à duper.

Un quart d'heure plus tard, la sonnerie retentit et Tuppence regagna le vestibule pour raccompagner le visiteur. Il lui avait jeté un regard perçant et maintenant, tandis qu'elle lui tendait son chapeau et sa canne, il l'observait avec toute son attention. Comme elle ouvrait la porte et s'effaçait pour le laisser sortir, il s'arrêta sur le seuil :

— Vous ne faites pas cela depuis longtemps, n'est-ce pas ?

Tuppence leva les yeux, étonnée. Dans son regard,

elle lut de la gentillesse et quelque chose de beaucoup plus difficile à déchiffrer. Elle répondit d'un signe de tête affirmatif.

— Infirmière licenciée, n'est-ce pas ?

— C'est Mrs Vandemeyer qui vous l'a dit ? demanda Tuppence, soupçonneuse.

— Non, mon petit, c'est votre regard qui me le dit. Alors, c'est une bonne place, ici ?

— Très bonne, monsieur, je vous remercie.

— Vous savez, il y a beaucoup de bonnes places, de nos jours. Et le changement ne fait jamais de mal à personne.

— Vous voulez dire que...

Il se retourna et lui lança un regard empreint de perspicacité et de bienveillance :

— Oh ! ce n'était qu'une remarque en passant...

Là-dessus, Tuppence s'en retourna à l'office, plus songeuse que jamais.

11

L'HISTOIRE DE JULIUS

Vêtue comme il se devait, Tuppence se mit en route, pour son « après-midi de sortie ». Albert n'étant pas à son poste habituel, Tuppence se rendit chez le marchand de journaux pour vérifier que rien n'y avait été déposé pour elle. Puis elle gagna le *Ritz* où elle apprit que Tommy n'était pas revenu. Elle s'attendait à cette réponse qui cependant accrut son inquiétude. Elle décida d'en référer à Carter en précisant quand et où Tommy avait commencé son enquête et en lui demandant de faire quelque chose pour le retrouver. Rassurée par cette perspective, elle s'enquit de Julius.

On lui répondit que, rentré une demi-heure plus tôt, le jeune homme était immédiatement ressorti.

Tuppence se sentit encore plus rassurée ; ce serait une bonne chose de revoir Julius. Peut-être trouverait-il le moyen de découvrir ce qu'était devenu Tommy. Elle écrivait un petit mot à Carter dans le salon du jeune Américain et rédigeait l'enveloppe quand la porte s'ouvrit brusquement.

— Bon Dieu, qu'est-ce que vous... ! commença Julius — mais il s'arrêta net. Excusez-moi, Tuppence, ces idiots de la réception m'ont raconté que Beresford n'avait pas reparu depuis mercredi. C'est vrai ?

Tuppence acquiesça et demanda d'une voix éteinte :

— Vous ne savez pas où il est ?

— Moi ? Mais comment voulez-vous que je le sache ! Je n'ai pas reçu le moindre message de lui bien que je lui aie envoyé un télégramme hier matin.

— Votre télégramme doit être à la réception, personne ne l'aura réclamé.

— Mais où est Tommy ?

— Je n'en sais rien. J'espérais que vous le sauriez.

— Mais je me tue à vous dire que je n'ai pas eu le moindre message de lui depuis que nous avons quitté la gare, mercredi.

— Quelle gare ?

— Waterloo.

— Waterloo ? fit Tuppence en fronçant les sourcils.

— Eh bien, oui, quoi ! Il ne vous en a pas parlé ?

— Je ne l'ai pas vu depuis, répéta Tuppence, excédée. Mais continuez, à propos de Waterloo. Qu'est-ce que vous fabriquiez donc dans cette fichue gare ?

— Il m'avait téléphoné pour me dire de le rejoindre tout de suite. Il filait deux gangsters.

— Oh ! s'exclama Tuppence en ouvrant de grands yeux. Je vois. Continuez.

— Je me suis précipité là-bas. J'y ai retrouvé Beresford. Il m'a montré les deux gangsters ; le mien, c'était le grand, celui que vous aviez roulé dans la farine. Tommy m'a fourré un billet dans la main et m'a dit de sauter dans le train. Lui, il se chargeait d'espionner l'autre... Je pensais que vous saviez tout cela !

— Julius, déclara fermement Tuppence, arrêtez de vous promener de long en large, vous me donnez le vertige ! Asseyez-vous dans ce fauteuil et racontez-moi toute l'histoire avec le moins de fioritures possible.

— Entendu. Par où dois-je commencer ?

— Là où vous en êtes resté : à Waterloo.

— Parfait. Je suis donc monté dans un de ces vieux compartiments comme vous les affectionnez en Angleterre. Le train partait. Pour commencer, un contrôleur est venu m'informer très poliment que je n'étais pas dans un compartiment fumeurs. Je lui ai donné un demi-dollar et l'affaire a été classée. Je me suis promené un peu dans le couloir. Whittington était toujours dans le wagon d'à côté. Quand j'ai vu ce malotru avec sa grosse figure luisante et que j'ai pensé à cette pauvre petite Jane qui est entre ses griffes, j'ai vraiment regretté de ne pas avoir mon revolver sur moi. J'aurais volontiers bousculé un peu ce gros lard.

»Nous sommes arrivés à Bornemouth. Whittington est monté dans un taxi et a donné au chauffeur le nom d'un hôtel. J'ai fait pareil. Idem quand il a retenu une chambre. Jusque-là, tout marchait comme sur des roulettes. Il ne soupçonnait pas que quelqu'un le suivait. Il s'est installé dans le salon de l'hôtel et s'est mis à lire les journaux jusqu'à l'heure du dîner. Il n'avait pas l'air pressé.

»Je commençais à penser qu'il était juste venu là

histoire de prendre un peu l'air quand je me suis aperçu qu'il ne s'était pas changé pour le dîner alors que nous étions dans un établissement plutôt chic. J'en ai déduit qu'il allait ressortir pour s'occuper enfin de ses affaires.

»En effet, vers 9 heures, il a pris une voiture. Il a traversé la ville qui est d'ailleurs assez jolie. J'y emmènerai Jane passer un week-end quand je l'aurai retrouvée. Il a payé le taxi puis, une fois hors de l'agglomération, l'a renvoyé pour se promener à travers un bois de sapins en bordure de la falaise. Bien entendu, j'étais sur ses talons. Nous avons marché une demi-heure environ. Peu à peu les villas se sont espacées, et nous sommes parvenus à la dernière, une grande maison entourée de pins.

»La nuit était noire et la route qui conduisait à la maison dans l'obscurité totale. Si je ne pouvais pas le voir, je l'entendais. Je devais marcher sans faire de bruit pour qu'il ne s'aperçoive pas qu'il était suivi. Je me suis arrêté à un tournant, juste à temps pour le voir sonner à la porte et entrer. Il commençait à pleuvoir et j'ai bientôt été trempé jusqu'aux os. En plus, il faisait un froid de canard.

»Whittington ne ressortait pas de la maison. Alors, petit à petit, je suis devenu nerveux et j'ai commencé à examiner les lieux. Toutes les fenêtres du rez-de-chaussée étaient hermétiquement fermées, mais à l'étage je pouvais voir une fenêtre éclairée dont les rideaux n'étaient pas tirés. Et, juste en face de cette fenêtre, un arbre. Il n'était qu'à une dizaine de mètres de la maison et je me suis dit que si je l'escaladais, je pourrais probablement voir ce qui se passait dans cette pièce. Bien sûr, il n'y avait pas de raison particulière pour que Whittington se trouve dans cette pièce plutôt que dans une autre — au contraire, même : il y avait fort à parier qu'il se trouvait dans l'une des pièces de réception du rez-de-chaussée. Mais j'allais attraper le cafard à rester si longtemps sous la pluie et il fallait que je fasse quelque chose, n'importe quoi, plutôt que de rester à attendre. Alors j'ai grimpé à l'arbre, ce qui n'était pas une mince affaire car la pluie avait rendu les branches glissantes. Mais petit à petit, je me suis débrouillé et je me suis trouvé à la hauteur de la fenêtre.

»Là, j'ai été déçu. J'étais beaucoup trop à gauche ; je ne pouvais voir qu'un coin de la pièce : un morceau de rideau et un mètre carré de tapisserie. Tout cela ne faisait pas mon affaire ; j'allais abandonner et redescendre tout penaud quand quelqu'un s'est déplacé à l'intérieur et a projeté son ombre sur mon bout de mur. Et bon Dieu ! c'était Whittington ! Mon sang n'a fait qu'un tour. Il fallait à tout prix que je voie ce qui se passait dans cette chambre. Oui, mais comment ? C'est alors que j'ai remarqué une grande branche qui poussait en direction de la fenêtre. Si je parvenais à me glisser jusqu'au milieu de cette branche, le problème serait résolu. Restait à savoir si elle pouvait supporter mon poids. Décidant de risquer le coup, très prudemment, centimètre par centimètre, j'ai rampé le long de la branche. Elle craquait et se balançait de façon pas plaisante pour deux sous. Et penser à une éventuelle chute n'arrangerait rien. Mais, pour finir, je suis arrivé sain et sauf à l'endroit voulu.

»La pièce, de taille moyenne, était meublée comme une chambre d'hôpital. Au milieu, je distinguais une table éclairée par une lampe et, assis à cette table, juste en face de moi... Whittington. Il parlait à une femme en tenue d'infirmière, et qui me tournait le dos. Les stores étaient levés mais, avec la fenêtre fermée, je ne saisissais pas un mot de ce qu'ils disaient. Seul Whittington parlait, l'infirmière se bornait à l'écouter. Elle hochait la tête, tantôt en signe d'assentiment, tantôt pour répondre à une question. Whittington parlait en gesticulant. À une ou deux reprises, il a donné un grand coup de poing sur la table. La pluie avait cessé et le ciel s'éclaircissait très vite comme cela arrive souvent.

»Tout d'un coup, il a semblé avoir dit tout ce qu'il avait à dire. Quand il s'est levé, elle l'a imité. Il s'est tourné vers la fenêtre et lui a posé une question, probablement au sujet de la pluie. Quoi qu'il en soit, elle a regardé dehors. Juste à cet instant la lune est sortie de derrière les nuages. Éclairé comme je l'étais, j'ai eu peur qu'elle ne m'aperçoive et j'ai essayé de reculer : la secousse a été trop forte pour cette vieille branche pourrie. Elle est tombée dans un bruit épouvantable... et Julius Hersheimmer avec !

— Oh ! Julius, s'exclama Tuppence, comme c'est excitant ! Continuez !

— Eh bien, par bonheur, je suis tombé au milieu d'une plate-bande du genre moelleux, ce qui ne m'a pas empêché d'être dans les brumes pendant un bon bout de temps. Tout ce dont je me souviens, c'est que je me suis retrouvé dans un lit. À mon chevet se tenaient une infirmière — mais pas celle de Whittington — et un petit homme barbu avec des lunettes dorées, le prototype du toubib comme on n'en fait plus. Comme j'ouvrais les yeux, il s'est frotté les mains, a haussé les sourcils et a déclaré :

» — Ah ! Voilà notre jeune ami qui revient à lui ! Parfait ! Parfait !

»Alors, moi, j'ai fait le cirque habituel : « Qu'est-ce qui m'est arrivé ? Mais où suis-je ? » Naturellement, je connaissais les réponses... Je ne suis pas né d'hier !

» — Ce sera tout pour l'instant, a dit le petit homme à l'infirmière qui a filé avec une vivacité toute professionnelle, mais non sans me regarder d'un air intrigué.

»Cela m'a donné une idée : « Quel est le diagnostic, docteur ? »

»J'ai essayé de m'asseoir dans mon lit mais j'ai senti un vilain élancement dans mon pied gauche.

» — C'est une petite entorse, a précisé le médecin.

Rien de bien méchant. Dans vingt-quatre heures, vous ne sentirez plus rien.

— J'avais remarqué que vous boitiez, l'interrompit Tuppence.

Mais Julius se contenta de hocher la tête et poursuivit son récit :

» — Comment est-ce arrivé ? ai-je demandé.

» Il m'a répondu assez vertement :

» — Vous êtes tombé, avec la branche maîtresse d'un de mes plus beaux arbres, sur l'un de mes parterres de fleurs fraîchement plantés. » Ce type m'était sympathique. Il avait le sens de l'humour. J'étais sûr qu'il était tout à fait franc du collier. J'ai ajouté :

» — ... Docteur, je suis désolé pour l'arbre et je vous offrirai de nouveaux bulbes... Mais peut-être aimeriez-vous savoir ce que je faisais dans votre jardin ?

» — Je crois en effet que vous me devez une explication...

» — Eh bien, tout d'abord, je dois vous dire que je n'étais pas là pour voler vos petites cuillères.

» — Ç'avait été ma première hypothèse, dit-il en souriant. Mais j'ai vite changé d'avis. Vous êtes américain, non ?

»Je me suis présenté et j'ai ajouté :

» — À qui ai-je l'honneur ?

» — Je suis le Dr Hall et vous êtes, vous ne l'ignorez sans doute pas, dans ma clinique privée.

»Je l'ignorais, mais ne lui en ai rien laissé voir. Je lui étais très reconnaissant de l'information. Cet homme me plaisait, mais je n'allais pas lui raconter toute mon histoire, pour une bonne raison au moins : il ne m'aurait pas cru.

»Je me suis décidé en deux secondes :

» — Docteur, je vais vous paraître complètement cinglé, mais je vous assure que je n'en avais pas à votre argenterie...

»Et j'ai enchaîné sur toute une histoire au sujet d'une jeune fille vissée par un tuteur sévère, victime d'une dépression, etc. Finalement, je lui ai expliqué que j'avais cru la reconnaître parmi ses patientes, d'où mes aventures nocturnes. Je crois que c'était tout à fait le genre d'histoire auquel il s'attendait. Quand j'ai terminé, il s'est exclamé avec bienveillance : « Mais c'est un vrai roman ! » Alors, j'ai continué :

» — Maintenant, docteur, répondez-moi franchement : avez-vous ou avez-vous eu au nombre de vos patientes une jeune fille nommée Jane Finn ?

» Il a répété le nom plusieurs fois avant de me répondre par la négative. J'étais contrarié et il a dû s'en apercevoir. J'ai insisté :

» — Vous êtes bien sûr ?

» — Sûr et certain, Mr Hersheimmer. C'est un nom peu commun et je m'en serais souvenu.

»On ne pouvait être plus catégorique. Je suis resté comme deux ronds de flan pendant un petit moment. Moi qui espérais que mes recherches étaient sur le point d'aboutir !

» — Tant pis, ai-je conclu. Passons à autre chose : quand je me cramponnais à cette satanée branche, hier soir, j'ai cru reconnaître un de mes vieux amis qui bavardait avec une de vos infirmières.

» Naturellement, j'avais pris soin de ne donner aucun nom. Dans la clinique de Hall, peut-être Whittington était-il connu sous un autre patronyme. Mais il m'a répondu immédiatement :

» — Il s'agit peut-être de Whittington ?

» — Lui-même. Que faisait-il chez vous ? Ne me dites pas qu'il a une dépression nerveuse !

»Hall s'est mis à rire :

» — Non. Il est venu rendre visite à une de mes infirmières, Edith, sa nièce.

» — Ça, par exemple ! me suis-je exclamé. Et il est encore là ?

»— Non, il est reparti en ville tout de suite après l'avoir vue.

»— Quel dommage! Mais peut-être pourrai-je parler à sa nièce, Edith, c'est bien cela?

»— Je suis désolé, mais c'est impossible. Edith est partie elle aussi la nuit dernière avec une de nos patientes.

»— Je n'ai vraiment pas de chance! Connaissez-vous l'adresse de Whittington? J'aimerais bien aller le voir quand je reviendrai.

»— Non. Mais si vous le souhaitez, je peux écrire à Edith pour la lui demander.

»Je le remerciai après avoir précisé:

»— Ne lui dites pas qui la lui demande, je voudrais faire une petite surprise à Whittington.

»Je ne pouvais pas faire grand-chose d'autre. Naturellement, si la jeune fille était vraiment la nièce de Whittington, elle serait trop rusée pour tomber dans le piège, mais cela valait le coup d'essayer. Après quoi, j'ai envoyé un télégramme à Beresford. Je lui donnais mon adresse, en lui demandant de venir me voir s'il n'avait rien de mieux à faire, car j'étais immobilisé par une foulure à la cheville. Il fallait que je reste prudent dans mon message. Quoi qu'il en soit, je n'ai pas entendu parler de lui. Mon pied s'est remis en vitesse. Ce n'était qu'une petite foulure de rien du tout. Ce matin, j'ai quitté mon nouveau copain, le Dr Hall, en lui demandant de m'envoyer un mot s'il recevait des nouvelles d'Edith, et je suis rentré directement. Mais Tuppence, pourquoi êtes-vous si pâle?

— C'est à cause de Tommy. Qu'est-ce qui a bien pu lui arriver?

— Un peu de cran! Je suis sûr qu'il va bien! Pourquoi est-ce que ça ne serait pas le cas? Le gars qu'il suivait, c'était un étranger. Ils sont peut-être partis pour... je ne sais pas moi... la Pologne, par exemple.

— Il n'a pas pu partir comme ça, sans passeport, sans ses affaires. Et puis j'ai vu cet homme depuis, ce Boris je ne sais plus comment. Il a dîné avec Mrs Vandemeyer, hier soir.

— Mrs quoi... ?

— Ah oui ! j'oubliais. C'est vrai, je ne vous ai pas encore raconté.

— Je vous écoute, affranchissez-moi, déclara Julius en employant une de ses expressions favorites.

Tuppence lui relata alors les événements des deux jours précédents. Julius ne ménagea ni son étonnement ni son admiration.

— Bravo ! Vous imaginer en domestique, vous ! Ça me fait mourir de rire ! (Puis, redevenant sérieux :) Vous savez, je n'aime pas du tout ça, Tuppence. Vous ne manquez pas de cran, mais j'aimerais bien que vous restiez en dehors de toute cette affaire. Ces gangsters que nous poursuivons n'hésiteraient pas à supprimer une femme.

— Vous croyez que j'ai peur ? s'écria Tuppence indignée en chassant courageusement de sa mémoire les lueurs cruelles qui brillaient dans les yeux de Mrs Vandemeyer.

— Je viens de vous dire que vous avez un fichu cran. Mais cela ne change rien aux faits.

— Laissez tomber. Réfléchissons plutôt à ce qui a bien pu arriver à Tommy. J'ai d'ailleurs écrit à Carter, ajouta la jeune femme.

Elle résuma le contenu de sa lettre et Julius hocha gravement la tête.

— Si ça ne fait pas de bien, ça ne peut pas faire de mal. Mais c'est quand même à nous d'agir.

— Comment ? demanda Tuppence en reprenant courage.

— Le mieux serait de filer Boris. Vous dites qu'il est venu chez Mrs Vandemeyer. Il reviendra sûrement.

— C'est possible. Je n'en sais rien.

— Ah ! Eh bien, je vais acheter une voiture de luxe, m'habiller en chauffeur et attendre devant la maison. Si Boris vient, vous me ferez un signe, et je le filerai. Qu'en dites-vous ?

— C'est une excellente idée. Mais s'il reste des semaines sans venir ?

— Nous pouvons toujours essayer. Je suis heureux que mon plan vous convienne, dit Julius en se levant.

— Où allez-vous ?

— Acheter la voiture, bien sûr, répondit Julius, surpris. Quelle marque préférez-vous ? Vous aurez l'occasion de monter dedans avant que nous ayons terminé cette affaire.

— Eh bien, murmura Tuppence, j'adore les Rolls, mais...

— Vos désirs sont des ordres, je vais en acheter une.

— Mais vous ne pouvez pas en obtenir une comme cela ! s'écria Tuppence. On attend parfois des années.

— Pas ce cher petit Julius. Ne vous inquiétez pas. Je serai là dans une demi-heure. Avec la voiture.

Tuppence se leva à son tour :

— Vous êtes merveilleux, Julius. Mais je parie que votre plan est voué à l'échec. J'aurais plutôt tendance à placer tous mes espoirs en Carter.

— Vous avez tort.

— Pourquoi ?

— J'ai ma petite idée.

— Mais Carter *doit* faire quelque chose ! Il n'y a que lui qui puisse faire quelque chose ! À propos, j'ai oublié de vous signaler un truc bizarre qui est arrivé ce matin.

Et Tuppence raconta sa rencontre avec sir James Peel Edgerton.

— Qu'a bien pu vouloir dire ce type? demanda Julius.

— Je n'en sais rien. Mais je crois que — sur le mode ambigu, dépassionné et légalement irréprochable des hommes de loi — il essayait de me mettre en garde.

— Et pourquoi ça, à votre avis?

— Je ne sais pas, avoua Tuppence. Il semblait à la fois gentil et terriblement perspicace. J'ai presque envie d'aller le voir pour tout lui raconter.

À sa grande surprise, Julius s'y opposa énergiquement :

— Ne mêlons pas d'avocat à cette affaire. Ce type ne nous serait d'aucune utilité.

— Moi, je crois que si, répéta Tuppence avec obstination.

— Vous vous trompez. En attendant, salut! Je serai là dans une demi-heure.

Trente-cinq minutes plus tard, Julius était de retour. Il prit Tuppence par le bras et la conduisit à la fenêtre :

— La voilà.

— Oh! s'exclama Tuppence, une pointe d'admiration dans la voix.

— Et je peux vous assurer qu'elle marche, ajouta Julius avec une certaine complaisance.

— Comment avez-vous fait? demanda Tuppence tout ébaubie.

— On allait la livrer à un gros bonnet!

— Et alors?

— Alors, je suis allé chez lui et je lui ai dit : « J'ai calculé qu'une voiture comme celle-ci vaut vingt mille dollars. Si vous me la cédez, je vous en donne cinquante mille. »

— Et alors? murmura Tuppence, médusée.

— Alors, conclut Julius, il a craqué. C'est tout.

12

UN AMI DANS LE BESOIN

Le vendredi et le samedi se déroulèrent sans incidents. Tuppence reçut une brève réponse de Carter lui rappelant que les Jeunes Aventuriers avaient entrepris ce travail à leurs risques et périls et avaient été prévenus des dangers qu'ils couraient. S'il était arrivé quelque chose à Tommy, il le déplorait, mais n'y pouvait rien.

Ce n'était pas d'un grand réconfort. D'une certaine façon, sans Tommy l'aventure perdait toute sa saveur et, pour la première fois, Tuppence douta du succès de l'entreprise. Tant qu'ils avaient été tous les deux, jamais elle n'avait envisagé l'éventualité d'un échec. Bien que la jeune fille fût habituée à prendre des initiatives, bien qu'elle se flattât de tout comprendre à la vitesse de l'éclair, elle s'était toujours beaucoup plus appuyée sur Tommy qu'elle n'en avait conscience. Tommy, c'était la pondération, les idées claires, le bon sens, une saine appréciation des événements. Sans lui, Tuppence se sentait comme un navire sans gouvernail. Curieusement, Julius, qui était indéniablement beaucoup plus intelligent, ne lui donnait pas ce sentiment de sécurité. Elle avait accusé Tommy de pessimisme. C'est vrai qu'il mettait toujours l'accent sur les inconvénients et sur les difficultés qu'elle-même, dans son optimisme béat, était encline à sous-estimer. Néanmoins, elle comptait beaucoup sur lui. Peut-être se montrait-il parfois un petit peu lambin sur les bords, mais avec lui on se sentait en sécurité.

Pour la première fois la jeune fille se rendait compte du caractère sinistre de cette mission qu'ils avaient entreprise avec tant d'allégresse. L'aventure avait commencé comme un beau roman. Maintenant, vidée de son charme, elle tournait à la mauvaise farce. Tommy seul comptait. À plusieurs reprises dans la journée, Tuppence refoula ses larmes en se disant : « Idiote, ne pleurniche pas. Tu l'aimes bien, d'accord. Tu le connais depuis ta plus tendre enfance. Mais ce n'est pas une raison pour donner dans le sentimentalisme. » Quant à Boris, il ne se montrait toujours pas. Il ne vint pas à South Audley Mansions où Julius et la voiture l'attendirent en vain. Tuppence se plongea dans de nouvelles réflexions. Tout en admettant que les objections de Julius étaient fondées, elle n'avait pas entièrement renoncé à faire appel à sir James Peel Edgerton. Elle avait même été jusqu'à rechercher son adresse dans le Bottin mondain. Avait-il voulu la mettre en garde l'autre jour, et dans ce cas, pourquoi ? Elle était en droit de lui demander une explication. Il lui avait parlé avec une telle gentillesse ! Peut-être serait-il en mesure de lui donner des renseignements concernant Mrs Vandemeyer et qui pourraient la conduire jusqu'à Tommy.

Finalement, se secouant selon son habitude à la manière d'un fox-terrier ivre, elle décida que cela valait la peine d'essayer. Le dimanche, elle avait son après-midi de sortie. Elle verrait Julius et le convaincrait de se rendre dans l'antre du lion.

Le jour dit, il fallut déployer des trésors de persuasion pour convaincre Julius. Mais Tuppence sut se montrer ferme. « Si ça ne fait pas de bien, ça ne peut pas faire de mal », tel fut son leitmotiv jusqu'à la reddition du jeune Américain. Dès que Julius eut cédé, ils se rendirent en voiture à Carlton House Terrace.

Un majordome stylé vint leur ouvrir. Tuppence se sentait un peu nerveuse. Après tout sa démarche était d'une audace inouïe. Au banal : « Sir James est-il là ? », elle préféra une formulation plus personnelle : « Voulez-vous prier sir James de venir quelques instants ? J'ai un message important pour lui. »

Le majordome revint et annonça :
— Sir James va vous recevoir. Si vous voulez bien me suivre...
Il les introduisit dans la bibliothèque. Tous les livres étaient d'une grande qualité. Des rayons entiers étaient consacrés à des ouvrages de criminologie. De profonds fauteuils de cuir et une cheminée à l'ancienne meublaient la pièce. Le maître de céans était assis derrière un bureau couvert de papiers. Il se leva pour les accueillir :
— Vous avez un message pour moi ? (Reconnaissant Tuppence, il lui sourit.) Ah, c'est vous ! Vous m'apportez sans doute un message de Mrs Vandemeyer ?
— Pas précisément. En réalité, j'ai dit cela pour que vous me receviez. Ah ! j'oubliais : Mr Hersheimmer, sir James Peel Edgerton.
— Enchanté, déclara l'Américain en tendant la main.
— Asseyez-vous, dit sir James en approchant deux sièges.
— Sir James, commença Tuppence, jouant le tout pour le tout, vous allez me trouver très impertinente d'être venue ainsi chez vous. Parce que, bien sûr, vous n'avez rien à voir avec toute cette affaire et puis vous êtes quelqu'un de très important, alors que Tommy et moi sommes des gens très ordinaires.
— Tommy ? demanda sir James en regardant l'Américain.
— Non, lui, c'est Julius. Je suis nerveuse, c'est pourquoi je m'exprime mal. En fait, voici ce que je voudrais savoir : qu'avez-vous voulu me dire l'autre jour ? Vouliez-vous me mettre en garde contre Mrs Vandemeyer ?
— Chère mademoiselle, pour autant que je m'en souvienne, je vous ai seulement dit qu'il y avait de bonnes places ailleurs.

— Oui, mais vous sous-entendiez quelque chose, non ?

— Peut-être, admit sir James d'un ton grave.

— Bon. Je veux en savoir plus. Je tiens à savoir pourquoi vous avez dit cela.

— Et si Mrs Vandemeyer me fait traduire en justice pour calomnie et diffamation ?

— Oh ! je sais bien que les avocats sont toujours d'une prudence extrême, admit Tuppence. Mais si vous commenciez votre phrase par « sans vouloir porter préjudice », vous pourriez ensuite me dire tout ce que vous voulez.

— Eh bien, sans vouloir porter préjudice à quiconque, si j'avais une jeune sœur obligée de gagner sa vie, je n'aimerais pas qu'elle soit au service de Mrs Vandemeyer. J'ai pensé qu'il était de mon devoir de vous donner ce petit conseil : ce n'est pas une place pour une jeune fille inexpérimentée. C'est tout ce que je peux vous dire.

— Je vois, répondit Tuppence, songeuse. Je vous remercie de votre conseil, mais je ne suis pas vraiment inexpérimentée, vous savez. Je savais pertinemment que Mrs Vandemeyer était un drôle d'oiseau quand j'ai pris cette place. C'est même précisément la raison pour laquelle je l'ai choisie... Je pense, sir James, que je ferais peut-être mieux de tout vous avouer. J'ai le sentiment que si je ne vous dis pas toute la vérité, vous la devinerez, alors autant que vous sachiez tout depuis le début. Qu'en pensez-vous, Julius ?

— Maintenant que vous êtes allée aussi loin, continuez, répondit l'Américain qui n'avait rien dit jusque-là.

— Allez, videz votre cœur, suggéra sir James. Je veux savoir qui est ce Tommy.

Ainsi encouragée, Tuppence raconta toute l'histoire, que l'homme de loi écouta avec la plus grande attention.

— Tout cela est fort intéressant, dit-il quand elle

eut terminé. Une bonne partie de ce que vous me dites là, mon enfant, n'est pas une découverte pour moi. Au sujet de cette Jane Finn, j'ai quelques théories personnelles. Vous avez fait du très bon travail mais ce n'est guère prudent de la part de... — comment l'appelez-vous déjà ? — ... de Mr Carter de bombarder deux gosses comme vous dans une affaire de cette envergure. Au fait, comment Mr Hersheimmer se trouve-t-il mêlé à tout cela ? Vous ne m'en avez rien dit.

Julius prit la parole :

— Je suis le cousin germain de Jane, expliqua-t-il en soutenant le regard pénétrant de l'avocat.

— Ah, je comprends !

— Sir James, s'exclama Tuppence, d'après vous, qu'est-il arrivé à Tommy ?

— Hum... (L'homme de loi se leva et se mit à arpenter la pièce.) Quand vous êtes arrivés, jeune fille, j'étais en train de préparer mes cannes. Je comptais prendre le train de nuit pour aller pêcher pendant quelques jours en Écosse. Mais il y a différentes sortes de pêches et j'ai bien l'intention de rester ici pour voir si nous pouvons repêcher ce jeune homme.

Enthousiasmée, Tuppence battit des mains.

— Quoi qu'il en soit, comme je vous l'ai déjà dit, je n'approuve pas ce Carter d'avoir confié un travail de ce genre à deux gamins. Ne soyez pas vexée, mademoiselle...

— Cowley. Prudence Cowley. Mais mes amis m'appellent Tuppence.

— Va pour miss Tuppence ! Car je vais certainement devenir un de vos amis. Ne vous vexez pas si je vous traite de gamine. La jeunesse est un défaut que l'on perd trop facilement. Quant à votre Tommy...

— Oui, souffla Tuppence, les mains crispées en signe de prière.

— Franchement, la situation se présente mal. Il a dû aller fourrer ses pieds dans un endroit où il était indésirable. Je ne vois que cette explication. Mais ne perdez pas espoir.

— Et vous allez vraiment nous aider ? Vous voyez, Julius ! Il ne voulait pas venir ! ajouta-t-elle en guise d'explication.

— Hum... et pourquoi donc ? demanda l'avocat en jetant à nouveau un regard perçant à Julius.

— Je pensais que cela ne valait pas la peine de vous ennuyer avec une petite histoire de ce genre.

— Oui, mais voyez-vous, cette petite histoire, comme vous dites, est liée à une affaire très importante, beaucoup plus importante sans doute que vous ne le soupçonnez. Si ce jeune homme est encore en vie, il peut nous apporter des informations très précieuses. Il faut que nous le retrouvions.

— Oui, mais comment ? s'écria Tuppence. J'ai déjà envisagé tous les moyens possibles.

— Et pourtant vous avez tout près de vous une personne qui, selon toute vraisemblance, sait où il est — ou bien où il a des chances d'être.

— Qui ça ? demanda Tuppence, intriguée.

— Mrs Vandemeyer.

— Mais elle ne voudra jamais nous le dire.

— C'est là que j'interviens. Il est tout à fait possible que je parvienne à faire parler Mrs Vandemeyer.

— Comment ? demanda Tuppence en ouvrant de grands yeux.

— Tout simplement en lui posant des questions, répondit sir James avec désinvolture. C'est ainsi que nous procédons, voyez-vous.

Il pianota sur son bureau. Un magnétisme extraordinaire se dégageait de cet homme.

— Et si elle ne parle pas ? demanda Julius.

— Je crois qu'elle parlera. J'ai un ou deux moyens de pression non négligeables. Et, en dernier ressort, il nous reste la corruption.

— Alors c'est là que j'entre dans la danse ! s'exclama Julius en donnant un formidable coup de poing sur la table. Vous pouvez compter sur moi. Si nécessaire, j'irai jusqu'à un million de dollars. Oui, un million de dollars.

Sir James se rassit et dévisagea Julius :

— Mr Hersheimmer, il s'agit là d'une très grosse somme...

— Il faut bien. Ce n'est pas le genre de créature à laquelle on peut proposer de la petite monnaie.

— Au taux actuel, cela va chiffrer bien au-delà de deux cent cinquante mille livres.

— Exact. Vous croyez peut-être que je parle à tort et à travers, mais je peux allonger l'argent sur la table sans problème et il me restera encore de quoi vous payer vos honoraires.

Sir James rougit quelque peu :

— Il n'est pas question d'honoraires, Mr Hersheimmer. Je ne suis pas détective privé.

— Pardonnez-moi. J'ai parlé un peu vite, mais cette question d'argent m'agace. Il y a quelques jours, je voulais offrir une grosse récompense à qui me donnerait des nouvelles de Jane, mais ces croûtons de Scotland Yard m'en ont empêché en me disant que ce n'était pas souhaitable du tout.

— Ils avaient sans doute raison, rétorqua sèchement sir James.

— Vous savez, Julius n'est pas en train de se moquer de vous. Ce qu'il dit est vrai. Il roule sur l'or.

— Mon père avait le chic pour entasser les gros sous, expliqua Julius. Mais passons aux choses concrètes. Quelle est votre idée ?

— Il n'y a pas de temps à perdre, répondit l'homme de loi après un instant de réflexion. Plus vite nous commencerons, mieux ce sera. Miss Tuppence, savez-vous si Mrs Vandemeyer dîne dehors ce soir ?

— Oui. Mais elle ne rentrera pas tard. Sinon, elle aurait pris la clé de la porte d'entrée.

— Bien. J'irai lui rendre visite vers 10 heures. À quelle heure devez-vous rentrer ?

— Vers 9 heures et demie, 10 heures. Mais je peux rentrer plus tôt.

— Pas question. Sous aucun prétexte. Si vous ne faisiez pas comme d'habitude, vous éveilleriez des soupçons. Rentrez vers 9 heures et demie ; je serai là vers 10 heures. Mr Hersheimmer attendra en bas, dans un taxi.

— Il vient de s'acheter une Rolls, précisa Tuppence, non sans quelque fierté.

— C'est encore mieux. Si je parviens à obtenir l'adresse, nous pourrons nous y rendre immédiatement en emmenant Mrs Vandemeyer au besoin. C'est entendu ?

— Parfait ! s'écria Tuppence en bondissant sur ses pieds, ravie. Je me sens tellement mieux !

— Ne vous réjouissez pas trop tôt, miss Tuppence. Du calme !

— Je passe vous prendre avec la voiture vers 9 h 30 ? demanda Julius à l'avocat.

— C'est la meilleure solution. Inutile d'avoir deux voitures. Maintenant, miss Tuppence, suivez mon conseil : allez déguster un bon dîner, un très bon dîner et surtout ne vous faites pas de mauvais sang.

Là-dessus, ils se serrèrent la main. À peine étaient-ils dehors que Tuppence s'exclama, euphorique :

— C'est un trésor, non ? Un vrai trésor, non ?

— J'admets qu'il a l'air du brave mec, régulier et tout. Et je me fourrais le doigt dans l'œil quand je disais que ça ne valait pas le coup d'aller le voir. Nous rentrons directement au *Ritz* ?

— Je préfère marcher un peu. Je suis tellement énervée. Déposez-moi devant le parc. À moins que vous ne vouliez m'accompagner ?

— Non, il faut que j'aille prendre de l'essence et que j'envoie quelques télégrammes.

— Alors, rendez-vous au *Ritz* à 7 heures. Nous

dînerons dans votre suite. Je ne peux pas me montrer au restaurant accoutrée comme je suis.

— Vous avez raison. Je demanderai à Félix de nous choisir le menu. C'est un maître d'hôtel de tout premier ordre. À tout à l'heure !

Tuppence marcha d'un pas alerte en direction de la Serpentine. Il était presque 6 heures. Elle se souvint qu'elle n'avait pas pris son thé, mais son esprit battait trop la campagne pour qu'elle puisse avoir faim. Elle marcha jusqu'à Kensington Gardens et revint lentement sur ses pas, toute ragaillardie par l'exercice et le grand air. Quant à suivre le conseil de sir James et chasser de son esprit les événements à venir, ça n'était pas facile. Comme elle se trouvait à proximité de Hyde Park Corner, elle éprouva la tentation irrésistible de retourner à South Audley Mansions. « Si ça ne fait pas de bien, ça ne fera pas de mal que j'aille jeter un coup d'œil sur l'immeuble. Et puis ça m'aidera à patienter jusqu'à 10 heures », pensa-t-elle.

South Audley Mansions offrait son aspect habituel. Tuppence n'aurait pas su dire à quoi elle s'était attendue, mais la vue de cette masse de brique rouge apaisa l'inquiétude grandissante et irraisonnée qui s'était emparée d'elle.

Elle s'apprêtait à rebrousser chemin quand elle entendit un sifflement perçant. Son fidèle Albert sortit en courant de l'immeuble. Quel ennui ! Elle qui voulait justement éviter d'attirer l'attention ! Mais Albert la rejoignit, rouge d'émotion :

— Eh ! miss ! ... miss ! Elle s'en va !

— Qui ?

— L'escroque, comme dit l'autre. Rita-la-Roulotte, Mrs Vandemeyer. Elle est en train de boucler ses malles et elle m'a fait passer un mot, histoire de me demander d'aller lui chercher un taxi.

— Quoi ? s'exclama Tuppence étreignant le bras d'Albert.

— C'est vrai, miss, je vous jure. J'ai pensé que vous n'étiez peut-être pas au courant. C'est pour ça que je me suis permis de...

— Albert, tu es un frère ! Sans toi, nous aurions perdu sa trace !

Ravi, Albert piqua un nouveau fard.

— Il n'y a pas une minute à perdre, décida Tuppence en traversant la rue. Il faut que je l'empêche de filer. Il faut que je la retienne à tout prix ici jusqu'à ce que... Albert, y a-t-il un téléphone au rez-de-chaussée ?

— Non. La plupart des appartements ont leur propre appareil. Mais il y a une cabine au coin de la rue.

— Alors, fonces-y tout de suite et appelle le *Ritz*. Demande qu'on te passe Mr Hersheimmer et dis-lui de courir chercher sir James tout de suite. Dis-lui aussi que Mrs Vandemeyer essaye de mettre les voiles. Si tu n'arrives pas à le joindre, téléphone à sir James Peel Edgerton. Tu trouveras son numéro dans l'annuaire. Raconte-lui ce qui se passe. Tu n'oublieras pas les noms, hein ?

Albert les répéta sans hésiter.

— Faites-moi confiance, miss, tout ira bien. Mais vous, vous n'avez pas peur de vous jeter dans la gueule du loup ?

— Non. Ne t'inquiète pas pour moi. Mais grouille-toi de téléphoner.

Ayant longuement inspiré pour se donner du courage, Tuppence pénétra dans l'immeuble et sonna chez Mrs Vandemeyer. Comment allait-elle s'y prendre pour retenir sa patronne jusqu'à ce que les deux hommes arrivent ? Parce qu'il n'y avait pas trente-six solutions : il faudrait bien qu'elle se débrouille toute seule.

Qu'est-ce qui provoquait le départ précipité de sa patronne ? Mrs Vandemeyer la soupçonnerait-elle ?

Inutile de se perdre en spéculations oiseuses.

Tuppence appuya de nouveau énergiquement sur le bouton de sonnette. La cuisinière lui apprendrait peut-être quelque chose.

Pas de réponse. Au bout de quelques minutes, Tuppence sonna une nouvelle fois et maintint son doigt sur le bouton pendant un bon moment. Finalement, il y eut un bruit de pas et Mrs Vandemeyer elle-même ouvrit la porte. Elle parut étonnée :

— Vous ?

— J'ai une rage de dents, madame, annonça Tuppence d'une traite. J'ai pensé qu'il valait mieux que je rentre et que je passe une soirée tranquille.

— Vous n'avez pas de chance, déclara froidement Mrs Vandemeyer en laissant entrer Tuppence. Le mieux, c'est que vous alliez vous coucher.

— Oh, je serai bien à la cuisine, madame. La cuisinière...

— La cuisinière est sortie. Je lui ai donné quartier libre. Vous voyez que vous feriez mieux d'aller au lit, ajouta-t-elle sur un ton assez désagréable.

Soudain, Tuppence prit peur. Tandis que Mrs Vandemeyer la poussait lentement dans le couloir, elle perçut dans sa voix une intonation qu'elle n'aimait pas du tout. Inquiète, Tuppence murmura :

— Je ne veux pas...

En un éclair, un canon d'acier froid lui effleura la tempe et la voix de Mrs Vandemeyer s'éleva, glaciale et menaçante :

— Petite gourde ! Vous vous imaginez que je ne sais rien ! Taisez-vous. Si vous vous débattez ou si vous criez, je vous abats comme un chien.

Mrs Vandemeyer appuya le canon d'acier un peu plus fortement sur la tempe de la jeune fille.

— Et maintenant, en route, continua-t-elle. Par ici, dans ma chambre ! Dans une minute, quand j'en aurai fini avec vous, vous irez au lit. Et vous dormirez ! Oh oui, mon petit espion, vous dormirez comme un ange.

Il y avait dans ces derniers mots une intonation à la fois aimable et terrifiante qui ne présageait rien de bon. Pour le moment, il n'y avait rien à faire et, le pistolet toujours contre sa tempe, elle marcha docilement vers la chambre de Mrs Vandemeyer. La pièce était dans un désordre indescriptible: partout des vêtements, une boîte à chapeaux sur une valise à moitié pleine, au beau milieu de la chambre. Tuppence fit un effort pour se maîtriser. Sa voix tremblait un peu, mais elle s'écria, bravache :

— Voyons, c'est de la folie ! Vous n'allez pas tirer ! Tous les habitants de l'immeuble entendraient la détonation.

— Je n'hésiterais pas à courir ce risque, déclara de bonne grâce Mrs Vandemeyer. Mais aussi longtemps que vous n'appellerez pas au secours, vous serez saine et sauve. Et je ne pense pas que vous le ferez. Vous êtes trop intelligente. Vous m'avez bien eue ! Dire que je ne vous soupçonnais pas ! Je suis sûre que vous comprenez laquelle de nous deux désormais a les cartes en main. Allez, asseyez-vous sur le lit, les mains sur la tête et, si vous tenez à la vie, ne bougez pas !

Tuppence obéit. Son bon sens lui soufflait qu'il n'y avait rien d'autre à faire. Si elle appelait au secours, il y avait très peu de chances pour que quelqu'un l'entende alors qu'il y en avait beaucoup plus pour que Mrs Vandemeyer mît sa menace à exécution. Mais en attendant, chaque minute qui passait était une minute de gagnée.

Mrs Vandemeyer posa son revolver sur le bord de la coiffeuse, à portée de la main, en dardant sur la jeune fille son regard de lynx, pour le cas où celle-ci tenterait de bouger. Puis, s'emparant d'un petit flacon, elle en versa quelques gouttes dans un verre qu'elle remplit d'eau.

— Qu'est-ce que c'est? demanda Tuppence d'une voix aiguë.

— Quelque chose qui vous fera dormir profondément.

Tuppence pâlit.

— Vous voulez m'empoisonner? murmura-t-elle dans un souffle.

— Peut-être, répondit Mrs Vandemeyer, avec un bon sourire.

— Alors, je ne boirai pas, répliqua Tuppence, catégorique. J'aime encore mieux que vous me tiriez dessus. Au moins il y aura du bruit et quelqu'un pourra l'entendre. Mais pas question que je me laisse tuer en douce comme l'agneau qui vient de naître.

Mrs Vandemeyer tapa du pied.

— Ne soyez pas stupide ! Vous croyez vraiment que j'ai envie d'être accusée de meurtre? Si vous aviez pour deux sous de bon sens, vous comprendriez que vous empoisonner ne m'avancerait à rien. C'est juste un somnifère. Demain, vous vous réveillerez indemne. Je ne veux pas avoir à vous attacher et à vous bâillonner. C'est à vous de choisir, mais vous n'aimerez pas la seconde solution, autant vous en prévenir : pour peu que j'aie envie de m'en donner la peine, je suis très brutale. Allez, avalez-moi cela comme une bonne petite fille, vous n'en mourrez pas !

Au fond d'elle-même, Tuppence la croyait : ses arguments sonnaient vrai. C'était une manière simple et efficace de se débarrasser d'elle pour le moment. Cependant la jeune fille n'acceptait pas de gaieté de cœur de se laisser docilement endormir sans faire la moindre tentative pour recouvrer sa liberté. Une fois que Mrs Vandemeyer l'aurait endormie, son dernier espoir de retrouver Tommy s'évanouirait. Tuppence avait l'esprit vif. En quelques secondes, elle fit le tour du problème et s'aperçut qu'il lui restait une chance infime. Alors, elle décida de jouer le tout pour le tout dans un suprême effort : elle se laissa tomber du lit et se jeta à genoux devant Mrs Vandemeyer, se cramponnant comme une folle à sa jupe.

— Je ne vous crois pas ! gémit-elle. C'est du poison. Je sais que c'est du poison. Ne me forcez pas à le boire ! (Et, se mettant à hurler d'une voix stridente, elle répéta :) Ne me forcez pas à le boire !

Le verre à la main, Mrs Vandemeyer contempla avec une moue méprisante ce soudain effondrement.

— Allez, debout, petite idiote ! Cessez donc de radoter ! Je me demande comment vous avez pu avoir le cran de jouer votre rôle ! (Elle tapa du pied.) Allez ! Levez-vous !

Mais Tuppence continuait à se cramponner et à sangloter, ne cessant par instants de gémir que pour demander grâce.

Chaque minute comptait, et qui plus est, tout en rampant, elle se rapprochait imperceptiblement de son objectif. Excédée, Mrs Vandemeyer se mit à la secouer :

— Buvez immédiatement.

Et d'autorité, elle lui mit le verre entre les lèvres.

Tuppence poussa un dernier gémissement.

— Vous me jurez que cela ne me fera pas de mal ?

— Mais bien sûr, ne soyez pas stupide !

— Vous me le jurez vraiment ?

— Oui, oui, répondit l'autre, à bout de patience.

Tuppence leva une main tremblante, comme pour prendre le verre. Mrs Vandemeyer poussa un soupir de soulagement et relâcha son attention. Alors, rapide comme l'éclair, Tuppence jeta le contenu de son verre dans la figure de Mrs Vandemeyer qui suffoqua, le visage ruisselant. Profitant de cet instant, Tuppence s'empara du revolver. Puis elle bondit en arrière et, d'une main qui ne tremblait pas, mit Mrs Vandemeyer en joue.

En cet instant de victoire, Tuppence se laissa aller à

une explosion triomphale peu digne d'un sportif qui se respecte et cria :

— Alors, laquelle de nous deux a les cartes en main, maintenant ?

Devant le visage convulsé de son ennemie, Tuppence craignit un instant qu'elle ne lui saute à la gorge, ce qui l'aurait placée dans une situation désagréable car elle n'avait pas vraiment l'intention de tirer.

Cependant, Mrs Vandemeyer parvint à se contrôler et, peu à peu, un sourire diabolique déforma ses traits :

— Vous n'êtes pas aussi bête que je le pensais, après tout ! C'est bien joué, ma grande, mais vous me le payerez. Oh oui, vous me le payerez. J'ai une bonne mémoire, vous savez.

— Je m'étonne d'avoir réussi à vous rouler aussi facilement, ironisa Tuppence. Vous pensiez vraiment que j'étais du genre à se rouler par terre pour demander grâce ?

— Cela pourrait bien vous arriver un jour, fit l'autre d'un air entendu.

Ces propos étaient chargés d'une telle menace que Tuppence sentit son sang se glacer, mais elle n'allait pas baisser pavillon pour autant.

— Asseyons-nous, proposa-t-elle dans un élan de courtoisie. Notre attitude est quelque peu mélodramatique. Non, pas sur le lit. Approchez un fauteuil de la table. Je vais me mettre en face de vous avec le revolver, pour éviter tout grabuge intempestif. Voilà, c'est parfait. Et maintenant, causons un peu.

— De quoi ? demanda Mrs Vandemeyer, de mauvaise grâce.

Tuppence la contempla pensivement. Certains détails lui revenaient à l'esprit, comme l'expression de Boris : « Il m'arrive même de penser que vous seriez capable de nous vendre », et la réponse de Rita : « Le prix serait beaucoup trop élevé. » Cet échange, certes, ne contenait-il pas un fond de vérité ? Quelques jours auparavant Whittington ne lui avait-il pas demandé : « Qui a bavardé ? Rita ? » Et si Rita était précisément le point faible dans l'armure de Mr Brown ?

Alors, tout en regardant Mrs Vandemeyer dans les yeux, Tuppence répondit tranquillement :

— D'argent.

Mrs Vandemeyer eut un haut-le-corps. De toute évidence, elle ne s'attendait pas à cette sortie :

— Que voulez-vous dire ?

— Ceci : vous venez de dire que vous avez une bonne mémoire. Mais une bonne mémoire est moins utile qu'un portefeuille bien garni. Bien sûr, vous aimeriez vous défouler en me faisant plein de trucs, tous plus horribles les uns que les autres. Mais est-ce bien raisonnable ? La revanche n'apporte pas autant de satisfaction qu'on pourrait le croire, tout le monde est d'accord sur ce point. Mais l'argent... (Tuppence parlait en connaissance de cause.) Allez, franchement, qu'est-ce qui rapporte plus de satisfaction que l'argent ?

— Parce que vous pensez, répliqua Mrs Vandemeyer, que je suis le genre de femme qui vend ses amis ?

— Oui, répondit Tuppence sans l'ombre d'une hésitation. Si le prix est suffisamment élevé.

— Une misérable centaine de livres, par exemple !

— Non. Je dirais plutôt cent mille livres.

Son sens de l'économie l'avait empêchée de monter jusqu'au million de dollars proposé par Julius.

Mrs Vandemeyer rougit violemment.

— Comment dites-vous ? demanda-t-elle en jouant nerveusement avec la broche qui retenait son corsage.

À cet instant, Tuppence comprit que le poisson était ferré et pour la première fois elle eut en horreur son propre amour de l'argent qui la plaçait dans la même catégorie que cette femme abominable.

— Cent mille livres, répéta Tuppence.

L'éclat qui avait brillé dans les yeux de Mrs Vandemeyer disparut et elle se rejeta dans son fauteuil :

— Bah ! vous ne les avez pas !

— C'est exact, admit Tuppence. Je ne les ai pas, mais je connais quelqu'un qui les a.

— Qui ?

— Un de mes amis.

— Il doit être millionnaire, remarqua Mrs Vandemeyer, sceptique.

— On ne saurait mieux dire. C'est un Américain. Il payera sans discuter. Je vous donne ma parole que ma proposition est sérieuse.

Mrs Vandemeyer se redressa :

— J'ai bien envie de vous croire, déclara-t-elle. Que veut-il savoir, votre ami ?

Après avoir hésité, Tuppence se rappela qu'il s'agissait de l'argent de Julius et que ses intérêts devaient passer en priorité :

— Il veut savoir où se trouve Jane Finn.

Mrs Vandemeyer ne manifesta aucune surprise :

— Je ne sais pas au juste où elle se trouve en ce moment.

— Mais vous pourriez le savoir ?

— Bien sûr. Ce n'est pas sorcier.

— Et puis... ajouta Tuppence dont la voix se mit à trembler quelque peu. Et puis... il y a un garçon... un de mes amis. Je... je crains qu'il ne lui soit arrivé des ennuis, par la faute de votre petit ami Boris.

— Comment s'appelle-t-il ?

— Tommy Beresford.

— Je n'ai jamais entendu parler de lui. Mais je demanderai à Boris. Il me dira tout ce qu'il sait.

— Merci.

Tuppence se sentait revivre et son audace s'en trouva accrue. Elle se pencha pour murmurer :

— Une chose encore : qui est Mr Brown ?

Le beau visage de Mrs Vandemeyer pâlit subitement ; elle fit un effort pour se ressaisir et retrouver son assurance, mais le résultat fut peu concluant.

— Vous n'avez pas appris grand-chose sur notre compte si vous ignorez encore que personne ne sait qui est Mr Brown, dit-elle en haussant les épaules.

— Personne, peut-être, mais vous, sûrement, répliqua tranquillement Tuppence.

À nouveau, Mrs Vandemeyer blêmit :

— Qu'est-ce qui vous fait supposer cela ?

— Je n'en sais rien, répondit la jeune fille avec franchise. Mais j'en suis certaine.

— Oui, répondit Rita, d'une voix rauque. Moi, je sais. J'ai été belle, vous savez, très belle.

— Vous l'êtes encore, avoua Tuppence avec une certaine admiration.

Mrs Vandemeyer hocha la tête. Une étrange lueur passa dans ses yeux d'un bleu métallique.

— Plus assez, murmura-t-elle d'une voix dangereusement douce. Je ne suis plus assez belle. Quelquefois, au cours de ces derniers temps, il m'est arrivé d'avoir peur. On est toujours en danger quand on en sait trop. (Elle se pencha vers Tuppence :) Jurez-moi que personne ne saura jamais rien.

— Je vous le jure. Une fois qu'il sera arrêté, vous ne serez plus en danger.

Une ombre de terreur passa sur le visage de Mrs Vandemeyer :

— Vous êtes sûre ? Plus jamais en danger ? (Elle étreignit le bras de Tuppence :) Pour l'argent, c'est toujours d'accord ?

— Tout à fait.

— Quand l'aurai-je ? Je ne peux pas attendre.

— Mon ami devrait déjà être là. Il avait quelques

télégrammes à envoyer, je crois. Mais il ne sera pas en retard, il est très expéditif.

Cette fois Mrs Vandemeyer semblait décidée :

— Vous m'avez convaincue. C'est une forte somme. En outre (un sourire énigmatique passa sur ses lèvres), ce serait très imprudent d'essayer de rouler une femme comme moi.

Elle souriait en pianotant sur la table quand, subitement, elle s'interrompit et blêmit:

— Qu'est-ce que c'est ?

— Je n'entends rien.

Mrs Vandemeyer jeta autour d'elle un regard épouvanté.

— Si quelqu'un nous écoutait ?

— Mais non, c'est absurde. Qui voulez-vous que ce soit ?

— Les murs ont des oreilles, répondit-elle dans un souffle. Je vous dis que j'ai peur. On voit que vous ne le connaissez pas !

— Songez plutôt aux cent mille livres, conseilla Tuppence.

Mrs Vandemeyer passa sa langue sur ses lèvres desséchées.

— Vous ne le connaissez pas, répéta-t-elle d'une voix rauque. Il est... ah !...

Elle poussa un hurlement de terreur et se leva en pointant son doigt au-dessus de la tête de Tuppence. Puis elle tomba, sans connaissance. Tuppence se retourna pour voir ce qui lui avait fait si peur. Sur le seuil se tenaient sir James Peel Edgerton et Julius Hersheimmer.

13

LA VEILLÉE

Sir James écarta Julius et se pencha sur la femme étendue à terre.

— Le cœur, déclara-t-il brièvement. Nous avoir brusquement aperçus lui a donné un choc. Du cognac, vite, ou elle risque de nous filer entre les doigts.

Julius se précipita vers la coiffeuse. Mais Tuppence l'arrêta :

— Non, pas là. Dans le buffet de la salle à manger. Deuxième porte à gauche, dans le couloir.

Sir James et Tuppence transportèrent la femme sur son lit et lui aspergèrent le visage, sans résultat. L'avocat lui prit le pouls.

— Ce n'est pas brillant, grommela-t-il. J'aimerais bien que votre jeune ami se dépêche avec le cognac.

À cet instant, Julius réapparut, avec un verre qu'il tendit à sir James. Tuppence souleva la tête de la femme et l'avocat essaya de verser quelques gouttes d'alcool entre ses lèvres serrées. Quand elle commença à ouvrir les yeux, Tuppence lui tendit le verre et lui ordonna de boire. Mrs Vandemeyer s'exécuta. Le sang afflua à ses joues et elle recouvra ses esprits à une vitesse étonnante. Elle tenta de se redresser sur son séant puis retomba sur l'oreiller avec un gémissement, en portant la main à sa poitrine.

— Mon cœur, murmura-t-elle. Il ne faut pas que je parle — et elle resta étendue, les yeux clos.

Sir James lui prit le pouls :

— Tout va bien maintenant.

Tuppence et les deux hommes s'écartèrent et se mirent à parler à voix basse. Tous éprouvaient une certaine déception. Il était hors de question pour le moment d'interroger cette femme. Leurs projets étaient contrariés et ils n'y pouvaient rien.

Tuppence fit le point pour ses compagnons. Mrs Vandemeyer s'était déclarée en mesure de révéler l'identité de Mr Brown, et avait consenti à leur révéler le lieu où se trouvait Jane Finn. Julius la félicita :

— C'est merveilleux, miss Tuppence. Extraordinaire. Cent mille livres lui paraîtront demain matin aussi séduisantes que ce soir. Nous n'avons pas à nous inquiéter. De toute façon, je parie qu'elle ne parlera pas avant d'avoir l'argent.

Tuppence se sentit réconfortée par ces propos pleins de bon sens.

— Vous avez raison, approuva sir James. Je regrette cependant que nous vous ayons dérangées à cet instant précis, mais enfin tant pis. Il ne nous reste qu'à attendre jusqu'à demain matin.

Il jeta un coup d'œil sur le corps de Mrs Vandemeyer. Elle reposait, inerte, les yeux clos.

— Eh bien, déclara Tuppence, avec une feinte gaieté, nous attendrons donc jusqu'à demain matin. Ce n'est pas un drame ! Mais il vaudrait mieux que nous ne partions pas d'ici.

— Et si nous laissions ce jeune garçon si dégourdi monter la garde ?

— Albert ? Et si elle reprend ses esprits et veut s'en aller ? Albert ne pourra pas la retenir.

— Je ne pense pas qu'elle veuille disparaître sans l'argent.

— Ce n'est pourtant pas impossible. Elle semblait terrifiée par Mr Brown.

— Quoi ? Elle est effrayée à ce point ?

— Oui. Elle a inspecté la pièce et a même dit que les murs avaient des oreilles.

— Elle pensait peut-être à un micro, suggéra Julius.

— Miss Tuppence a raison, déclara sir James. Nous ne devons pas quitter l'appartement, ne serait-ce que pour protéger Mrs Vandemeyer.

Julius parut stupéfait :

— Vous pensez qu'il pourrait s'en prendre à elle? Entre maintenant et demain matin? Comment peut-il être au courant de ce qui s'est passé?

— Vous oubliez votre propre hypothèse du micro, lança sir James. Nous avons affaire à un adversaire redoutable. Si nous prenons toutes les précautions nécessaires, il y a de bonnes chances pour qu'il tombe entre nos mains. Mais nous ne devons négliger aucune précaution. Nous disposons d'un important témoin, qu'il nous faut protéger. Je propose que Tuppence aille se coucher et que Mr Hersheimmer et moi-même montions la garde ensemble.

Tuppence allait protester quand elle jeta par hasard un regard vers le lit : Mrs Vandemeyer était étendue là, les yeux mi-clos, les traits défigurés par une telle terreur et une telle méchanceté que ses objections tombèrent. Pendant quelques secondes, elle se demanda si cet évanouissement et cette attaque cardiaque n'étaient pas une gigantesque imposture. Mais une telle pâleur rendait cette hypothèse peu probable. Puis, comme par magie l'expression mauvaise disparut et Tuppence n'eut plus sous les yeux qu'une forme inerte. Peut-être était-ce le fruit de son imagination. Il fallait néanmoins rester sur ses gardes.

— J'estime, déclara Julius, que nous ferions aussi bien de sortir de la pièce.

Les autres acquiescèrent. Sir James reprit le pouls de Mrs Vandemeyer.

— Tout à fait satisfaisant, commenta-t-il à voix basse. Après une nuit de repos, elle sera rétablie, ajouta-t-il à l'intention de Tuppence.

La jeune fille hésita un peu, tant elle avait été impressionnée par l'expression qu'elle avait surprise sur le visage de la femme. Celle-ci ouvrit les yeux, comme si elle voulait parler. Tuppence se pencha vers elle.

— Ne... me... quittez pas.

Incapable de continuer, elle murmura le mot « sommeil » et fit une nouvelle tentative. Tuppence se pencha un peu plus. La voix n'était plus qu'un souffle...

— Mr Brown...

Elle n'alla pas plus loin mais ses yeux mi-clos semblaient transmettre encore un message torturant.

Mue par une soudaine impulsion, la jeune fille déclara :

— Je ne quitterai pas l'appartement. Je veillerai ici toute la nuit.

Une lueur de soulagement passa dans les yeux de Mrs Vandemeyer qui baissa les paupières. Apparemment, elle s'était endormie. Mais ses dernières paroles avaient de nouveau provoqué l'inquiétude de Tuppence. Qu'avait-elle voulu dire ? « Mr Brown » ? Tuppence jeta un regard nerveux par-dessus son épaule. L'immense garde-robe lui apparaissait sous un jour menaçant. Elle était bien assez grande pour qu'un homme pût s'y cacher. Un peu honteuse, Tuppence l'ouvrit et regarda à l'intérieur. Il n'y avait bien évidemment personne. Elle se pencha pour regarder sous le lit car il n'y avait pas d'autre cachette possible. Elle se secoua, à la manière d'un fox-terrier hargneux, cette fois. Absurde. Elle n'allait pas craquer ! Elle sortit doucement de la pièce. Julius et sir James s'entretenaient à voix basse. Sir James se tourna vers elle :

— Fermez la porte de l'extérieur et prenez la clé. Personne ne doit pénétrer dans cette pièce.

Le ton était grave et impressionnant. Du même coup, la jeune fille se sentit moins honteuse d'avoir cédé à la panique.

— Dites-moi, déclara soudain Julius, il y a le jeune ami de Tuppence. Je pense qu'il faudrait que je descende le rassurer. C'est un garçon formidable.

— Mais au fait, comment êtes-vous entrés? J'ai oublié de vous le demander.

— Albert m'a téléphoné comme convenu. Je suis passé prendre sir James et nous sommes venus directement. Le gamin nous attendait. Il était inquiet à votre sujet; il était venu écouter à la porte mais n'avait rien entendu. Il nous a proposé de prendre l'escalier de service plutôt que de sonner. Nous avons atterri dans l'arrière-cuisine et nous vous avons cherchée. Albert est toujours en bas et doit se faire du mauvais sang.

Sur ce, Julius quitta brusquement la pièce.

— Miss Tuppence, déclara sir James, vous connaissez les lieux mieux que moi. Où pensez-vous que nous pourrions nous installer?

Après réflexion, Tuppence déclara que le boudoir de Mrs Vandemeyer serait l'endroit le plus confortable et ils s'y rendirent.

Sir James regarda autour de lui d'un air approbateur.

— Pour moi, c'est parfait. Et maintenant, jeune fille, vous devriez vous fourrer au lit et dormir.

Mais Tuppence secoua la tête d'un air résolu :

— Je vous remercie mais je ne peux pas : je rêverais de Mr Brown toute la nuit.

— Mais, mon enfant, vous allez être fatiguée !

— Tant pis, je préfère veiller.

Il n'y avait pas à insister.

Julius réapparut quelques minutes plus tard. Il avait rassuré Albert et l'avait généreusement récompensé de ses services. À son tour, il tenta de persuader Tuppence d'aller se coucher, mais en vain, puis il déclara :

— De toute façon, il faut que vous avaliez quelque chose ! Où est le garde-manger?

Sur les indications de Tuppence, il disparut et revint quelques minutes plus tard avec un pâté froid et trois assiettes.

Après ce dîner réconfortant, Tuppence commença à se sentir moins angoissée. Le pouvoir de l'argent était infaillible. Mrs Vandemeyer se laisserait séduire par les cent mille livres.

— Et maintenant, miss Tuppence, racontez-nous vos aventures, déclara sir James.

— Mais oui, Tuppence, allez-y, renchérit Julius.

Non sans une certaine complaisance, Tuppence raconta les événements du début de la soirée. De temps à autre, Julius l'interrompait d'un « c'est fantastique ! » admiratif. Quand elle eut terminé, sir James qui était resté silencieux laissa tomber un « bien joué, miss Tuppence » qui la fit rougir de plaisir.

— Il y a une chose que je ne comprends pas, remarqua Julius. Qu'est-ce qui a bien pu la pousser à vouloir s'enfuir ?

— Ça, je n'en sais rien, avoua Tuppence.

Pensivement, sir James se caressait le menton :

— Sa chambre était en désordre, ce qui laisse supposer que sa fuite n'était pas préméditée. C'est plutôt comme si elle avait reçu un avertissement soudain.

— Mr Brown, peut-être, ironisa Julius.

L'avocat ne se priva pas de dévisager le jeune homme.

— Et pourquoi pas ? Souvenez-vous que vous-même, vous avez été battu par lui à plates coutures.

Julius, vexé, rougit :

— Quand je pense que je lui ai donné sans broncher la photo de Jane ! Bon sang ! si jamais je remets la main sur lui, il me le payera cher, je vous le garantis.

— Éventualité fort peu probable, remarqua sir James, pince-sans-rire.

— Vous avez raison, admit Julius en toute franchise. Quoi qu'il en soit, ce n'est pas la photo, c'est l'original que je recherche. Où pensez-vous qu'elle puisse être, sir James ?

— Difficile à dire. Mais je peux dire où elle a été.

— Vraiment ? Où ça ?

Sir James eut un sourire :

— Dans ce qui a servi de décor à vos aventures nocturnes : la maison de santé de Bornemouth.

— Là-bas ? C'est impossible ! J'ai posé la question.

— Eh non, cher monsieur ! Vous avez demandé si quelqu'un du nom de Jane Finn avait séjourné là-bas. Or, si la jeune fille a été admise dans cet établissement, c'était certainement sous un faux nom !

— Chapeau ! s'écria Julius. Je n'y aurais jamais pensé !

— C'est l'évidence même, rétorqua l'autre.

— Le médecin est peut-être complice, suggéra Tuppence.

— Je ne le pense pas. J'ai tout de suite éprouvé de la sympathie pour lui. Non, je suis sûr de lui. Ce Dr Hall est quelqu'un de bien.

— Vous avez bien dit « Hall » !, s'exclama sir James. C'est curieux ! C'est extrêmement curieux !

— Pourquoi ? demanda Tuppence.

— Parce que je l'ai rencontré ce matin. Nous nous sommes un peu fréquentés, pendant quelques années, et pas plus tard que ce matin, je l'ai rencontré dans la rue. Il m'a dit qu'il était descendu au *Metropole*. (Se tournant vers Julius, sir James ajouta :) Ne vous avait-il pas dit qu'il venait à Londres ? Non ? Bizarre. Vous n'avez pas cité son nom cet après-midi, sinon je vous aurais conseillé d'aller le voir de ma part, pour lui demander de plus amples informations.

— Je suis stupide, reconnut Julius avec une humilité inhabituelle chez lui. J'aurais dû penser à cette combine de fausse identité.

— Comment pouviez-vous penser à quoi que ce soit après être tombé de cet arbre ? s'exclama Tuppence. N'importe qui d'autre aurait été tué sur le coup !

— Tout cela n'a plus beaucoup d'importance, maintenant. Nous tenons Mrs Vandemeyer à notre merci, et c'est le principal.

— Oui, approuva Tuppence — mais sa voix manquait d'assurance.

Le silence tomba sur le petit groupe. Peu à peu la magie de la nuit commença à s'emparer d'eux : les craquements dans les meubles, le bruissement des rideaux. Soudain, Tuppence sauta sur ses pieds en poussant un cri :

— Je n'en peux plus. Je sens que Mr Brown est dans l'appartement. Je sens qu'il est là.

— Voyons, Tuppence, comment pourrait-il être là ? Cette porte donne sur le vestibule. Personne n'aurait pu entrer sans que nous le voyions ou que nous l'entendions.

— C'est plus fort que moi. Je sens qu'il est là.

Elle jeta un regard éploré vers sir James qui lui répondit gravement :

— Avec tout le respect que je porte à vos impressions, miss Tuppence — et aux miennes par la même occasion —, je ne vois vraiment pas comment quelqu'un pourrait se trouver dans cet appartement à notre insu.

— Les nuits de veille me portent toujours un peu sur les nerfs, avoua-t-elle, quelque peu réconfortée.

— C'est que nous sommes dans les mêmes conditions que les gens qui se réunissent pour une séance de spiritisme. Si un médium était parmi nous, nous obtiendrions peut-être des résultats exceptionnels.

— Vous croyez au spiritisme ? demanda Tuppence en ouvrant de grands yeux.

L'avocat haussa les épaules :

— Nul doute qu'il y a dans tout cela une part de vérité. Mais aux Assises, la plupart de ces témoignages ne parviendraient à convaincre personne.

Les heures passèrent. Aux premières lueurs de

l'aube, sir James tira les rideaux. Ils contemplèrent ce que peu de Londoniens voient d'habitude : le lent lever du soleil sur la ville endormie. Quoi qu'il en soit, à la lumière du jour naissant, les craintes et les fantasmes de la nuit parurent absurdes. Même Tuppence se sentit revivre.

— Hourra ! s'exclama-t-elle. Cette journée va être superbe. Nous allons retrouver Tommy et Jane Finn, et tout sera pour le mieux dans le meilleur des mondes. Je demanderai à Mr Carter de m'accorder une belle décoration.

À 7 heures, Tuppence se proposa pour aller faire du thé. Elle revint avec un plateau chargé d'une théière et de quatre tasses.

— Pour qui est la quatrième ? s'enquit Julius.

— Pour notre prisonnière, naturellement. C'est bien ainsi que nous pouvons la nommer ?

— Une tasse de thé, voilà qui la réconfortera après la nuit qu'elle a dû passer, déclara Julius, pensif.

— Certainement, approuva Tuppence. Allons-y. Vous pourriez peut-être m'accompagner tous les deux pour le cas où elle me sauterait dessus ? Nous ne savons pas dans quel état d'esprit elle va se réveiller.

Sir James et Julius l'accompagnèrent jusqu'à la porte de la chambre.

— Où est la clé ? Ah oui, j'oubliais, je l'ai sur moi !

Elle introduisit la clé dans la serrure, la tourna puis, avant d'ouvrir :

— Et si, après tout, elle s'était échappée..., murmura-t-elle.

— Totalement impossible, répliqua Julius confiant.

Sir James, quant à lui, ne fit pas de commentaires. Tuppence prit une longue inspiration et pénétra dans la chambre. Elle poussa un soupir de soulagement en voyant Mrs Vandemeyer étendue sur son lit.

— Bonjour ! lança-t-elle, joyeuse. Je vous apporte un peu de thé.

Mrs Vandemeyer ne répondit pas. Tuppence posa la tasse sur la table de nuit et alla tirer les rideaux. Quand elle se retourna, la femme n'avait toujours pas bougé. Le cœur battant, en proie à une soudaine frayeur, Tuppence se précipita vers le lit et hurla. La main qu'elle saisit était glacée... Désormais, Mrs Vandemeyer ne parlerait plus... Alertés par le cri, les autres se précipitèrent. Quelques minutes leur suffirent pour constater que Mrs Vandemeyer était morte depuis plusieurs heures. De toute évidence, elle avait succombé pendant son sommeil.

— Ça alors, pour un hasard malheureux, se lamenta Julius, c'est vraiment un hasard mal...

L'avocat était plus calme mais une étrange lueur brillait dans ses yeux :

— Parce que vous croyez au hasard, vous ?

— Vous ne pensez pas... c'est hors de question... personne n'aurait pu entrer...

— Je ne vois pas non plus comment ils auraient pu entrer, admit sir James. Et pourtant... elle est sur le point de trahir Mr Brown et... elle meurt. Est-ce bien le fruit du hasard ?

— Mais comment diable... ?

— Oui, comment ? C'est ce qu'il nous faut découvrir.

Il resta planté là à se caresser le menton.

— C'est ce qu'il nous faut découvrir, insista-t-il d'un ton posé.

Et Tuppence songea que si elle avait été à la place de Mr Brown, elle n'aurait pas aimé la façon dont il avait dit cela.

— La fenêtre est ouverte, remarqua Julius. Pensez-vous que...

Tuppence secoua la tête :

— Le balcon ne va que jusqu'au boudoir, et nous y étions.

— Il a pu ramper, suggéra Julius.

— Les méthodes de Mr Brown ne sont pas aussi frustes, objecta sir James. Nous devons faire venir un médecin, mais auparavant, si nous nous assurions qu'il n'y a rien dans cette pièce qui puisse avoir de la valeur pour nous ?

C'est ce qu'ils firent sans perdre de temps. Un tas de cendres dans la cheminée prouvait que Mrs Vandemeyer avait brûlé des papiers avant de songer à s'enfuir. Il ne restait rien d'important ni dans la chambre ni dans les autres pièces de l'appartement qu'ils fouillèrent également.

— Et ça ? demanda Tuppence en désignant un petit coffre-fort vieillot encastré dans le mur. C'est pour les bijoux, mais il peut contenir autre chose.

La clé étant dans la serrure, Julius l'ouvrit et procéda à une inspection minutieuse.

— Alors ? interrogea Tuppence, à bout de patience.

— Rien, fit-il en refermant la porte du coffre.

Cinq minutes plus tard, arrivait un jeune et fringant médecin, convoqué à la hâte. Il manifesta une profonde déférence à l'égard de sir James qu'il reconnut immédiatement.

— Crise cardiaque ou peut-être trop forte absorption de somnifère. (Il renifla.) On jurerait qu'il y a une odeur de chloral dans l'air.

Tuppence se souvint du verre qu'elle avait renversé et se dirigea machinalement vers la coiffeuse. Elle aperçut le petit flacon dont Mrs Vandemeyer avait versé quelques gouttes. À ce moment-là il était rempli aux trois quarts. Maintenant... il était vide...

14
UNE CONSULTATION

Rien ne pouvait surprendre et émerveiller davantage Tuppence que la facilité avec laquelle tout fut arrangé, grâce à l'habileté de sir James. Le médecin accepta la thèse selon laquelle Mrs Vandemeyer avait absorbé par hasard une trop forte dose de chloral. Il ne pensait pas qu'une enquête serait nécessaire. Si tel était le cas, il en informerait sir James. On lui expliqua que Mrs Vandemeyer était à la veille d'un départ pour l'étranger et que ses domestiques étaient déjà partis. Sir James et ses jeunes amis étaient venus prendre congé d'elle quand elle avait été terrassée par une soudaine syncope. Ils avaient passé la nuit dans son appartement, préférant ne pas la laisser seule.

Lui connaissaient-ils des parents ? Non, mais sir James lui donna le nom de son notaire.

Quelques minutes plus tard, une infirmière vint prendre le relais et les autres quittèrent l'immeuble fatal.

— Et maintenant ? demanda Julius avec un geste de désespoir. J'ai bien peur que nous ne soyons définitivement le bec dans l'eau.

— Non, répliqua sir James très calme, en se caressant le menton. Il nous reste une chance : que le Dr Hall ait quelque chose à nous apprendre.

— C'est pourtant vrai ! Je l'avais oublié !

— Les chances sont minces mais nous ne devons pas les négliger. Je vous ai dit qu'il était descendu au *Metropole*. Je propose que nous allions le voir dès que possible. Après un bon bain et un petit déjeuner, par exemple ?

Il fut décidé que Tuppence et Julius retourneraient au *Ritz* et passeraient ensuite chercher sir James en voiture. Ce programme fut exécuté à la lettre et, à

11 heures, ils s'arrêtèrent devant le *Metropole*. Ils demandèrent le Dr Hall qu'un jeune chasseur alla chercher. Quelques instants plus tard, le petit médecin se précipitait à leur rencontre.

— Pouvez-nous nous accorder quelques minutes, docteur Hall ? lui demanda aimablement sir James. Permettez-moi de vous présenter miss Cowley. Quant à Mr Hersheimmer, je crois que vous le connaissez déjà.

En serrant la main de Julius, le médecin lui lança un regard intrigué :

— Ah oui ! Mon jeune ami qui tombe des arbres ? Et votre cheville ?

— Guérie, grâce à votre excellent traitement, docteur.

— Et vos peines de cœur ?

— Je cherche toujours, répondit Julius, laconique.

— Pour en venir au fait, déclara sir James, pouvez-vous nous recevoir sans témoins ?

— Bien sûr. Il y a un petit salon dans lequel nous ne serons pas dérangés.

Ils lui emboîtèrent le pas. Le médecin, ayant installé ses visiteurs, interrogea sir James du regard.

— Docteur Hall, il faut absolument que je retrouve une jeune fille dont je veux obtenir une déclaration. J'ai de bonnes raisons de penser qu'elle a séjourné dans votre établissement, à Bornemouth. J'espère que je ne vous obligerai pas à trahir le secret professionnel.

— C'est pour un témoignage ?

Après une légère hésitation, sir James répondit par l'affirmative.

— Je serai très heureux de vous donner toutes les informations dont je dispose. Quel est le nom de cette jeune fille ? Je me souviens que Mr Hersheimmer...

— Le nom, intervint sir James brusquement, n'a aucune importance. Il est presque certain qu'on vous l'a envoyée sous un faux nom. Mais je voudrais savoir si vous connaissez une certaine Mrs Vandemeyer.

— Mrs Vandemeyer, qui demeure au nº 20, South Audley Mansions ? Oui, un peu.

— Vous n'êtes pas au courant de ce qui lui est arrivé ?

— Que voulez-vous dire ?

— Vous ne savez pas qu'elle est morte ?

— Mon Dieu, non ! je n'en ai pas eu connaissance. Quand est-ce arrivé ?

— Elle a pris une trop forte dose de chloral, hier soir.

— Intentionnellement ?

— Non. Je pense qu'il s'agit d'un accident. Mais je préfère ne pas me prononcer. Quoi qu'il en soit, on l'a retrouvée morte, ce matin.

— C'est bien triste. C'était une femme exceptionnellement belle. J'imagine que vous étiez de ses amis pour être au courant de tous ces détails ?

— Je suis au courant de tous ces détails parce que... eh bien parce que c'est moi qui l'ai trouvée... euh...

— Vraiment !

— Eh oui ! dit sir James en se caressant le menton.

— C'est une bien triste nouvelle, mais excusez-moi... quel est le rapport avec votre enquête ?

— Le rapport est simple : Mrs Vandemeyer ne vous avait-elle pas confié une de ses jeunes parentes ?

Julius buvait les paroles du médecin.

— Si, répondit Hall sans se troubler.

— Et sous quel nom ?

— Janet Vandemeyer. C'était sa nièce, si j'ai bien compris.

— Quand a-t-elle été admise chez vous ?

— C'était en juin ou en juillet 1915, si mes souvenirs sont exacts.

— Un cas de folie ?

— Non. Elle est en parfaite santé, si c'est cc que vous voulez savoir. Mrs Vandemeyer m'a appris que cette jeune fille était avec elle à bord du *Lusitania* quand ce bateau maudit a été torpillé et elle en a été profondément ébranlée.

— Nous voilà sur la bonne piste, non ? demanda sir James en se tournant vers ses compagnons.

— Je l'ai déjà dit, mais je le répète : je suis un crétin, déclara Julius.

Le médecin les regarda tous avec curiosité.

— Vous vouliez obtenir d'elle une déclaration ? Et si elle était incapable de la faire ?

— Mais... Vous venez de dire qu'elle était en parfaite santé.

— En effet. Mais si vous voulez qu'elle témoigne pour des événements antérieurs au 7 mai 1915, elle en sera incapable.

Ils regardèrent le petit homme avec stupéfaction. Celui-ci prit un air réjoui.

— C'est dommage, c'est vraiment dommage. Surtout si, comme je le comprends, il s'agit d'une affaire importante. Mais c'est ainsi. Elle ne peut rien dire.

— Mais pourquoi ? Sacré nom d'un chien, pourquoi ? s'écria Julius.

Le petit homme posa un regard bienveillant sur le fougueux Américain :

— Parce que Janet Vandemeyer souffre d'amnésie.

— Quoi ?

— Eh oui ; c'est un cas intéressant, très intéressant même. Il en existe quelques autres du même genre. Mais c'est le premier qui m'ait été confié et je dois reconnaître que c'est tout à fait passionnant.

Il y avait quelque chose d'un peu cynique dans la satisfaction du petit homme.

— Et elle ne se souvient de rien ? demanda lentement sir James.

— Rien d'antérieur au 7 mai 1915. Après cette

date, sa mémoire est aussi bonne que la vôtre ou la mienne.

— Quelle est la première chose dont elle se souvienne ?

— Son débarquement avec les autres survivants. Pour tout ce qui précède, c'est le néant. Elle ne savait même pas son nom, ni d'où elle venait, ni où elle se trouvait. Elle ne parlait même plus sa propre langue.

— Mais tout cela est très inhabituel, non ? avança Julius.

— Non, cher monsieur. C'est même assez banal, compte tenu des circonstances. Elle a subi un choc nerveux important. La perte de la mémoire génère presque toujours des manifestations de ce genre. J'ai proposé que l'on consulte un spécialiste. Il y en a un fameux à Paris, qui étudie des cas analogues. Mais Mrs Vandemeyer s'y est opposée à cause de la publicité qu'entraîne un tel traitement.

— Cela ne m'étonne pas, fit remarquer sir James d'un ton lugubre.

— J'ai abondé dans son sens. Il se produit toujours un certain battage autour de ces cas, et la jeune fille en question était toute jeune. Elle devait avoir dix-neuf ans. Il eût été regrettable que l'on parle de sa maladie, cela pouvait nuire à son avenir. En outre, il n'y a pas de traitement spécial pour des cas semblables. Il faut attendre.

— Attendre ?

— Oui. Tôt ou tard, la mémoire revient. Aussi subitement qu'elle est partie. Mais il est probable que cette jeune personne aura entièrement oublié toute la période intermédiaire. Sa mémoire renaîtra là où elle l'a quittée : au moment du naufrage du *Lusitania*.

— Et quand cela peut-il se produire ?

— Je ne peux vous le dire. C'est parfois l'affaire de quelques mois, mais dans certains cas, il a fallu attendre vingt ans. Parfois, c'est un autre choc qui remet les choses en place.

— Un autre choc? répéta Julius songeur.

— Mais oui. Dans le Colorado, il y a eu un cas de ce genre.

Le petit homme devenait bavard, volubile, d'un enthousiasme à peine contenu.

Julius n'écoutait plus. Plongé dans ses pensées, il fronçait les sourcils. Soudain, il sortit de sa réflexion et donna un coup de poing tel que tout le monde sursauta, le médecin le premier :

— Ça y est ! Docteur, j'aimerais avoir un avis clinique sur le plan que je viens d'élaborer. Si Jane traversait de nouveau cette mare aux canards et que la même chose se reproduise? Le sous-marin et ses torpilles, le bateau qui coule, les passagers qui embarquent dans les canots, etc. ? Est-ce que cette situation ne donnerait pas à son inconscient — pour employer votre jargon — un bon choc qui remettrait tout en place ?

— C'est un raisonnement très intéressant, Mr Hersheimmer. Cette méthode pourrait être efficace, en effet. Mais il n'y a aucune chance, hélas ! pour que les conditions que vous venez de décrire se reproduisent.

— De manière naturelle, certainement pas. Mais on peut les recréer artificiellement.

— Artificiellement ?

— Mais oui. Où est la difficulté? On loue un paquebot...

— Un paquebot..., balbutia Hall.

— On loue des passagers, un sous-marin. C'est sans doute le plus difficile. Les gouvernements sont sûrement un peu regardants pour ce qui touche à leurs machines de guerre. Ils ne doivent pas les vendre au premier venu. Enfin, je crois qu'on pourra s'arranger. Vous connaissez le principe du pot-de-vin? Eh bien, le pot-de-vin vient à bout de toutes les difficultés. Je pense que nous n'aurons pas besoin de lancer des torpilles. Si tout le monde se met à courir et à hurler que le bateau est en train de couler, ce sera suffisant pour une jeune fille innocente comme Jane. D'ici qu'elle endosse une ceinture de sauvetage et qu'on la pousse dans un canot avec des figurants qui joueront les hystériques sur le pont, elle se croira en mai 1915. Que dites-vous de cette idée ?

Le Dr Hall dévisagea Julius. Son regard exprimait tout ce qu'il était présentement incapable de dire.

— Non, je ne suis pas fou, crut bon de préciser Julius. C'est tout à fait réalisable. Aux États-Unis, on fait ça tous les jours, pour les films. Au cinéma, vous avez déjà vu des trains qui entrent en collision ? Entre un train et un paquebot, où est la différence ? Il suffit d'acheter le matériel nécessaire, et en avant !

Hall retrouva sa voix :

— Mais la dépense, cher monsieur. (Sa voix monta dans les aigus.) La dépense ! Elle sera colossale !

— L'argent, c'est ce qui manque le moins, expliqua Julius avec une belle simplicité.

Déconcerté, Hall se tourna vers sir James qui souriait.

— Mr Hersheimmer est à l'aise. Très à l'aise même !

Le médecin regarda de nouveau Julius, mais d'un œil nouveau, plus attentif. Il ne le considérait plus comme un excentrique habitué à tomber des arbres, mais comme un homme très riche, donc respectable.

— Votre plan est remarquable. Tout à fait remarquable ! Les films, bien sûr ! Très intéressant. Nos méthodes sont certainement moins avancées que les vôtres... Et vous voulez vraiment réaliser ce plan remarquable ?

— Et comment, que je le veux !

Le médecin le crut — ce qui était un hommage rendu aux Américains. Si un Anglais lui avait fait la même suggestion, il aurait douté dc sa santé mentale.

— Que les choses soient bien claires, fit-il remarquer, je ne vous garantis pas la guérison.

— C'est entendu. Vous m'amenez Jane et je me charge du reste.

— Jane?

— Miss Janet Vandemeyer, si vous préférez. Pouvons-nous joindre votre établissement et demander à votre personnel de nous la confier? Ou dois-je aller la chercher en voiture?

Le médecin regardait Julius, bouche bée:

— Je vous demande pardon, Mr Hersheimmer. Je pensais que vous aviez compris.

— Compris quoi?

— Que miss Vandemeyer n'est plus sous ma surveillance.

15

TUPPENCE EST DEMANDÉE EN MARIAGE

— Quoi? bondit Julius.

— Je pensais que vous étiez au courant.

— Quand est-elle partie?

— Voyons... Aujourd'hui, nous sommes lundi, non? Ce devait être mercredi dernier. Oui, c'est cela, le soir où... où vous avez atterri dans mes plates-bandes.

— Ce soir-là? Avant ou après?

— Attendez... c'était après. Nous avons reçu un message urgent de Mrs Vandemeyer. La jeune fille et l'infirmière qui s'occupait d'elle sont parties par le train de nuit.

Julius s'écroula dans son fauteuil.

— « Edith est partie elle aussi la nuit dernière avec une de nos patientes. » Je m'en souviens, murmura-t-il. Bon Dieu ! dire que je touchais au but !

Le Dr Hall le contemplait, stupéfait :

— Je ne comprends pas. La jeune fille n'est donc pas auprès de sa tante ?

Tuppence secoua la tête. Elle s'apprêtait à parler quand le regard de sir James l'arrêta. L'avocat se leva :

— Je vous suis très obligé, docteur Hall. Nous vous sommes très reconnaissants de ce que vous nous avez confié. Mais nous devons recommencer à chercher miss Vandemeyer. Quant à son infirmière, vous ne savez pas où nous pourrions la joindre ?

— Je n'ai plus entendu parler d'elle, en fait. J'ai cru comprendre qu'elle devait rester avec miss Vandemeyer pendant un certain temps. Mais qu'est-ce qui a bien pu arriver à cette fille ? Elle n'a pas été kidnappée, au moins ?

— C'est ce que nous allons voir, répondit sir James soucieux.

— Pensez-vous que je doive avertir la police ? demanda Hall après une légère hésitation.

— Non. Il est probable que la jeune fille se trouve chez d'autres parents.

L'explication n'était pas très satisfaisante, mais sir James semblait bien déterminé à ne pas en dire davantage. Tenter d'extorquer de sa bouche d'autres informations était donc peine perdue. Le médecin souhaita bonne chance à ses visiteurs. Après un bref « au revoir », ils se retirèrent.

— C'est à devenir fou ! s'exclama Tuppence dès qu'ils se retrouvèrent à la voiture. Penser que Julius a été sous le même toit qu'elle pendant plusieurs heures.

— Ce que j'ai pu être idiot ! marmonna Julius, lugubre.

— Vous ne pouviez pas le savoir, murmura

Tuppence en guise de consolation. N'est-ce pas, sir James?

— Ne vous tourmentez pas, ajouta ce dernier gentiment. Ça n'a jamais servi à rien de ressasser les erreurs passées.

— Et maintenant, qu'allons-nous faire? demanda Tuppence, toujours pratique.

Sir James haussa les épaules:

— Vous pourriez passer une annonce pour retrouver l'infirmière qui accompagnait la jeune fille. C'est la seule chose que je puisse vous suggérer, mais le résultat me paraît douteux. Il n'y a rien d'autre à faire pour le moment.

— Rien?... répéta Tuppence, le visage dénué d'expression. Et Tommy?

— Il ne nous reste qu'à espérer, déclara sir James. Oui, ne perdons pas espoir.

Comme elle avait la tête baissée, le regard de l'avocat croisa celui de Julius et il lui fit un léger signe de tête. Le jeune Américain blêmit: l'homme de loi considérait le cas comme désespéré. Sir James prit la main de Tuppence:

— Prévenez-moi s'il y a du nouveau. On me fait toujours suivre mon courrier.

Tuppence le dévisagea, l'air égaré cette fois:

— Vous partez?

— Je vous l'ai déjà dit. Vous ne vous en souvenez pas? Je vais en Écosse.

— Oui... Mais je pensais...

— Chère amie, je crois que je ne peux rien faire de plus. Toutes nos pistes se sont évanouies comme des mirages. Croyez-moi quand je vous dis qu'il n'y a rien d'autre à faire. Si quelque fait nouveau se produisait, je serais heureux de vous conseiller dans toute la mesure de mes possibilités.

Tuppence était effondrée.

— Vous devez avoir raison. Je vous remercie beaucoup d'avoir essayé de nous aider. Au revoir!

Une lueur de compassion passa dans le regard de sir James.

— Ne soyez pas aussi triste, miss Tuppence, murmura-t-il. Vous savez, les vacances ne sont pas seulement consacrées aux loisirs. On peut aussi y faire du bon travail.

Tuppence releva la tête et scruta son visage. Il eut un sourire :

— Non, je ne vous en dirai pas davantage. C'est toujours une grave erreur de trop parler. Souvenez-vous de ceci : il ne faut jamais dire tout ce que l'on sait, même aux personnes que l'on connaît le mieux. Compris ? Au revoir !

Tuppence le regarda s'éloigner. Elle commençait à comprendre les manières de procéder de sir James. Une fois déjà, il lui avait parlé par allusion, de la même façon détachée. Était-ce une nouvelle allusion ? Quel était le sens caché de ses paroles ? Voulait-il dire qu'après tout, il n'abandonnait pas l'affaire ? Qu'il allait continuer de s'en occuper ?

Le cours de ses pensées fut interrompu par Julius qui la priait de monter en voiture.

— Vous avez l'air préoccupé, remarqua-t-il en démarrant. Le vieux vous a-t-il dit autre chose ?

Spontanément, Tuppence ouvrit la bouche... pour la refermer aussitôt. Les paroles de sir James résonnaient encore à ses oreilles : il ne faut jamais dire tout ce que l'on sait, même aux personnes que l'on connaît le mieux. Et, dans un éclair, un autre souvenir jaillit de sa mémoire : Julius devant le coffre, dans l'appartement de Mrs Vandemeyer, sa question à elle, le temps qu'il avait mis à répondre : « rien ». N'y avait-il vraiment rien ou avait-il trouvé quelque chose qu'il voulait garder pour lui ? S'il faisait de la rétention d'information, elle pouvait en faire aussi.

— Rien de spécial, répondit-elle.

Elle sentit plus qu'elle ne vit le regard de Julius sur elle :

— Si nous allions faire un tour dans le parc ?

— Comme vous voudrez.

Ils marchèrent un moment en silence sous les arbres. La journée était magnifique. L'air était si frais et si pur que Tuppence en retrouva sa joie de vivre.

— Dites-moi, Tuppence, vous pensez que je vais finir par retrouver Jane ?

Il y avait du découragement dans cette question. Un état d'esprit si inhabituel chez Julius que Tuppence le regarda avec étonnement.

— Eh oui, c'est comme ça. Cette affaire me met dans tous mes états. Aujourd'hui sir James a perdu tout espoir, je l'ai bien vu. Je ne peux pas l'encaisser — peut-être sommes-nous trop différents l'un de l'autre —, mais il est très malin et s'il y avait la moindre chance de succès, il n'abandonnerait pas maintenant, n'est-ce pas ?

Tuppence se sentait plutôt mal à l'aise mais elle se souvint que Julius lui avait caché quelque chose et elle s'en tint à ce qu'elle avait décidé.

— Il nous a tout de même conseillé de faire paraître une annonce pour retrouver l'infirmière, lui rappela-t-elle toutefois.

— Oui, mais sur un ton qui disait assez que c'était sans espoir. Non, je suis dégoûté. J'ai presque envie de rentrer aux États-Unis.

— Oh, non ! s'écria Tuppence. Nous devons retrouver Tommy !

— C'est vrai. J'oubliais Beresford, avoua Julius d'un air contrit. Vous avez raison, nous devons le retrouver. Mais après... eh bien... Depuis que je suis parti, j'ai rêvé tout éveillé mais tous mes rêves ont tourné au vinaigre et m'en voilà délivré. Tuppence, j'aimerai vous demander quelque chose.

— Oui ?

— Qu'y a-t-il entre Beresford et vous ?

— Je ne vois pas ce que vous voulez dire, répondit

Tuppence froidement. (Puis dans un bel élan d'illogisme :) Et de toute manière, vous vous trompez.

— Vous n'éprouvez pas une sorte de tendresse l'un pour l'autre ?

— Bien sûr que non, répliqua Tuppence, avec véhémence. Tommy et moi sommes des amis, rien de plus.

— C'est ce que disent tous les amoureux à un moment quelconque...

— Eh bien c'est idiot, lança Tuppence d'un ton cassant. Est-ce que j'ai l'air d'une fille qui tombe amoureuse de tous les hommes qu'elle rencontre ?

— Non, mais vous avez l'air d'une fille dont on tombe souvent amoureux.

— Ça, par exemple ! s'exclama Tuppence, abasourdie. C'est un compliment ?

— Oui. Disons les choses comme elles sont. Si vous ne retrouvez jamais Beresford et que...

— Ça va... dites-le. Je peux regarder la vérité en face. S'il est mort... c'est bien cela ?

— ... et que cette affaire s'enlise. Que deviendrez-vous ?

— Je ne sais pas, avoua Tuppence, piteuse.

— Vous serez sacrément seule, ma pauvre petite.

— Tout ira bien, rétorqua Tuppence avec son habituel mépris pour tout ce qui ressemblait de près ou de loin à la compassion.

— Et le mariage ? Y avez-vous déjà songé ?

— J'ai l'intention de me marier... Mais seulement si... (Elle se tut, tentée de faire machine arrière, puis courageusement fit feu :)... si je trouve un homme suffisamment riche pour que le jeu en vaille la chandelle. Je suis franche, non ? Vous avez le droit de me mépriser.

— Je ne méprise jamais les gens qui ont le sens des affaires, rétorqua Julius. Et quel genre avez-vous en tête ?

— Quel genre ? demanda Tuppence, embarrassée. Vous voulez dire : grand ou petit ?

— Non, je veux parler du genre de revenus... du montant de la fortune, quoi !

— Je... je n'y ai jamais songé !

— Que pensez-vous de moi ?

— Vous ?

— Oui, moi.

— Oh ! mais... mais c'est impossible...

— Pourquoi ?

— Parce que c'est impossible.

— Mais enfin pourquoi ?

— Ce serait déloyal.

— Je ne vois pas en quoi. Jouons cartes sur table. Je vous admire énormément, Tuppence, plus qu'aucune autre jeune fille que j'aie jamais rencontrée. Vous avez un tel cran ! J'aimerais vous offrir une vie facile. Dites-moi oui et nous allons immédiatement chez un grand bijoutier pour régler l'affaire de la bague.

— Je ne peux pas, répondit Tuppence, dans un hoquet.

— À cause de Beresford ?

— Non, non !

— Pourquoi, alors ?

Tuppence se contenta de secouer violemment la tête.

— Vous ne pouvez pas espérer une plus grosse fortune que la mienne.

— Oh ! ce n'est pas cela. (Elle éclata d'un rire presque hystérique.) Merci beaucoup, vous êtes très gentil, mais je préfère vous dire non.

— Puis-je vous demander une faveur ? Réfléchissez-y jusqu'à demain.

— C'est inutile.

— Faites-le tout de même.

— Très bien, finit par répondre Tuppence.

Ils n'échangèrent plus un mot jusqu'au *Ritz*.

Tuppence monta dans sa chambre. Après l'effort

qu'elle avait dû fournir pour tenir tête à Julius, elle se sentait moralement épuisée. Elle se contempla dans son miroir.

— Folle, murmura-t-elle en se faisant une grimace. Complètement folle. Tout ce que tu voulais, tout ce que tu espérais... et voilà que tu te mets à bêler comme un agneau stupide : non... non... non... C'est ta seule chance. Pourquoi ne la prends-tu pas ? Attrape-la ! Empoigne-la ! Que veux-tu de plus ?

Comme en réponse à sa question, ses yeux tombèrent sur une petite photo qui trônait dans un cadre miteux sur sa table de nuit. Pendant quelques instants elle résista puis, abandonnant tout amour-propre, elle le porta à ses lèvres et éclata en sanglots.

— Oh, Tommy, Tommy ! s'écria-t-elle. Je t'aime... je t'aime et peut-être que je ne te reverrai plus jamais.

Au bout de cinq minutes, elle se leva, se moucha et se recoiffa.

— Ça suffit, déclara-t-elle sévèrement. Regardons les faits en face. Il semblerait que je sois tombée amoureuse d'un crétin qui, selon toutes probabilités, se moque éperdument de moi. (Elle se tut puis, s'adressant à un interlocuteur imaginaire :) De toute façon, il n'aurait jamais osé m'en parler. J'ai toujours dit le plus grand mal de tout ce qui est sentiment et me voilà en train de battre tous les records de sentimentalité. Les filles sont stupides ! C'est bien ce que j'ai toujours pensé ! Et maintenant, je vais dormir avec sa photo sous mon oreiller et rêver à lui toute la nuit. C'est horrible de faillir ainsi à ses principes.

Tuppence hocha tristement la tête en songeant à ce qu'elle venait de vivre.

— Je ne sais vraiment pas quoi dire à Julius. Quelle imbécile je fais ! Il faut que je lui réponde quelque chose. Il est tellement américain et obstiné qu'il insistera jusqu'à ce que je cèdc. Je me demande s'il a trouvé quelque chose dans ce coffre...

Les pensées de Tuppence prirent un autre cours. Elle continuait de revivre mentalement les événements de la nuit passée. Quelque part, ils avaient un lien avec les propos énigmatiques de sir James. Soudain, Tuppence bondit. Son visage devint exsangue. Les prunelles dilatées, elle regardait fixement dans le vide.

— C'est impossible, murmura-t-elle. Impossible ! Pour penser à des choses pareilles, il faut que je sois devenue complètement folle. C'est monstrueux et pourtant cela explique tout.

Après un temps de réflexion, elle s'assit et rédigea un billet dont elle pesa chaque mot. Satisfaite du résultat, elle le glissa dans une enveloppe sur laquelle elle écrivit le nom de Julius. Elle traversa le couloir, frappa à la porte de son salon. Comme elle s'y attendait, il était vide. Elle posa la lettre sur la table. Comme elle retournait dans sa chambre, un petit chasseur attendait devant sa porte.

— Un télégramme pour vous, miss.

Tuppence le prit sur le plateau d'argent et l'ouvrit négligemment.

Elle poussa un cri : c'était de Tommy.

16

SUITE DES AVENTURES DE TOMMY

Émergeant d'une obscurité profonde que trouaient de violents éclairs, Tommy revenait lentement à lui. Quand enfin il ouvrit les yeux, ce fut pour éprouver une atroce douleur aux tempes. Il avait vaguement conscience de se trouver dans un lieu qui ne lui était pas familier. Mais où? Que lui était-il arrivé? Il entrouvrit les paupières. Il ne se trouvait donc pas dans sa chambre au *Ritz*? Et pourquoi diable sa tête lui faisait-elle aussi mal?

— Bon Dieu! s'exclama-t-il — et il tenta de s'asseoir.

Peu à peu la mémoire lui revenait. Il était dans cette sinistre maison de Soho. Il poussa un gémissement et retomba. À travers ses paupières mi-closes, il entreprit de reconnaître le terrain.

— Il revient à lui, déclara quelqu'un, tout près de lui.

Instantanément, il reconnut l'Allemand barbu et efficace. Il demeura sans bouger, sentant bien qu'il n'avait pas intérêt à revenir à lui trop tôt: tant que la douleur serait aussi violente, il se sentait incapable de raisonner. Il essaya péniblement de reconstituer les événements. Quelqu'un avait dû se glisser dans son dos pendant qu'il écoutait à la porte et lui assener un coup sur la tête. Maintenant, ils savaient qu'il était un espion et ils allaient rapidement se débarrasser de lui. Il était dans ce que l'on nomme communément une mauvaise passe. Personne ne sachant où il se trouvait, il ne devait attendre aucune aide de l'extérieur mais compter uniquement sur sa présence d'esprit.

Bon! Allons-y, se dit Tommy, et à voix haute, il répéta: « Bon Dieu! » Cette fois-ci, il parvint à s'asseoir.

Aussitôt, l'Allemand s'approcha, lui glissa un verre entre les lèvres et lui ordonna de boire, ce qu'il fit. Le liquide était si fort qu'il faillit s'étouffer, mais ses idées s'éclaircirent de façon spectaculaire. Il était allongé sur un divan, dans la pièce où s'était tenue la réunion. À sa droite se tenait l'Allemand, à sa gauche, le gardien au visage patibulaire qui lui avait ouvert la porte. Un peu plus loin, les autres formaient un petit groupe. Il en manquait un cependant, celui qu'on appelait numéro 1 avait disparu.

— Vous vous sentez mieux ? demanda l'Allemand en reprenant le verre vide.

— Oui, merci, répondit Tommy, ragaillardi.

— Mon jeune ami, c'est une chance pour vous que votre crâne soit aussi résistant. Ce bon vieux Conrad frappe fort, ajouta-t-il en désignant le gardien à la mine patibulaire.

Celui-ci fit une grimace tandis que Tommy s'efforçait de se tourner vers lui :

— Oh ! c'est vous, Conrad ? J'ai dans l'idée que c'est aussi une chance pour vous que mon crâne soit aussi résistant. Quand je vous regarde, je regrette de vous avoir permis d'échapper à la potence.

Le portier rugit et le barbu déclara avec le plus grand calme :

— Il n'encourra jamais quoi que ce soit.

— Vous croyez ? Je sais bien que c'est à la mode de dénigrer la police, mais moi, je crois encore à son efficacité.

Il affectait une grande désinvolture. Tommy Beresford était de ces jeunes Anglais qui ne se distinguent pas par des qualités intellectuelles exceptionnelles mais qui donnent le meilleur d'eux-mêmes dans ce qu'on appelle les mauvaises passes. Leur manque de confiance et leur réserve habituelle disparaissent comme par magie. Tommy se rendit compte qu'il devrait son salut à sa présence d'esprit et, tout en affectant un air détaché, il réfléchissait à fond.

D'une voix glaciale, l'Allemand reprit :

— Avez-vous quelque chose à dire avant d'être condamné à mort pour espionnage ?

— Un tas de choses, répondit Tommy, toujours aussi courtois.

— Niez-vous avoir écouté à la porte ?

— Non. Je devrais vous présenter des excuses, mais votre conversation était si intéressante qu'elle a étouffé mes scrupules.

— Comment êtes-vous entré ?

— Grâce à ce vieux Conrad. (Il lui lança un sourire désapprobateur.) Je regrette de devoir incriminer un fidèle serviteur, mais franchement, vous devriez recruter un meilleur chien de garde.

Conrad grogna et, comme le barbu allait lui sauter dessus, il s'écria, furieux :

— Il m'a donné le mot de passe. Comment je pouvais savoir ?

— Mais oui, renchérit Tommy. Comment pouvait-il savoir ? Ne blâmez pas ce pauvre type. Grâce à sa diligence, j'aurai eu le plaisir de vous voir tous en face de moi.

Ces mots parurent causer un certain trouble dans le groupe. Mais, toujours vigilant, l'Allemand y mit fin d'un geste de la main.

— Les morts ne parlent pas, se borna-t-il à déclarer d'une voix unie.

— Je ne suis pas encore mort !

— Vous le serez bientôt, mon jeune ami.

Un murmure d'assentiment s'éleva. Tommy sentit son cœur battre plus vite, mais il demeura parfaitement affable.

— Je ne le pense pas, déclara-t-il avec fermeté. Je suis très réticent à l'idée de mourir.

Il lut une certaine perplexité dans le regard de son geôlier.

— Et pour quelle raison nous ne vous tuerions pas ? demanda l'Allemand.

— Il y en a plusieurs. Vous m'avez posé des tas de questions. Si je vous en posais une, pour changer un peu ? Pourquoi ne m'avez-vous pas supprimé avant que je ne reprenne conscience ?

L'Allemand hésitant à répondre, Tommy en profita pour ajouter :

— Parce que vous ne savez pas ce que je sais, ni d'où je le tiens, et si vous me tuez maintenant, vous ne le saurez jamais.

C'en était plus que Boris ne pouvait supporter : il se précipita sur Tommy, le poing levé.

— Vous n'êtes qu'une ordure d'espion ! hurla-t-il. On va vous expédier en quatrième vitesse. Tuons-le ! Tuons-le tout de suite !

Les autres applaudirent.

— Vous avez entendu ? Qu'avez-vous à répondre à ça ? demanda l'Allemand en regardant Tommy au fond des yeux.

— Ce que j'ai à répondre, moi ? (Tommy haussa les épaules.) Quelle bande d'imbéciles ! Qu'ils répondent eux-mêmes à quelques-unes de mes questions : comment suis-je entré ici ? Souvenez-vous de ce qu'a dit ce cher vieux Conrad. Avec votre propre mot de passe. Et comment se fait-il que je le connaisse ? Vous ne pensez tout de même pas que j'ai franchi le seuil de la maison par hasard et que j'ai dit la première chose qui me soit passée par la tête ?

Tommy était assez satisfait de sa dernière trouvaille. Son seul regret étant que Tuppence ne fût pas là pour en apprécier tout le sel.

— C'est vrai, dit tout à coup l'ouvrier. Camarades, nous avons été trahis !

Un murmure de colère s'éleva. Tommy adressa au groupe un sourire encourageant :

— Voilà qui est mieux ! Comment voulez-vous arriver à quelque chose si vous ne faites pas fonctionner votre cerveau ?

— Vous allez nous dire qui nous a trahis, déclara l'Allemand. Mais cet aveu ne vous sauvera pas. Oh, que non ! Vous allez nous dire tout ce que vous savez. Nous avons les moyens de vous faire parler, n'est-ce pas, Boris ?

— Bah ! laissa tomber Tommy d'un ton méprisant et en s'efforçant de combattre la sensation désagréable qu'il éprouvait au creux de l'estomac. Vous ne me torturerez pas et vous ne me tuerez pas.

— Et pourquoi pas ? demanda Boris.

— Parce que vous ne tuerez pas la poule aux œufs d'or, répondit tranquillement Tommy.

Il y eut un silence. L'assurance que n'avait cessé de manifester Tommy allait finir par jouer en sa faveur. Ils n'étaient plus aussi sûrs d'eux.

L'homme aux vêtements élimés scruta Tommy et déclara tranquillement :

— Boris, il est en train de nous bluffer.

Tommy sentit naître en lui de la haine à l'égard de ce type. Ce salaud l'avait-il percé à jour ?

L'Allemand se tourna vers Tommy :

— Qu'est-ce que cela signifie ?

— Comment voulez-vous que je le sache, riposta Tommy tout en se creusant la cervelle.

Brusquement, Boris bondit sur lui et brandit son poing :

— Tu vas parler, espèce de cochon d'Anglais ?... Tu vas parler ?

— Du calme, cher ami. C'est le drame avec vous, les étrangers, vous ne savez pas rester calmes. Maintenant, regardez-moi : est-ce que j'ai l'air de croire que vous allez me tuer ?

Il les examina tous d'un air confiant, heureux qu'ils ne puissent pas entendre les battements de son cœur qui démentaient ses paroles.

— Non, finit par admettre Boris, de mauvaise grâce, vous n'en avez pas l'air.

Dieu merci, il ne lit pas dans les cœurs, pensa Tommy qui poursuivit son avantage :

— Et pourquoi suis-je aussi confiant ? Parce que je sais quelque chose qui me met en situation de vous proposer un marché.

— Un marché ? fit le barbu, tout à coup intéressé.

— Oui, un marché. Ma vie et ma liberté... contre...

Il marqua un temps d'arrêt.

— Contre quoi ?

Le groupe retenait son souffle. On aurait pu entendre une mouche voler.

— Les documents que Danvers a transportés d'Amérique sur le *Lusitania*, déclara-t-il lentement.

Ces mots produisirent un effet foudroyant. Ils sautèrent tous sur leurs pieds. L'Allemand leur fit signe de reculer. Rouge comme un coq, il se pencha vers Tommy :

— *Himmel* ! C'est vous qui les avez ?

Avec un calme superbe, Tommy secoua la tête.

— Alors vous savez où ils sont ?

— Pas le moins du monde.

— Mais alors... alors...

Furieux et déçu, les mots lui échappaient.

Tommy regarda les autres.

La colère et l'étonnement se peignaient sur leurs visages mais sa tranquille assurance avait fait son œuvre : tous étaient convaincus qu'il y avait du vrai dans ce qu'il venait de dire.

— Je ne sais pas où sont les papiers. Mais je crois pouvoir les trouver. J'ai une idée.

— Tu parles !

D'un geste, Tommy rétablit le silence :

— Je vous dis que ce n'est qu'une idée, mais elle repose sur des faits, des faits connus de moi seul. De toute façon, qu'avez-vous à perdre ? Si je vous donne les documents, en échange, vous me rendez ma liberté. D'accord ?

— Et si nous refusons ? demanda l'Allemand d'une voix calme.

Tommy se rallongea sur le divan.

— Le 29, murmura-t-il, pensif. Cela me laisse moins de quinze jours.

Le président hésita un instant, puis fit signe à Conrad :

— Emmenez-le dans la pièce à côté.

Pendant cinq minutes, Tommy resta assis sur le lit de la pièce voisine, aussi sale que tout le reste de la maison. Son cœur battait à tout rompre. Il avait tout misé sur ce coup. Qu'allaient-ils décider ? Tandis que cette angoissante question le torturait, il échangea des propos futiles avec Conrad — déjà grincheux de nature — au point de le faire sortir de ses gonds.

Enfin, la porte s'ouvrit et, d'un ton impérieux, l'Allemand demanda à Conrad de revenir dans la pièce où se tenait la réunion.

— Pourvu que le juge soit indulgent ! lança Tommy d'un ton léger. Allons-y, Conrad ! Au pas ! Messieurs, le prisonnier est à la barre.

L'Allemand avait repris la place qu'il occupait à la table. Il fit signe à Tommy de s'asseoir en face de lui.

— Nous acceptons, annonça-t-il d'une voix caverneuse. À certaines conditions. Dès que nous serons en possession des papiers, nous vous libérerons.

— C'est idiot ! lança aimablement Tommy. Comment voulez-vous que je les trouve si vous me gardez ici pieds et poings liés ?

— Alors quoi ?

— Il faut que je sois libre pour conduire mes recherches à ma guise.

L'Allemand éclata de rire :

— Vous nous croyez suffisamment naïfs pour vous laisser partir contre des promesses ridicules ?

— Non, répondit Tommy, songeur. Bien que ce soit pour moi le plus simple, je pensais bien que vous ne seriez pas d'accord. Mais nous pouvons trouver un compromis. Si vous attachiez ce vieux Conrad à ma personne ? C'est un compagnon fidèle, et qui a un bon coup de poing.

— Nous préférons que vous restiez ici, répondit l'Allemand d'un ton glacial. L'un de nous exécutera vos ordres dans les moindres détails. En cas de complications, il viendra vous faire un rapport et vous lui donnerez de nouvelles instructions.

— Vous m'empêchez d'agir, murmura Tommy

d'une voix plaintive. C'est une affairc très délicate et celui qui s'en chargera va tout me bousiller. Qu'est-ce que je ferai après? Je ne pense pas qu'aucun d'entre vous ait suffisamment de tact...

L'Allemand donna un coup de poing sur la table :

— Nos conditions ou la mort. À vous de choisir.

Tommy baissa la tête, d'un air las :

— J'aime votre style — bref mais charmeur. Bien, c'est entendu. Mais il y a une chose essentielle: je dois impérativement voir la fille.

— Quelle fille ?

— Jane Finn, bien sûr.

Tous le regardaient d'un drôle d'air. Lentement, en choisissant ses mots, l'Allemand demanda :

— Vous ne savez donc pas qu'elle ne peut rien vous dire ?

Le cœur de Tommy battit plus vite. Parviendrait-il à rencontrer celle qu'il cherchait ?

— Je n'ai pas l'intention de lui demander quoi que ce soit de précis, expliqua-t-il. Et en tout cas, pas d'entrer dans les détails.

— Alors pourquoi la rencontrer ?

— Pour observer son visage, quand je lui poserai une certaine question, répondit Tommy après un silence.

De nouveau, le président eut une expression que Tommy ne put interpréter :

— Elle ne pourra pas répondre à votre question.

— Peu importe ! Je l'aurais eue en face de moi en la lui posant.

— Et vous croyez que cela vous apportera un élément utile ?

Il eut un rire désagréable. Plus encore que précédemment, Tommy comprit que quelque chose lui échappait. L'Allemand le regardait toujours d'un air interrogateur.

— Après tout, je me demande si vous en savez autant que nous le pensons, dit-il d'une voix douce.

Tommy sentit qu'il perdait son avantage, que son emprise sur le groupe était en train de faiblir. Mais il ne savait que faire. À quel moment avait-il commis une erreur? Mû par une impulsion subite, il ajouta:

— Il y a peut-être des choses que vous savez et que j'ignore. Je n'ai jamais prétendu connaître tous les détails de votre affaire. Mais de mon côté, j'ai dans ma manche certains atouts que vous ne possédez pas, ce qui me permettra de marquer des points. Danvers était un type sacrément intelligent...

Il s'interrompit comme s'il en avait déjà trop dit.

Mais le visage de l'Allemand s'était éclairé.

— Danvers, je vois, murmura-t-il. (Puis il fit un signe à Conrad.) Embarquez-le où vous savez, en haut.

— Une minute. Et pour la fille?

— Ça pourra se faire.

— Il le faut.

— Nous verrons. Une seule personne peut prendre la décision.

— Qui?

Tommy posait la question mais il en connaissait la réponse.

— Mr Brown.

— Pourrai-je le voir?

— Peut-être.

— En route, dit rudement Conrad.

Tommy se leva docilement. Son geôlier lui fit monter l'escalier en le suivant de près. Sur le palier, il ouvrit une porte et Tommy pénétra dans une petite pièce. Conrad alluma une lampe à gaz et sortit. Tommy entendit le grincement de la clé dans la serrure. Il se mit en devoir d'examiner sa prison. La pièce était plus petite que celle du bas et l'air y était particulièrement confiné. Car il n'y avait pas de fenêtre. Il fit le tour du local. Les murs étaient horriblement sales, comme dans tout le reste de la maison d'ailleurs. Quatre reproductions sous verre, accrochées de guingois, représentaient des scènes de Faust : Marguerite avec son coffret à bijoux, la scène de l'église, Siebel et ses fleurs, Faust et Méphisto. Le dernier tableau lui fit penser à Mr Brown. Dans cette pièce isolée, avec sa lourde porte fermée à double tour, il se sentait coupé du monde et la sinistre puissance du roi des criminels lui parut plus réelle encore. Même s'il poussait des hurlements, personne ne l'entendrait. Il était comme emmuré vivant... Dans un effort pour reprendre courage, il se jeta sur le lit et se mit à réfléchir. Sa tête lui faisait très mal. De plus, il mourait de faim. Le silence des lieux ajoutait à son découragement.

« Après tout, se dit Tommy pour se ragaillardir, je verrai leur chef, le mystérieux Mr Brown et avec un peu de chance, si je bluffe bien, je verrai aussi la mystérieuse Jane Finn. Après ça... »

Après ça, Tommy fut bien forcé d'admettre que les perspectives n'étaient guère réjouissantes.

17

ANNETTE

Les ennuis à venir s'estompèrent peu à peu pour laisser place aux ennuis présents dont le plus immédiat et le plus pressant était la faim. Tommy était doté du robuste appétit d'un jeune homme en bonne santé. Le steak et les pommes de terre frites avalés au déjeuner semblaient appartenir à une époque reculée. Il devait admettre qu'il n'irait pas loin avec une grève de la faim. Sans cesse, il arpentait sa prison. Parfois même, abandonnant toute dignité, il se mettait à frapper à grands coups sur la porte. Mais personne ne répondit à ses appels.

« Après tout, je m'en moque, songea-t-il avec indignation. Ils ne peuvent tout de même pas me laisser mourir de faim ! » Une nouvelle crainte l'assaillit : et s'il s'agissait d'un de leurs charmants moyens pour le faire parler — un de ces fameux moyens dont Boris était spécialiste ? Mais à la réflexion, il abandonna cette idée. « Ce doit être la faute de cette sombre brute de Conrad, pensa-t-il. Voilà bien quelqu'un sur qui j'aimerais cogner un de ces jours. Je suis sûr que c'est par rancune. » Plus il y pensait, plus Tommy aurait voulu écrabouiller le crâne en forme d'œuf du gardien et, tout en caressant doucement son propre crâne, le jeune homme laissa libre cours à son imagination. C'est alors qu'une idée lumineuse lui vint à l'esprit: pourquoi ne pas transformer le rêve en réalité ? Conrad était sans doute le locataire de la maison. Les autres, hormis peut-être l'Allemand barbu, s'en servaient uniquement comme lieu de rendez-vous. Alors pourquoi ne pas tendre une embuscade à Conrad ? Il suffirait de se mettre derrière la porte pour lui fracasser gracieusement sur la tête une chaise ou l'un de ces vieux sous-verre. Il faudrait naturellement faire attention de ne pas le tuer. Et puis... et puis tout simplement s'en aller. S'il rencontrait quelqu'un sur son chemin... Tommy se réjouissait à l'idée de faire usage de ses poings. Tout cela était infiniment plus dans ses cordes que la joute verbale de cet après-midi. Enchanté par son plan, il décrocha le tableau représentant Faust et Méphisto et se mit en position. L'humeur était à l'optimisme: son plan lui semblait aussi simple qu'excellent.

Du temps passa et Conrad n'apparaissait toujours pas. Les jours et les nuits étaient semblables dans la prison mais la montre de Tommy, dont le degré de précision était remarquable, l'informa qu'il était 9 heures du soir. Tommy songea avec tristesse que si le dîner n'arrivait pas bientôt, il lui faudrait attendre le petit déjeuner. À 10 heures, tout espoir l'abandonna et il se jeta sur son lit pour trouver une consolation dans le sommeil. En cinq minutes, ses malheurs étaient oubliés.

Le bruit de la clé dans la serrure le réveilla. N'appartenant pas à ce type de héros bien connus pour être, dès le réveil, en pleine possession de leurs moyens, Tommy cligna des yeux en se remémorant vaguement où il se trouvait. Puis la mémoire lui revint et il consulta sa montre : 8 heures.

— C'est soit le thé du matin, soit le petit déjeuner, en déduisit le jeune homme. Pourvu qu'il s'agisse du second.

La porte s'ouvrit. Tommy se souvint trop tard de son projet concernant le rébarbatif Conrad. Tant mieux d'ailleurs. Car ce n'était pas Conrad, mais une jeune fille. Elle portait un plateau qu'elle posa sur la table.

À la faible lueur de la lampe à gaz, Tommy la regarda en clignant des paupières. Tout de suite, il décida que c'était l'une des plus belles filles qu'il avait jamais rencontrées. Elle avait une chevelure d'un brun chaud — qu'illuminaient des reflets d'or, comme si elle avait emprisonné les rayons du soleil —, un teint de rose et de grands yeux noisette, avec des paillettes d'or qui rappelaient les reflets de ses cheveux. Une idée folle traversa l'esprit de Tommy.

— Êtes-vous Jane Finn ? demanda-t-il en retenant son souffle.

La jeune fille secoua la tête, l'air surpris.

— Mon nom est Annette, monsieur...

Elle s'exprimait dans un anglais lent et malaisé.

— Oh ! s'exclama Tommy, déçu. Vous êtes française ? hasarda-t-il.

— Oui, monsieur. Monsieur parle français ?

— Il y a longtemps que je ne l'ai pas parlé. Qu'est-ce que c'est ? Le petit déjeuner ?

La jeune fille acquiesça. Tommy sauta du lit et vint

inspecter le plateau ; du pain, de la margarine et un pot de café.

— Ce n'est pas le *Ritz*, fit-il remarquer en soupirant. Mais je remercie Dieu de tout mon cœur pour ce qu'il veut bien me donner. Amen !

Il prit une chaise et la jeune fille se dirigea vers la porte.

— Une seconde ! s'écria Tommy. J'ai un tas de questions à vous poser, Annette. Que faites-vous dans cette maison ? Ne me dites pas que vous êtes la nièce de Conrad, sa fille ou quelque chose dans ce goût-là, parce que je ne vous croirais pas.

— Je fais le service, monsieur. Je ne suis la parente de personne, ici.

— Je vois. Vous avez compris ce que je vous ai demandé tout à l'heure ? Vous avez déjà entendu ce nom ?

— Je crois que j'ai entendu des gens parler d'elle.

— Vous ne savez pas où elle se trouve ?

Annette secoua la tête.

— Elle n'est pas dans cette maison, par exemple ?

— Oh, non, monsieur ! Je dois y aller, maintenant. Ils m'attendent.

Elle sortit et la clé tourna dans la serrure.

« Je me demande qui "ils" sont, s'interrogea Tommy en entamant la miche de pain. Avec un peu de chance, cette fille pourrait m'aider à sortir d'ici. Elle n'a pas l'air de faire partie de la bande. »

À 1 heure, Annette réapparut, chargée d'un autre plateau, mais cette fois-ci accompagnée par Conrad.

— Bonjour ! lança aimablement Tommy, vous n'avez pas trop forcé sur la mousse à raser, je vois ? (Et comme Conrad commencait à grogner d'un air menaçant :) Vous n'avez pas le sens de la repartie, vieux ! Bon, d'accord, on ne peut pas être tous beaux et intelligents ! Qu'avons-nous pour déjeuner ? Du ragoût ? Comment l'ai-je deviné ? Élémentaire, mon cher Watson: l'odeur des oignons est une odeur qui ne trompe pas.

— Cause toujours, grommela l'homme, t'en as peut-être plus pour longtemps...

C'était une remarque déplaisante par ce qu'elle insinuait, mais Tommy décida de l'ignorer et s'attabla.

— Tu peux disposer, valet, dit-il avec un geste de la main. Va et que je ne t'entende plus, vil maraud !

Le soir, assis sur son lit, Tommy cogita. Conrad accompagnerait-il à nouveau la jeune fille ? S'il ne le faisait pas, prendrait-il le risque de s'en faire une alliée ? Il décida de ne laisser passer aucune chance. Il était décidément dans une situation désespérée.

À 8 heures, entendant le bruit familier de la clé tournant dans la serrure il sauta sur ses pieds. La jeune fille était seule.

— Fermez la porte, ordonna-t-il. Il faut que je vous parle.

Elle s'exécuta.

— Écoutez, Annette. Je veux que vous m'aidiez à sortir d'ici.

— Impossible. Ils sont trois à l'étage en dessous.

— Ah, ah ! (Tommy la remercia en son for intérieur de cette information.) Mais si vous le pouviez, vous m'aideriez ?

— Non, monsieur.

— Pourquoi ?

Elle hésita :

— Parce que... parce que je suis à leur service. Vous les avez espionnés. Ils ont le droit de vous garder ici.

— Ce sont de mauvaises gens, Annette. Si vous m'aidez, je vous emmènerai loin d'eux et vous ramasserez un bon paquet d'argent.

Mais elle secouait toujours la tête.

— Je n'ose pas, monsieur, ils me font peur.

Et elle fit mine de sortir.

— Feriez-vous quelque chose pour aider une jeune fille comme vous ? Du même âge que vous ? Vous ne la sauveriez pas de leurs griffes ?

— Vous voulez parler de Jane Finn ?

— Oui.

— C'est pour elle que vous êtes venu ici ? C'est ça ?

— C'est ça.

La jeune fille le regarda et se passa la main sur le front :

— Jane Finn... Ce nom, je l'entends sans cesse... Il m'est familier...

Tommy s'approcha d'elle, désireux d'en apprendre davantage :

— Vous savez bien quelque chose à son sujet ?

Mais Annette se dirigea brusquement vers la porte. Soudain, elle poussa un hurlement et Tommy comprit : elle avait aperçu la reproduction qu'il avait posée contre le mur la nuit d'avant. Il lut de la terreur dans son regard. Puis, tout aussi inexplicablement, à cette terreur fit place un certain soulagement. Alors très vite, elle sortit de la chambre. Que s'était-il passé ? Avait-elle cru qu'il voulait l'attaquer ? Certainement pas. Pensif, il raccrocha le sous-verre.

Trois jours se passèrent encore, dans l'inaction et la morosité. Tommy était dans un état de grande nervosité. Hormis Conrad et Annette, il ne voyait personne. La jeune fille était devenue presque muette, ne s'exprimant plus que par monosyllabes. Il y avait, au fond de ses yeux, une sombre méfiance. Il apprit par Conrad que les autres attendaient les ordres de Mr Brown. Peut-être était-il absent de Londres — ou même à l'étranger — et devaient-ils attendre son retour.

Mais le soir du troisième jour lui apporta une amère déconvenue. Il était à peine 7 heures quand il entendit des bruits de pas dans le couloir. La porte s'ouvrit et

Conrad entra accompagné du numéro 14 au visage si peu engageant.

Tommy sentit la peur l'envahir.

— Bonsoir, chef, dit l'homme en le regardant de côté. Tu as la corde, mon pote ?

En silence, Conrad sortit un bout de cordelette. Une minute plus tard, avec une atroce dextérité, le numéro 14 commençait à lui attacher les bras et les jambes tandis que Conrad le maintenait.

— Pourquoi, diable..., commença Tommy.

Mais le silence grimaçant de Conrad, plus taciturne que jamais, arrêta les mots au bord de ses lèvres.

Numéro 14 exécuta prestement sa tâche et, au bout d'une minute, Tommy était ficelé comme un paquet. Ce fut Conrad qui parla :

— Vous avez voulu nous bluffer, hein ? Avec ce que vous saviez, et ce que vous saviez pas ! Passer un marché avec nous ! Et tout ça, c'était que du bluff ! Vous en savez moins qu'un agneau qui vient de naître ! Mais votre numéro est fini, maintenant, espèce de salaud !

Tommy garda le silence. Il n'avait rien à ajouter. Il avait échoué. Quelqu'un, peut-être le tout-puissant Mr Brown, l'avait démasqué. Soudain, il lui vint une idée.

— Bien parlé, Conrad, dit-il sur un ton approbateur. Mais pourquoi ces liens et ces entraves ? Pourquoi ne pas laisser ce charmant monsieur ici présent me couper la gorge séance tenante ?

— Penses-tu, répondit inopinément numéro 14. Tu nous crois assez naïfs pour te liquider ici et avoir la police sur le dos ? Non, mais ! Nous avons commandé le carrosse de Sa Majesté pour demain matin, mais en attendant, nous ne voulons courir aucun risque avec toi.

— Rien ne saurait être plus clair que vos propos, déclara Tommy, si ce n'est vos visages.

— Ferme-la ! lança numéro 14.

— Avec plaisir, répliqua Tommy. Vous êtes en train de commettre une grave erreur, vous la regretterez.

— N'essaye pas de nous la faire une fois de plus, rétorqua numéro 14. Tu nous parles comme si tu étais toujours en train de parader au *Ritz* !

Tommy ne répondit pas. Ainsi Mr Brown avait découvert son identité. Tuppence, au comble de l'angoisse, avait dû se précipiter à la police. Sa disparition ayant été rendue publique, la bande n'avait pas été longue à opérer le rapprochement.

Les deux hommes quittèrent la pièce en claquant la porte, laissant Tommy à sa méditation qui était loin d'être gaie. Déjà, il souffrait d'ankylose et de crampes. Réduit à l'impuissance, il sentait bien qu'il n'y avait plus aucun espoir.

Il s'était écoulé environ une heure quand il entendit la clé tourner doucement. La porte s'ouvrit : c'était Annette. Le cœur de Tommy se mit à battre un peu plus vite. Il avait complètement oublié la jeune fille. Et si elle était venue pour l'aider ?

Soudain, il entendit la voix de Conrad :

— Sors de là, Annette. Il ne dîne pas ce soir.

— Oui, oui, je le sais bien. Mais il faut que je reprenne le plateau. Nous en avons besoin.

— Alors, dépêche-toi, grommela Conrad.

Sans regarder Tommy, la jeune fille se dirigea vers la table et prit le plateau. Elle leva la main et éteignit la lampe.

— Qu'est-ce que tu fous ? (Conrad était venu jusqu'à la porte.) Pourquoi as-tu éteint ?

— J'éteins toujours. Vous ne m'avez jamais rien dit. Dois-je rallumer, Mr Conrad ?

— Non, sors de là.

— Oh, le beau petit monsieur ! s'exclama Annette, en s'arrêtant près du lit dans l'obscurité. Vous l'avez bien ficelé, hein ? On dirait un poulet à la broche !

Tommy n'appréciait pas du tout ces propos

moqueurs, mais à cet instant, à son grand étonnement, il sentit la main de la jeune fille sur ses liens et elle déposa au creux de sa paume un objet froid et de petite taille.

— Allez, viens, Annette !

— Me voilà !

On repoussa la porte et Tommy entendit la voix de Conrad :

— Ferme et donne-moi la clé.

Les pas s'éloignèrent. Tommy était abasourdi. L'objet qu'Annette avait glissé dans sa main était un petit canif ouvert. À la manière dont elle avait soigneusement évité de le regarder, à la façon dont elle avait éteint la lumière, il en conclut que la pièce était surveillée. Il devait y avoir un judas quelque part dans un des murs. Se souvenant combien elle avait toujours été prudente, il songea qu'il avait dû être épié depuis le début. S'était-il trahi lui-même ? C'était peu probable. Il avait révélé son désir de fuir et son souhait de rencontrer Jane Finn, mais il n'avait rien dit qui ait pu fournir un indice sur son identité. Certes, quand il avait questionné Annette, il avait avoué qu'il ne connaissait pas personnellement Jane Finn, mais il n'avait jamais prétendu le contraire. Annette en savait-elle plus qu'elle ne l'avait dit ? Ses dénégations étaient-elles simplement destinées à tromper ceux qui les écoutaient ? Sur ce point, il ne savait que penser.

Mais une autre préoccupation, plus vitale, chassait les autres. Ficelé comme il l'était, parviendrait-il à couper ses liens ? Il essaya prudemment de frotter la lame sur la corde qui liait ses deux poignets ensemble. C'était horriblement difficile et il laissa échapper un « aïe » de douleur quand le couteau pénétra dans sa chair. Mais, lentement, obstinément, il continua à scier jusqu'à ce que la corde cède. Une fois qu'il eut les mains libres, le reste fut facile. Et, cinq minutes plus tard, il parvenait à se lever malgré ses membres ankylosés. Son premier soin fut de se panser le poignet puis il s'assit au bord du lit pour réfléchir. Conrad ayant pris la clé de la porte, il ne pouvait compter sur l'aide d'Annette. La seule issue étant la porte, il devait nécessairement attendre que les deux hommes viennent le chercher. Mais alors, quand ils viendraient...

Tommy sourit. Se déplaçant avec d'infinies précautions dans la pièce obscure, il trouva le fameux sous-verre. Au moins son premier plan allait-il être mis à exécution. Maintenant il n'avait plus qu'à attendre. Et il attendit.

La nuit passa lentement. Les heures s'écoulaient, interminables. Enfin, Tommy entendit des pas. Il se mit debout, prit sa respiration et saisit le tableau d'une main ferme. La porte s'ouvrit. Une faible lueur, venue de l'extérieur, pénétra à l'intérieur de la pièce. Conrad s'approcha de la lampe pour l'allumer. Tommy regretta de tout son cœur qu'il fût entré le premier. Il aurait bien aimé se colleter avec Conrad. Numéro 14 suivait. Comme il franchissait le seuil, Tommy lui assena un formidable coup sur la tête avec le sous-verre. Numéro 14 s'écroula dans un gigantesque fracas de verre brisé. Une seconde plus tard, Tommy se glissait dehors et refermait la porte. La clé était dans la serrure. Il donna un tour et la retira juste au moment où Conrad, de l'autre côté, se jetait contre le battant en dévidant un chapelet d'injures.

Un instant, Tommy hésita. À l'étage au-dessous, quelqu'un bougea. Puis la voix de l'Allemand lui parvint:

— *Gott im Himmel*, Conrad ! Qu'est-ce qui se passe ?

Tommy sentit une petite main presser la sienne. Annette était derrière lui. Elle lui montra du doigt l'échelle branlante qui semblait conduire à une mansarde :

— Vite ! Montez !

Elle le précéda et ils débouchèrent dans le grenier poussiéreux, encombré de tout un fatras de vieux meubles. Tommy regarda tout autour de lui :

— Mais c'est une souricière ! Il n'y a pas d'issue !

La jeune fille mit un doigt sur ses lèvres :

— Chut, attendez.

Elle retourna à l'échelle pour prêter l'oreille. Conrad donnait de grands coups dans la porte. L'Allemand et un autre homme essayaient de la forcer.

Dans un souffle, Annette chuchota :

— Ils pensent que vous êtes encore à l'intérieur. Ils n'entendent pas ce que dit Conrad. La porte est trop épaisse.

— Je croyais que l'on pouvait entendre ce qui se dit dans la pièce ?

— Il y a un judas dans le mur. Vous avez bien deviné. Mais ils n'y penseront pas. Ils n'ont qu'une idée en tête : entrer dans la pièce.

— Oui... mais...

— Faites-moi confiance.

Elle se pencha. Sous les yeux étonnés de Tommy elle attacha une longue corde à l'anse d'un broc fêlé. Puis elle se tourna vers Tommy :

— Vous avez la clé de la porte ?

— Oui.

— Donnez-la-moi.

Il la lui tendit.

— Je retourne au rez-de-chaussée. Vous pensez que vous pourrez descendre jusqu'à la moitié de l'échelle puis vous élancer derrière pour qu'ils ne vous voient pas ? (Tommy acquiesça.) Il y a une grande armoire dans l'angle sombre où vous atterrirez : cachez-vous derrière. Prenez le bout de cette corde et, quand j'aurai fait sortir les autres... tirez dessus ! Tirez fort !

Et, avant qu'il ait pu l'interroger davantage, elle était redescendue.

— Mon Dieu ! mon Dieu ! Mais qu'est-ce qu'il y a ? s'époumona-t-elle une fois qu'elle eut rejoint la bande.

L'Allemand se tourna vers elle en jurant comme un arracheur de dents :

— Sors d'ici, espèce de... File dans ta chambre !

Avec souplesse, Tommy se laissa tomber derrière l'échelle. Aussi longtemps qu'ils ne se retourneraient pas, tout irait bien. Il s'accroupit dans l'ombre de l'armoire. Les autres se tenaient toujours entre l'escalier et lui.

— Ah !

Annette avait fait mine de trébucher sur quelque chose et elle s'exclama :

— Seigneur Jésus, voilà la clé !

L'Allemand la lui arracha des mains et ouvrit la porte. Conrad sortit en titubant et en jurant :

— Où il est ? Vous l'avez vu ?

— Nous, on n'a vu personne, répondit l'Allemand d'une voix cassante. Qu'est-ce que vous voulez dire ?

Conrad poussa un juron :

— Il s'est sauvé.

— Impossible ! Il serait passé devant nous !

C'est l'instant que choisit Tommy pour tirer sur la corde avec un sourire d'extase. Un fracas épouvantable retentit dans le grenier. En un clin d'œil ils se précipitèrent tous sur l'échelle et disparurent dans les ténèbres. Vif comme l'éclair, Tommy quitta sa cachette et dévala les escaliers quatre à quatre, entraînant la jeune fille dans sa course. Il n'y avait personne dans l'entrée. Il actionna les verrous et la chaîne. La porte était dure, mais elle finit par céder. Quand il se retourna, Annette avait disparu. Tommy était pétrifié. Était-elle remontée ? Quelle folie avait bien pu s'emparer d'elle ? Bouillant d'impatience, il ne pouvait cependant se résigner à faire un pas de plus. Il ne partirait pas sans elle. Soudain, venant de l'étage au-dessus, il entendit l'Allemand qui criait et la voix d'Annette, claire et distincte :

— Ma foi, oui ! Il s'est enfui ! Et vite, avec ça ! Qui aurait pu imaginer une chose pareille !

Tommy restait planté là, incapable de bouger. Lui donnait-elle l'ordre de partir ? Sur le coup, c'est ce qu'il pensa. Puis, d'une voix plus forte encore, elle s'écria soudain :

— C'est une maison abominable ici. Je veux retourner chez Marguerite ! Chez Marguerite ! Chez Marguerite...

Tommy s'était précipité au pied de l'escalier. Elle voulait donc qu'il parte sans elle ? Mais pourquoi ? Il fallait absolument qu'elle vienne avec lui. Tout à coup son cœur se mit à battre la chamade : Conrad descendait l'escalier en courant. Il poussa un hurlement sauvage en le voyant. Les autres suivaient. Tommy arrêta la course de Conrad d'un direct du droit. Il le toucha à la mâchoire et l'autre s'écroula comme une masse. Le deuxième trébucha sur le corps et s'affala. Du haut de l'escalier un coup de feu retentit et une balle frôla l'oreille de Tommy. Il comprit qu'il était préférable pour sa santé de quitter cette maison au plus vite. Il ne pouvait rien faire pour Annette. Il avait au moins la satisfaction d'avoir envoyé un coup de poing du tonnerre à Conrad.

Il se précipita vers la porte et la claqua violemment derrière lui. La place était déserte. En face de la maison, il vit une camionnette de boulanger. C'est dans cette voiture qu'on l'aurait emmené. Et on aurait retrouvé son corps à des kilomètres de Soho. Le chauffeur bondit sur le trottoir et tenta de lui barrer la route. Une fois encore, Tommy dut lever le poing et le chauffeur s'étala. Tommy prit ses jambes à son cou. Il était temps ! La porte d'entrée s'ouvrit et les balles se mirent à pleuvoir dans sa direction. Par bonheur, aucune ne l'atteignit. Il tourna au coin de la place. « Ils ne peuvent pas continuer à tirer, sans ameuter la police, pensa-t-il. Je suis même étonné qu'ils aient pris ce risque. »

Entendant ses poursuivants derrière lui, il redoubla de vitesse. Une fois sorti de ces ruelles, il serait en sécurité. Il devait bien y avoir un agent en faction quelque part. Non qu'il souhaitât l'intervention de la police. Cela signifierait devoir donner des explications et mettre tout le monde dans l'embarras. La minute d'après, il bénit sa chance : il avait trébuché sur le corps d'un homme couché par terre et qui détala en poussant de grands cris. Tommy se glissa sous une porte cochère. Une minute plus tard, il eut le plaisir de voir ses poursuivants — dont l'Allemand — courir sur les traces du poivrot.

Tommy s'assit par terre et attendit d'avoir repris son souffle. Puis il se dirigea à petits pas dans l'autre sens. Il était 5 heures et demie du matin. Le jour se levait rapidement. Au premier tournant, il croisa un agent qui le regarda d'un air soupçonneux, ce qui était plutôt vexant. Mais en passant la main sur son visage, il se mit à rire : il y avait trois jours qu'il ne s'était ni lavé ni rasé. Il devait avoir une de ces têtes !

Sans plus de façons, il se dirigea vers un bain turc ouvert toute la nuit. Quand il en ressortit, le jour était levé et il se sentait à nouveau lui-même et capable de travailler à de nouveaux projets.

D'abord, il devait se sustenter car il n'avait rien avalé depuis le déjeuner de la veille. Il entra dans un bar, commanda des œufs au bacon et du café. Tout en mangeant, il parcourut le journal qui était sous ses yeux. Un titre le fit sursauter. Le journal consacrait un long article à Kraménine, présenté comme l'homme qui tirait les ficelles du bolchevisme en Union soviétique. Il venait d'arriver à Londres, dans le cadre d'une mission qui, pensait-on, n'avait rien d'officiel.

L'article retraçait brièvement sa carrière et décrétait que c'était lui le véritable instigateur de la révolution russe et non les leaders officiels qui lui avaient servi de prête-noms. Au milieu de la page s'étalait son portrait.

— Ainsi, c'est lui le numéro 1, murmura Tommy, la bouche pleine. Pas de doute, il faut que je me dépêche.

Il régla et prit la direction de Whitehall. Là, il fit passer sa carte avec le mot « Urgent ». Quelques minutes plus tard, il se trouvait en présence de l'homme au visage morose et fatigué qui, ici, ne portait pas le nom de Carter. Son visage exprimait le mécontentement :

— Vous savez pourtant bien que vous ne devez pas venir me voir ici ! Je croyais que c'était clair, non ?

— Très clair, monsieur. Mais j'ai pensé qu'il était important de ne pas perdre de temps.

Aussi succinctement que possible, il raconta ce qu'il avait vécu au cours de ces derniers jours. Carter l'interrompit pour donner quelques ordres sybillins par téléphone. Toute trace de mécontentement avait disparu de son visage. Quand Tommy eut terminé, il approuva de la façon la plus énergique :

— C'est parfait. Chaque minute compte. J'ai peur que nous ne soyons déjà en retard. Ils n'attendront pas. Ils vont prendre la poudre d'escampette. Peut-être ont-ils laissé derrière eux quelque chose qui nous servira d'indice. Vous dites avoir reconnu le numéro 1 en la personne de Kraménine. C'est important. Nous devons retenir contre lui quelque chose d'assez grave pour que les autorités ne se cassent pas le nez. Et les autres ? Vous dites que deux d'entre eux vous étaient familiers ? L'un d'eux, pensez-vous, est un Travailliste ? Jetez donc un coup d'œil sur ces photos et voyez si vous pouvez l'identifier.

Lorsque Tommy en tendit une à Carter, celui-ci manifesta une certaine surprise.

— Tiens, Westway ! Je n'aurais jamais cru cela de lui ! Il passe pour un modéré. Pour ce qui est de l'autre, je peux émettre quelques hypothèses. (Il tendit une autre photo à Tommy et sourit à l'exclamation qu'il poussa.) J'ai donc raison ! Un Irlandais ! Un Unioniste important, membre du Parlement, et qui œuvre dans la clandestinité, bien sûr. Nous le soupçonnions, mais nous n'avions aucune preuve. Vous avez fait du très bon travail, jeune homme. La date est le 29, dites-vous ? Cela nous laisse très peu de temps... vraiment très peu de temps.

— Mais...

Tommy hésitait et Carter lut dans ses pensées.

— Nous pourrons peut-être éviter la grève générale. Nous jouons à pile ou face, mais cela vaut le coup d'essayer. Cependant si le projet de traité remonte à la surface, nous sommes perdus. L'Angleterre sombrera dans l'anarchie. Qu'est-ce que c'est ? La voiture ? Venez, Beresford. Nous allons jeter un coup d'œil sur cette maison.

Deux agents étaient en faction devant la maison de Soho. L'inspecteur fit un rapport à Carter et son collègue se tourna vers Tommy :

— Les oiseaux se sont envolés, comme nous le craignions. Nous devrions tout de même entrer.

En visitant la maison déserte, Tommy crut rêver. Tout était à sa place. La chambre qui lui avait servi de prison, avec les vieux sous-verre, le broc cassé dans le grenier, la pièce où s'était tenue la réunion autour de la grande table. Mais nulle trace de papiers. Tous les documents avaient dû être détruits ou emportés. Nulle trace d'Annette non plus.

— Ce que vous m'avez dit au sujet de cette fille m'étonne, déclara Carter. Vous croyez vraiment qu'elle est remontée de son plein gré ?

— J'en ai bien l'impression, monsieur. Elle est remontée en courant pendant que j'essayais d'ouvrir la porte.

— Hum ! étant femme, elle n'aura pas eu le courage d'assister à la mise à mort d'un charmant jeune homme. Cependant elle fait sûrement partie de la bande.

— J'ai du mal à penser qu'elle est leur complice, monsieur. Elle semblait si différente d'eux tous.

— Elle est mignonne, j'imagine ? demanda Carter avec un sourire qui fit rougir Tommy jusqu'à la racine des cheveux.

Un peu gêné, il dut bien admettre qu'Annette était plutôt jolie fille.

— À propos, avez-vous rendu visite à miss Tuppence ? Elle m'a bombardé de courriers à votre sujet.

— Tuppence ? J'ai bien peur qu'elle n'ait été un peu secouée. Elle s'est rendue à la police ? Non ? Alors, je me demande comment ils ont découvert mon identité.

Comme Carter ne semblait pas comprendre, Tommy s'expliqua.

— C'est vraiment curieux, en effet, fit Carter pensif. À moins qu'ils n'aient mentionné le *Ritz* par hasard.

— C'est possible, monsieur, mais ils ont quand même bien dû être renseignés sur mon compte.

— Quoi qu'il en soit, déclara Carter en regardant autour de lui, nous n'avons plus rien à faire ici. Si vous déjeuniez avec moi ?

— Merci infiniment, monsieur. Je pense que je ferais mieux de rentrer et de me mettre à la recherche de Tuppence.

— Bien sûr. Transmettez-lui mon bon souvenir et dites-lui aussi qu'elle ne vous enterre pas aussi vite la prochaine fois.

— Je suis coriace, monsieur, répondit Tommy en riant.

— Je vois, je vois. Eh bien, au revoir, et souvenez-vous que vous êtes repéré, maintenant. Alors prenez bien soin de vous.

— Oui, monsieur. Merci.

Sans plus s'attarder, Tommy héla un taxi et se fit conduire au *Ritz*, savourant par avance le plaisir de surprendre Tuppence. « Je me demande ce qu'elle a fait pendant tout ce temps, pensa-t-il. Elle a sans doute dû traquer Rita. À propos, c'est d'elle que parlait Annette quand elle a crié "Marguerite". Sur le moment, je n'y ai pas pensé. »

Tommy n'aimait pas cette idée : cela prouvait que Mrs Vandemeyer et la jeune fille se connaissaient bien.

Le taxi s'arrêta devant le *Ritz*. Tommy s'élança dans le célèbre hall mais son entrain fut de courte durée : miss Cowley était sortie un quart d'heure auparavant.

18

LE TÉLÉGRAMME

Très déçu, Tommy se rendit au restaurant où il commanda un déjeuner de tout premier choix. Quatre jours passés en prison lui avaient appris à apprécier la bonne chère.

Comme il s'apprêtait à engloutir une bouchée particulièrement délectable de « Sole à la Jeannette », il vit entrer Julius. Il agita joyeusement son menu pour attirer l'attention de son ami. Julius ouvrit des yeux comme des soucoupes. Il traversa la salle et serra la main du jeune homme avec une force qui lui parut très exagérée.

— Bon Dieu de bois ! Mais c'est bien vous !

— Bien sûr que c'est moi ! Qui voulez-vous que ce soit ?

— Nous vous avons cru mort et, pour un peu, nous

aurions fait chanter un requiem pour le repos de votre âme.

— Qui pensait que j'étais mort ?

— Tuppence.

— Elle devait avoir en tête le dicton bien connu : « Ce sont toujours les meilleurs qui partent les premiers. » Ou bien encore : « Les bons s'en vont, les mauvais restent. » Pour avoir survécu, je dois être marqué par le péché originel. À propos, où est Tuppence ?

— Elle n'est pas là ?

— Non, à la réception, ils m'ont dit qu'elle venait de sortir.

— Elle a dû aller faire des courses. Je viens de la déposer ici, il y a environ une demi-heure. Mais abandonnez donc votre flegme britannique et dites-moi tout. Que diable avez-vous fabriqué pendant tout ce temps ?

— Si vous déjeunez ici, commandez tout de suite. Je vous préviens : l'histoire est longuette.

Julius avança une chaise et s'assit en face de Tommy. Ayant passé sa commande, il prit une mine gourmande :

— Allez-y ! Si je comprends bien, vous avez vécu quelques aventures...

— Une ou deux, répondit modestement Tommy.

Et il commença son récit.

Julius l'écoutait bouche bée. Il en oubliait de manger. Finalement, il poussa un grand soupir :

— Fabuleux ! C'est un vrai roman de gare !

— Et de votre côté ? demanda Tommy en se choisissant une pêche bien mûre.

— Euh... répondit Julius d'une voix traînante, je dois bien reconnaître que nous avons eu nous aussi quelques modestes aventures...

Et à son tour, il raconta.

Il commença par son exploration infructueuse de Bornemouth, puis relata son retour à Londres, l'achat de la voiture, l'inquiétude grandissante de Tuppence, l'intervention de sir James et les extraordinaires événements de la nuit passée.

— Mais qui l'a tuée? Je ne comprends pas bien, avoua Tommy. Elle a été empoisonnée, ça d'accord, mais par qui?

— Le toubib se répète à lui-même qu'elle a piqué au truc elle-même.

— Et sir James? Qu'est-ce qu'il en pense, lui?

— À l'instar de tous les grands homme de loi, il est muet comme une carpe. Je dirais qu'il... réserve son jugement.

Et Julius poursuivit avec les événements de la matinée.

— Elle a perdu la mémoire! s'exclama Tommy. Nom d'une pipe! Voilà pourquoi ils me regardaient si curieusement quand je parlais de lui poser des questions. Là, j'ai commis une gaffe, mais ce n'est pas le genre de trucs qu'on peut deviner.

— Ils ne vous ont pas donné la moindre indication concernant l'endroit où se trouve Jane?

— Désolé. Pas un mot. Mais je ne suis pas très futé, vous le savez bien. J'aurais pu leur soutirer bien plus d'informations.

— Je pense surtout que vous avez de la chance d'être ici! Vous les avez superbement bluffés. Comment avez-vous pu combiner tout ça? J'en suis comme deux ronds de flan.

— J'avais une telle frousse que j'étais bien obligé de trouver une solution, répondit Tommy avec simplicité.

Puis Tommy revint à la mort de Mrs Vandemeyer:

— Il n'y a aucun doute? C'était bien du chloral?

— Oui. Finalement, on a dit que c'était un arrêt cardiaque dû à l'absorption d'une trop forte dose ou je ne sais plus quel bobard. C'était parfait: nous ne tenions pas à avoir une enquête sur le dos. Mais

Tuppence et moi, et même le génial sir James, avons eu la même idée.

— Mr Brown? hasarda Tommy.

— Et comment!

Mais Tommy avait l'air songeur:

— Oui, mais quand même... Mr Brown n'a pas des ailes. Je ne vois pas comment il serait entré et ressorti.

— Et s'il s'était agi d'un phénomène de transmission de pensée? D'une influence magnétique qui aurait conduit Mrs Vandemeyer à se suicider?

Tommy dévisagea Julius avec respect:

— Bravo, Julius. Bravissimo!... Surtout pour la phraséologie. Mais elle me laisse froid. Je penche pour un vrai Mr Brown, en chair et en os. J'estime que de jeunes détectives talentueux doivent se mettre au travail, examiner les entrées et les sorties et se creuser la cervelle jusqu'à ce qu'ils découvrent la clé du mystère. Allons sur les lieux du crime, mais avant, je voudrais bien retrouver Tuppence. Le *Ritz* pourra se réjouir d'être le théâtre d'heureuses retrouvailles.

Mais à la réception, on leur apprit que Tuppence n'était toujours pas de retour.

— Je vais voir en haut, annonça Julius. Elle est peut-être dans mon salon.

Et il disparut.

Soudain, un petit chasseur aborda Tommy:

— La jeune dame... Elle a pris le train, monsieur, murmura-t-il avec embarras.

— Quoi?

Tommy pirouetta sur lui-même et le jeune garçon devint écarlate:

— Elle est partie en taxi. Je l'ai entendue dire au chauffeur: « Charing Cross, et que ça gaze! »

Tommy regardait le chasseur, les yeux écarquillés. Enhardi, le petit continua:

— Avant, elle m'avait demandé l'indicateur des chemins de fer.

— À quel moment?

— Quand je lui ai remis son télégramme, monsieur.

— Un télégramme?

— Oui, monsieur.

— Quelle heure était-il?

— Environ midi et demi, monsieur.

— Racontez-moi exactement ce qui s'est passé.

Le petit prit son souffle:

— J'ai apporté un télégramme pour le n° 891. La dame était là. Elle l'a ouvert, elle a sursauté puis elle a eu l'air toute contente: « Apportez-moi l'indicateur des chemins de fer, et que ça saute, Henry! » Je ne m'appelle pas Henry, mais...

— Je me fiche pas mal de votre prénom! s'impatienta Tommy, continuez, bon sang!

— Bien, monsieur. Je le lui ai apporté. Elle m'a demandé d'attendre et elle a cherché quelque chose. Alors elle a regardé sa montre et m'a dit: « Demandez-leur un taxi, et plus vite que ça! » Elle a mis son chapeau devant la glace et, en deux secondes, presque en même temps que moi, elle était en bas. Je l'ai vue monter dans le taxi et dire ce que je viens de vous répéter.

Le gamin s'arrêta encore une fois pour reprendre son souffle. Tommy le regardait fixement. À cet instant, Julius le rejoignit, une lettre à la main.

— Figurez-vous, Hersheimmer, que Tuppence est partie mener sa petite enquête pour son compte.

— Allons donc!

— Mais si. Après avoir reçu un télégramme, elle s'est précipitée en taxi à Charing Cross.

Ses yeux tombèrent sur la lettre que Julius tenait à la main.

— Elle vous a laissé un petit mot? Parfait! Où est-elle allée?

Machinalement, il tendit la main pour prendre la

lettre, mais Julius la replia et la remit dans sa poche. Il semblait quelque peu embarrassé :

— Ça n'a rien à voir. C'est au sujet de quelque chose d'autre. C'est une réponse à une question que je lui ai posée.

— Ah bon ! dit Tommy, surpris, comme s'il attendait d'autres explications.

— Après tout, déclara Julius à brûle-pourpoint, autant vous mettre au courant. Ce matin, j'ai demandé Tuppence en mariage.

— Ah bon ! répéta Tommy machinalement.

Il s'attendait si peu à ce genre de révélations qu'il en demeurait ébahi.

— Je tiens à vous préciser qu'avant de parler à Tuppence, je lui ai clairement déclaré que je ne voulais absolument pas me mettre entre vous deux.

— C'est parfait, dit Tommy en se redressant. Tuppence et moi sommes copains depuis des années, rien de plus. (D'une main qui tremblait légèrement, il alluma une cigarette.) C'est parfait. Tuppence disait toujours qu'elle cherchait un homme bourré de picaillons et qui...

Il se tut brusquement, rouge de confusion. Mais Julius ne semblait pas choqué le moins du monde.

— Oui, je suis persuadé que mes dollars finiront par la décider. D'ailleurs Tuppence me l'a dit elle-même. Elle est très franche. Nous devrions bien nous entendre.

Tommy le regarda curieusement, comme s'il allait se lancer dans un discours, puis changeant d'avis, il garda le silence. Tuppence et Julius ! Pourquoi pas, après tout ? Ne s'était-elle pas plainte de ne pas connaître d'homme plein aux as ? N'avait-elle pas ouvertement proclamé son intention de faire un mariage d'intérêt si elle en avait l'occasion ? Sa rencontre avec le jeune Américain millionnaire lui avait donné cette chance, alors pourquoi n'aurait-elle pas sauté dessus ? Elle aimait l'argent et ne l'avait jamais caché. Pourquoi lui en vouloir d'avoir été fidèle à ses convictions ? Cependant, Tommy lui en voulait. Il était en proie à une rancune violente et tout à fait illogique. Ces choses-là, on les disait, mais on ne les faisait pas. Une jeune fille bien ne se mariait pas pour du fric. Tuppence était égoïste au dernier degré et totalement dépourvue de sentiments. Il serait heureux de ne plus jamais la revoir. Le monde était pourri jusqu'à la moelle ! La voix de Julius interrompit sa méditation :

— Oui, je suis sûr que nous nous entendrons bien. On dit souvent que, la première fois, les jeunes filles disent toujours non. C'est une sorte de convention.

Tommy saisit Julius par le bras :

— Disent toujours non ? Qu'est-ce que vous voulez dire ?

— Mais oui. Je ne vous l'ai pas précisé ? Elle m'a juste balancé un « non » sans me donner la moindre justification. Les Boches appellent cela « l'éternel féminin ». Mais elle se rendra à la raison. Il est possible que je l'aie un peu bousculée.

Renonçant à y mettre les formes, Tommy demanda brutalement :

— Que dit-elle dans ce billet ?

Julius le lui tendit obligeamment.

— Il n'y a aucun indice sur l'endroit où elle est allée, assura-t-il. Voyez vous-même, si vous ne me croyez pas.

D'une écriture appliquée d'écolière qu'il aurait reconnue entre mille, Tuppence avait rédigé ces quelques mots :

Cher Julius,

Je suis d'avis qu'il faut toujours mettre les choses noir sur blanc. Il m'est impossible de penser au mariage tant que Tommy ne sera pas retrouvé. Nous en reparlerons à ce moment-là.

Bien affectueusement,
Tuppence.

Rayonnant, Tommy rendit la lettre à Julius. Ses sentiments avaient changé du tout au tout : Tuppence était devenue la femme la plus noble, la plus désintéressée au monde. N'avait-elle pas refusé l'offre de Julius sans l'ombre d'une hésitation ? Bien sûr, son billet manquait de fermeté. Mais elle était excusable. Elle faisait une sorte d'avance à Julius pour l'inciter à retrouver Tommy, mais elle ne s'était pas exprimée aussi franchement. Cette chère Tuppence ! Aucune fille au monde ne lui arrivait à la cheville. Quand il la reverrait... Soudain, il redescendit sur terre.

— Vous avez raison, dit-il en se ressaisissant, il n'y a pas la moindre allusion à l'endroit où elle a pu se rendre. Hé, Henry !

Le gamin s'approcha et Tommy sortit cinq shillings :

— Autre chose : vous souvenez-vous de ce que la dame a fait du télégramme ?

— Oui, monsieur. Elle l'a roulé en boule et l'a jeté dans la cheminée en émettant un étrange borborygme du genre « Youpi », monsieur.

— Bien décrit, Henry. Voilà cinq shillings. Venez, Julius, tâchons de retrouver ce télégramme.

Ils montèrent aussitôt. Tuppence avait laissé la clé sur la porte. La chambre était dans l'état où elle l'avait laissée. Dans la cheminée, il y avait une boule orange et blanche. Tommy la déplia soigneusement et défroissa le télégramme qu'il lut à haute voix :

— *Rapplique illico, Moat House, Ebury, Yorkshire. Il y a du nouveau, Tommy.*

Ils se regardèrent, stupéfaits. Ce fut Julius qui parla le premier :

— Ce n'est pas vous qui l'avez envoyé ?

— Bien sûr que non. Bon Dieu ! Qu'est-ce que ça signifie ?

— Le pire, répondit Julius d'une voix égale. Ils l'ont eue.

— Qu-quoi ? s'étrangla Tommy.

— Eh bien oui, quoi ! Ils ont signé de votre nom... et elle est tombée en plein dans le panneau.

— Mon Dieu ! Mais qu'est-ce qu'on va pouvoir faire ?

— Nous lancer à sa recherche. Et illico, comme ils disent ! Il n'y a pas une seconde à perdre. C'est une chance qu'elle n'ait pas emporté ce télégramme avec elle. Si elle l'avait fait, nous n'aurions jamais retrouvé sa trace. Mais il faut nous grouiller. Où est l'indicateur ?

L'énergie de Julius était communicative. Livré à lui-même, Tommy se serait probablement assis pour réfléchir, perdant ainsi une bonne demi-heure avant de décider d'un plan d'action. Mais avec Julius Hersheimmer dans les parages, il n'était pas question de traîner.

Après avoir marmonné quelques jurons, il tendit l'indicateur à Tommy, plus habitué que lui aux mystères de cette publication.

— Nous y voici : Ebury, Yorks. Au départ de King's Cross ou de St Pancras. (Le gamin s'était trompé, il s'agissait de King's Cross et non de Charing Cross.) 12 h 50 : c'est le train qu'elle a pris. 14 h 20 : celui-là est déjà parti. 15 h 30 : c'est le prochain et c'est un sacré tortillard !

— Et si nous prenions la voiture ?

— Prenez-la si vous voulez, mais nous ferions mieux de nous en tenir au train. L'important, c'est de rester calme, déclara Tommy.

— D'accord, grogna Julius. Mais cela me rend cinglé de savoir que cette gamine innocente court un danger.

Tommy ne l'écoutait plus.

— Qu'est-ce qu'ils peuvent bien lui vouloir ? demanda-t-il soudain.

— Que voulez-vous dire ?

— Ce n'est pas dans leur intérêt de lui faire du mal, expliqua Tommy qui s'efforçait de raisonner. C'est pour eux un otage. Pour le moment, elle n'est pas en danger, mais si nous découvrons quelque chose, elle leur sera diablement utile. Aussi longtemps qu'ils la retiendront prisonnière, ils auront tous les atouts.

— Ouais, vous avez raison.

— En outre, ajouta Tommy en poursuivant son raisonnement, j'ai en Tuppence une confiance absolue.

Arrêts innombrables et wagons bondés, le voyage fut éprouvant. Il y eut deux changements ; le premier à Doncaster, le second dans un patelin perdu. Ebury était une gare déserte, avec un porteur solitaire et désœuvré auquel Tommy s'adressa :

— Pourriez-vous m'indiquer le chemin pour Moat House ?

— Moat House ? C'est à un bout de route d'ici. Vous parlez bien de la grande maison au bord de la mer ?

Sans l'ombre d'une hésitation, Tommy opina du chef. Le porteur se lança dans des indications précises mais compliquées et ils quittèrent la gare. Il commençait à pleuvoir. Remontant le col de leur veste ils se mirent à cheminer cahin-caha dans la boue.

Soudain, Tommy s'arrêta :

— Attendez-moi une seconde.

Il retourna en courant jusqu'à la gare et entreprit de nouveau le porteur :

— Dites-moi, vous ne vous souvenez pas d'une jeune fille qui est arrivée par le premier train de Londres, celui de 12 h 50 ? Elle ne vous a pas aussi demandé le chemin de Moat House ?

Il traça tant bien que mal le portrait de Tuppence. Mais le porteur secoua la tête. Plusieurs voyageurs étaient descendus du train en question et il ne se souvenait d'aucune jeune fille en particulier. Mais il était presque sûr que personne ne lui avait demandé le chemin de Moat House.

Tommy rejoignit Julius et lui rapporta sa conversation avec le porteur. Convaincu que leur enquête ne les mènerait nulle part, il sombrait dans le découragement. L'ennemi avait trois heures d'avance sur eux. Trois heures étaient plus que suffisantes pour Mr Brown qui n'exclurait pas la possibilité que le télégramme ait été retrouvé.

Le chemin paraissait sans fin. Ils commencèrent par se tromper de route et firent un détour de presque un kilomètre. Il était 7 heures passées quand un petit garçon leur dit: « Moat House? Juste après le tournant. » Un portail rouillé grinçait lugubrement et le chemin était recouvert d'un épais tapis de feuilles mortes. En frissonnant, ils s'engagèrent dans le sentier désert. Les feuilles amortissaient le bruit de leurs pas. La lumière du jour baissait. Au-dessus de leurs têtes, les branches craquaient mélancoliquement et, parfois, une feuille en tombant laissait une trace humide sur leur joue. Ils auraient tout aussi bien pu se trouver dans un univers de fantômes. À un tournant, ils découvrirent la maison qui semblait déserte, tout comme le jardin. Les volets étaient clos, les marches du perron recouvertes de mousse. Était-ce vraiment dans cet endroit désolé que Tuppence avait été attirée? On avait du mal à croire que quelqu'un avait pu marcher là récemment.

Julius tira sur la sonnette rouillée. Une clochette grelottante, au timbre fêlé, résonna dans le vide. Personne ne vint ouvrir. Il sonna à plusieurs reprises: aucun signe de vie à l'intérieur. Ils firent le tour de la maison. Partout ce n'était que silence et fenêtres fermées. De toute évidence, la maison était inoccupée.

— Rien à faire, conclut Julius.

Ils retournèrent lentement vers le portail.

— Il doit y avoir un village à proximité, enchaîna le jeune Américain. Il vaudrait mieux poursuivre notre enquête là-bas. Ils pourront nous renseigner sur la maison et nous dire si quelqu'un y est venu récemment.

— Oui, ce n'est pas une mauvaise idée.

Ils parvinrent bientôt aux abords d'un hameau et arrêtèrent un ouvrier, son sac à outils sur l'épaule.

— Moat House ? Oh ! la maison est vide. Vide depuis des années. Mrs Sweeny a la clé, si vous voulez la visiter. Elle habite à côté de la poste.

Tommy le remercia. Ils eurent tôt fait de trouver le bureau de poste — qui faisait en même temps fonction d'épicerie — et frappèrent à la porte de la maison voisine.

Une femme proprement vêtue et au visage avenant vint leur ouvrir. Elle leur remit la clé de Moat House en précisant :

— Je ne pense pas que ce soit le genre d'endroit qui vous convienne, monsieur. Il y a d'énormes réparations à faire, les plafonds s'écroulent et le reste est à l'avenant. Il faudrait pas mal d'argent pour tout remettre en état.

— Merci, répondit Tommy avec entrain. C'est peut-être un gros investissement, mais de nos jours, les maisons sont si rares...

— Ça, c'est bien vrai. Ma fille et mon gendre sont à la recherche d'une bicoque convenable depuis je ne sais pas combien de temps. C'est de la faute de la guerre. Elle a fait terriblement monter les prix. Mais excusez-moi, monsieur, il va faire trop sombre pour que vous puissiez bien voir la maison. Vous ne préférez pas attendre jusqu'à demain ?

— Bah ! ça ira. Nous y jetterons un coup d'œil. Nous nous sommes égarés, ce qui nous a retardés. Où pouvons-nous passer la nuit ?

— Aux *Armes du Yorkshire*, mais ce n'est peut-être pas le genre d'établissement qui conviendra à ces messieurs.

— Ce sera parfait. Merci. À propos, une jeune fille

n'est-elle pas venue aujourd'hui vous demander la clé ?

Mrs Sweeny secoua la tête :

— Il y a belle lurette que personne n'a visité cette maison !

Ils rebroussèrent chemin jusqu'à Moat House. La porte d'entrée grinça sur ses gonds et Julius craqua une allumette afin d'examiner soigneusement le sol.

— Je suis sûr que personne n'est passé par là. Regardez cette épaisse couche de poussière. Il n'y a pas une seule empreinte.

Ils firent le tour de la maison déserte. Partout, la poussière n'avait pas été remuée depuis des lustres.

— Cela me dépasse, déclara Julius. Je ne peux pas croire que Tuppence soit venue ici.

— Et pourtant c'est ce qu'elle a dû faire !

Julius ne répondit rien mais Tommy continua :

— Nous reviendrons demain. À la lumière du jour, nous y verrons mieux.

Le lendemain, ils reprirent leurs recherches pour aboutir une fois de plus à la conclusion que personne n'avait pénétré dans la maison depuis fort longtemps. Ils auraient définitivement quitté le village sans une heureuse découverte de Tommy. Comme ils se dirigeaient vers le portail, le jeune homme poussa un cri et ramassa quelque chose qui était tombé dans les feuilles. C'était une petite broche d'or qu'il tendit à Julius :

— Cela appartient à Tuppence !

— Vous en êtes sûr ?

— Certain, je l'ai souvent vue la porter.

Julius inspira profondément :

— Eh bien, voilà qui prouve qu'elle est bien venue jusqu'ici. Nous allons faire de cette gargote notre quartier général et nous remuerons ciel et terre jusqu'à ce que nous la retrouvions. Quelqu'un doit bien l'avoir vue !

Ils se mirent immédiatement en campagne. Ils

travaillèrent d'abord séparément puis ensemble, mais le résultat n'en fut pas amélioré pour autant. Aucune jeune femme correspondant à la description de Tuppence n'avait été vue dans le voisinage. S'ils étaient déçus, ils n'en gardaient pas moins courage. Finalement, ils changèrent de tactique. Tuppence n'était certainement pas restée dans les environs de Moat House. On avait dû l'y amener puis la transporter ailleurs en voiture. Ils recommencèrent à poser des questions. Quelqu'un avait-il vu une voiture stationner aux abords de Moat House le jour fatal ? Cela n'aboutit à aucun résultat.

Julius télégraphia à Londres qu'on lui envoyât sa voiture et chaque jour ils fouillèrent les environs avec une ardeur égale. Une limousine grise sur laquelle ils avaient misé tous leurs espoirs se révéla appartenir à une respectable douairière.

Chaque jour, ils entreprenaient une nouvelle quête. Julius était comme un chien en laisse : il suivait les moindres pistes, recherchait toutes les automobiles qui avaient traversé le village le jour fatal. Il s'introduisait dans les propriétés pour soumettre les gens qui possédaient des voitures à des contre-interrogatoires. Ses excuses paraissaient aussi sérieuses que ses méthodes, il parvenait presque toujours à calmer les esprits. Mais les jours passaient et le moins qu'on puisse dire c'est que les résultats n'étaient guère concluants. L'enlèvement avait été si bien organisé que la jeune fille semblait s'être littéralement volatilisée.

Un autre souci commençait à tracasser Tommy.

— Savez-vous depuis combien de temps nous sommes ici ? demanda-t-il un matin à Julius en s'asseyant en face de lui pour le petit déjeuner. Une semaine ! Nous n'avons toujours pas retrouvé Tuppence. Et samedi prochain, c'est le 29.

— Diable ! J'avais presque oublié cette échéance. Je ne pensais qu'à Tuppence !

— Moi aussi. Je n'avais pas oublié le 29, mais c'était secondaire. L'urgence, c'était de retrouver Tuppence. Mais aujourd'hui, nous sommes le 23 et il nous reste peu de temps. Si nous voulons la tirer de là, il faut que ce soit avant le 29. Après, je ne donne pas cher de sa peau car son rôle d'otage sera terminé. Je commence à croire que nous avons commis une énorme bourde. Nous avons perdu un temps fou et nous n'avons pas progressé d'un pouce.

— Je suis de votre avis. Nous nous sommes conduits comme deux andouilles qui se prendraient pour des phénix. J'abandonne cette comédie. J'en ai assez. Je vais faire ce que nous aurions dû faire il y a huit jours. Je vais aller tout raconter à Scotland Yard.

— Vous avez raison. C'est ce que nous aurions dû faire tout de suite.

— Mieux vaut tard que jamais. Nous avons joué à « Promenons-nous dans le bois ». Je vais demander à Scotland Yard de me montrer comment on s'y prend quand on veut vraiment obtenir un résultat. Les professionnels finissent toujours par battre les amateurs. M'accompagnez-vous ?

— À quoi bon ? Inutile d'y aller à deux. Je vais rester ici et continuer à fureter dans le coin. On ne sait jamais.

— C'est vrai. Alors, à bientôt ! je serai de retour sous peu, avec quelques inspecteurs. Je leur demanderai de me donner les meilleurs et les plus brillants d'entre eux.

Mais les événements n'allaient pas se dérouler comme Julius l'avait prévu. Dans la journée, Tommy reçut un télégramme :

Rejoignez-moi, Midland Hotel, Manchester. Nouvelles importantes. Julius.

À 19 h 30, Tommy descendit d'un tortillard de campagne. Julius l'attendait sur le quai :

— Je pensais bien que vous arriveriez par ce train si vous étiez là pour recevoir mon télégramme.

Tommy lui saisit le bras :

— Qu'y a-t-il ? Tuppence est retrouvée ?

— Non, mais voici ce que j'ai trouvé à Londres en arrivant. On venait de le recevoir.

Et il tendit un télégramme que Tommy lut avec stupeur :

Jane Finn retrouvée. Venez immédiatement, Midland Hotel, Manchester. Peel Edgerton.

Julius récupéra le télégramme et le replia.

— Étrange, murmura-t-il, pensif. Je pensais que cet avocat avait abandonné l'affaire.

19

JANE FINN

— Mon train est arrivé il y a une demi-heure, expliqua Julius comme ils quittaient la gare. J'avais calculé que vous débarqueriez de celui-ci et, avant de quitter Londres, j'ai télégraphié à sir James. Il nous a retenu des chambres et viendra nous rejoindre pour dîner à 20 heures.

— Pourquoi pensiez-vous qu'il avait cessé de s'intéresser à l'affaire ? demanda Tommy.

— Parce qu'il l'avait dit, se contenta de répondre Julius. Cet oiseau-là est muet comme une carpe. Ils sont tous pareils, il ne voulait pas se compromettre avant d'être sûr de son coup !

— Je me demande si...

— Qu'est-ce que vous vous demandez ?

— Si c'est la vraie raison.

— Bien sûr. Je vous parie tout ce que vous voulez.

Mais Tommy paraissait peu convaincu.

Ponctuel, sir James arriva à 20 heures et Julius lui présenta Tommy à qui il serra chaleureusement la main.

— Ravi de faire votre connaissance, Mr Beresford. J'ai tellement entendu parler de vous par miss Tuppence (il ne put s'empêcher de sourire) que j'ai l'impression de déjà bien vous connaître.

— Merci, monsieur, répondit Tommy avec un sourire joyeux, tout en scrutant le célèbre avocat.

Tout comme Tuppence, il était sensible au magnétisme d'autrui et il songea à Carter. Les deux hommes, si totalement différents par leur physique, se ressemblaient par l'impression qu'ils produisaient. Sous les manières désinvoltes de l'un et la réserve professionnelle de l'autre, on perçait le même esprit fin et pénétrant. De son côté, Tommy sentait que sir James l'examinait et lisait en lui comme dans un livre ouvert. Il aurait bien aimé savoir comment sir James le jugeait, mais il y avait peu de chances pour qu'il l'apprenne jamais. S'il assimilait tout, l'homme de loi ne disait que ce qu'il voulait bien dire. Ils en eurent la preuve sur-le-champ. Après les salutations d'usage, Julius se lança dans un flot de questions pressantes : comment sir James avait-il réussi à retrouver la trace de la jeune fille ? Pourquoi ne leur avait-il pas fait savoir qu'il travaillait toujours sur l'affaire ? etc., etc.

Sir James se caressait le menton en souriant. Finalement il déclara :

— Allons, allons ! Elle est retrouvée ! Et c'est tout ce qui compte, non ? Voyons, c'est bien tout ce qui compte ?

— Euh... oui... bien sûr. Mais dites-nous simplement comment vous avez retrouvé sa trace. Miss Tuppence et moi pensions que vous aviez abandonné l'affaire pour de bon.

— Ciel ! (L'homme de loi lança à l'Américain un

regard vif, puis recommença à se caresser le menton.) Vraiment ? C'est ce que vous pensiez ? En voilà bien une autre, par exemple !

— Mais apparemment, nous nous fourrions le doigt dans l'œil.

— Je n'irai pas jusque-là. Mais c'est certainement une bonne chose pour tout le monde que nous soyons parvenus à retrouver votre jeune cousine.

— Mais où est-elle ? demanda Julius, qui n'écoutait plus. J'étais sûr que vous l'auriez amenée.

— Cela m'aurait été très difficile, répondit sir James d'une voix grave.

— Pourquoi ?

— Parce qu'elle a été renversée par une voiture et qu'elle souffre de légères blessures à la tête. On l'a conduite à l'hôpital. Et, quand elle a recouvré ses esprits, elle a dit qu'elle s'appelait Jane Finn. Dès que... dès que j'ai entendu cela, je me suis arrangé pour la faire transporter dans la clinique d'un médecin — un ami — et je vous ai télégraphié. Elle a de nouveau sombré dans l'inconscience. Et elle n'a pas reparlé depuis.

— Elle n'est pas grièvement blessée ?

— Oh ! quelques plaies et bosses. De l'avis des spécialistes, ces blessures sont bien trop légères pour l'avoir mise dans cet état. Il faut plutôt l'attribuer au choc qu'elle a subi en recouvrant la mémoire.

— Elle l'a retrouvée ? s'écria Julius, au comble de l'excitation.

Sir James pianota sur la table avec une certaine impatience.

— Cela ne fait aucun doute, Mr Hersheimmer, puisqu'elle a pu fournir son vrai nom. Je pensais que vous l'auriez compris tout seul.

— Et vous vous trouviez précisément sur les lieux, fit remarquer Tommy. C'est un vrai conte de fées !

Mais sir James était beaucoup trop avisé pour donner une vraie réponse.

— Les coïncidences sont chose curieuse, répliqua-t-il, pince-sans-rire.

Quoi qu'il en soit, Tommy était désormais sûr de ce qu'il n'avait fait que soupçonner auparavant : la présence de sir James à Manchester n'était pas le fruit du hasard. Loin d'abandonner l'enquête comme Julius le croyait, il avait, grâce à ses propres méthodes, retrouvé la trace de la jeune fille. Alors pourquoi tant de mystère ? Ce devait être par déformation professionnelle.

— Après le dîner, décréta Julius, j'irai voir Jane.

— Inutile, répliqua sir James. Il est fort probable qu'on ne l'autorisera pas à recevoir des visites à cette heure-ci. Demain matin, vers 10 heures, ce sera parfait.

Julius rougit. Sir James suscitait en lui une certaine hostilité comme il arrive souvent entre deux fortes personnalités.

— J'irai tout de même là-bas si je peux les convaincre de changer leurs stupides règlements.

— Ce sera tout à fait inutile, Mr Hersheimmer !

Ces mots partirent comme un coup de feu, et Tommy sursauta. Julius paraissait fort agité. Il tremblait en portant le verre à ses lèvres, mais son regard défiait sir James. Pendant quelques secondes l'hostilité entre les deux hommes parut sur le point d'éclater. Mais Julius finit par baisser les yeux, vaincu.

— Pour le moment, je reconnais que c'est vous le patron.

— Merci, répondit l'autre. Nous disons donc 10 heures ? (Puis avec une aisance étudiée, il se tourna vers Tommy :) Je dois avouer, Mr Beresford, que j'ai été surpris de vous voir ici ce soir. La dernière fois que j'ai entendu parler de vous, vos amis étaient fort inquiets à votre sujet. On avait perdu votre trace depuis plusieurs jours et miss Tuppence commençait à penser que vous aviez de sérieux problèmes.

— C'était effectivement le cas, fit Tommy avec une grimace. De ma vie, je n'avais jamais connu phase aussi difficile.

Sollicité par sir James, il fit un bref compte rendu de ses aventures. Le juriste l'écouta avec un intérêt croissant jusqu'à la fin.

— Vous vous en êtes bien tiré, dit-il gravement. Je vous en félicite. Vous avez fait preuve d'une grande présence d'esprit et joué votre rôle à merveille.

Tommy devint rouge comme une cerise.

— Je ne m'en serais jamais tiré sans cette fille, monsieur.

— C'est vrai. (Sir James eut un sourire en coin.) C'est une chance pour vous qu'elle vous ait... pris en affection. (Et comme Tommy allait protester :) Elle doit faire partie de la bande, non ?

— Je ne crois pas, monsieur. À mon avis, ils devaient la retenir de force. Mais la façon dont elle s'est finalement comportée ne colle pas avec cette hypothèse... puisqu'elle retournait auprès d'eux alors qu'elle aurait pu s'enfuir.

— Qu'a-t-elle dit ? Qu'elle voulait retourner chez Marguerite ?

— Oui, monsieur. Elle voulait sans doute parler de Mrs Vandemeyer.

— Mrs Vandemeyer signait toujours Rita et c'est ainsi que ses amis l'appelaient. J'en déduis donc que notre jeune personne avait l'habitude de l'appeler par son nom en entier. Et précisément au moment où elle l'appelait, cette femme se mourait ou était déjà morte. Comme c'est curieux ! Un ou deux points me paraissent obscurs... leur brusque changement d'attitude à votre égard, par exemple. À propos, la maison a été passée au peigne fin, naturellement ?

— Oui, monsieur, mais la bande avait tout déménagé.

— C'est la moindre des choses, sourit sir James.

— Sans laisser le moindre indice derrière eux...

— Je me demande...

L'avocat se mit à pianoter sur la table. Il y avait une tonalité singulière dans sa voix — comme s'il avait vu quelque chose qui aurait échappé à Julius et à Tommy.

— J'aurais aimé que vous soyez là pour examiner la maison, lança impulsivement ce dernier.

— J'aurais aimé y être. (Il resta silencieux un moment, puis regarda de nouveau Tommy :) Et depuis ? Qu'avez-vous fait ?

Tommy écarquilla les yeux, stupéfait. Puis il comprit. L'homme de loi n'était au courant de rien.

— J'ai... j'ai oublié que vous ne saviez pas ce qui est arrivé à Tuppence, bégaya-t-il.

L'épouvantable angoisse, un moment oubliée quand il avait appris que Jane Finn était enfin retrouvée, l'étreignit de nouveau.

Sir James posa brusquement son couteau et sa fourchette.

— Il est arrivé quelque chose à Tuppence ? demanda-t-il d'une voix dure.

— Elle a disparu.

— Quand ?

— Il y a une semaine.

— Comment ?

Ce fut une vraie salve de questions. Tommy et Julius relatèrent la semaine qu'ils avaient vécue et leurs vaines recherches.

Sir James reprit les choses au commencement.

— Un télégramme signé de votre nom ? Ils vous connaissent donc assez pour pouvoir agir ainsi ? Ils ne savaient pas au juste ce que vous avez appris dans cette maison. L'enlèvement de miss Tuppence a un rapport direct avec le fait que vous soyez parvenu à vous enfuir. En cas de besoin, ils pouvaient vous réduire au silence en menaçant de se venger sur elle.

— C'est bien ce que j'ai pensé, monsieur, acquiesça Tommy.

Sir James lui lança un regard narquois :

— Vous êtes parvenu à cette conclusion tout seul ? Pas mal... pas mal du tout. Vous êtes en progrès, jeune homme ! Si, si... Le plus curieux de l'affaire, c'est qu'ils ne savaient probablement rien de vous quand ils vous ont fait prisonnier. Vous êtes sûr de n'avoir rien dévoilé de votre identité ?

Tommy fit un signe de dénégation.

— Ce qui tendrait à prouver, que, intervint Julius, quelqu'un les a renseignés. Mais pas avant dimanche après-midi.

— Oui, mais qui ?

— L'omniscient Mr Brown, bien sûr.

Le ton légèrement railleur du jeune Américain n'avait pas échappé à sir James.

— Vous ne croyez pas à l'existence de Mr Brown, Mr Hersheimmer.

— Non, répliqua le jeune homme avec emphase. Pas en tant qu'individu, je veux dire. Je pense que c'est un nom, un simple nom, une sorte d'épouvantail tout juste bon à effrayer les enfants. Le vrai chef dans cette affaire, c'est Kraménine, le Russe. Je le crois tout à fait capable d'organiser des troubles dans trois pays en même temps, pour peu qu'il le décide. Et Whittington est probablement à la tête de l'organisation anglaise.

— Je ne suis pas de votre avis, objecta sir James. Mr Brown existe. (Il se tourna vers Tommy.) Avez-vous regardé d'où la dépêche vous avait été envoyée ?

— Non, monsieur, j'avoue que non.

— Hum... Je vois, vous l'avez ?

— Oui, monsieur, en haut, dans mes affaires.

— J'aimerais y jeter un coup d'œil. Mais cela ne presse pas, vous avez perdu une semaine (Tommy baissa la tête), alors, un jour de plus... un jour de moins... Occupons-nous d'abord de miss Finn. Ensuite nous essayerons d'arracher miss Tuppence à sa prison. Mais je ne crois pas qu'elle soit en danger aussi longtemps qu'ils ignorent que nous avons retrouvé Jane Finn et que la mémoire lui est revenue. Il faut le leur cacher à tout prix. Compris ?

Les deux autres acquiescèrent et, ayant pris rendez-vous pour le lendemain, l'homme de loi les salua.

À 10 heures, les deux jeunes gens se retrouvèrent à l'endroit convenu. Et sir James les rejoignit à la porte de l'établissement. Lui seul semblait calme. Il présenta ses deux compagnons au médecin :

— Mr Hersheimmer, Mr Beresford, Dr Roylance. Comment va notre malade ?

— Bien. Évidemment, elle n'a aucune notion du temps. Ce matin elle a demandé combien de passagers du *Lusitania* avaient été sauvés du naufrage et si les journaux en avaient déjà parlé. C'est tout à fait le comportement auquel nous nous attendions. Cependant, elle paraît préoccupée.

— Nous pourrons peut-être la rassurer. Si nous montions ?

— Allons-y.

Le cœur de Tommy battait à tout rompre tandis qu'ils gravissaient les escaliers à la suite du médecin... Jane Finn, enfin ! L'introuvable, la mystérieuse, l'insaisissable Jane Finn. Pourtant, Dieu que la réussite avait paru incertaine ! Et voici que dans cette maison, se trouvait la jeune fille à la mémoire miraculeusement retrouvée et qui tenait entre ses mains l'avenir de l'Angleterre.

Une plainte sauvage s'échappa de ses lèvres. Si au moins Tuppence s'était trouvée à ses côtés pour partager ce triomphe final ! Il chassa résolument Tuppence de ses pensées. Il avait en sir James une confiance croissante. C'était lui l'homme qui, à tous les coups, parviendrait à retrouver Tuppence. Et, en attendant, Jane Finn ! Mais soudain son cœur se serra. C'était trop simple... Tuppence... S'ils la trouvaient morte... abattue par Mr Brown ?

Une minute plus tard, il se moquait de ses idées mélodramatiques.

Le médecin ouvrit la porte d'une chambre. Sur un lit blanc, des bandages autour de la tête, une jeune fille reposait. Il y avait dans cette scène quelque chose d'irréel qui était si exactement conforme à ce qu'ils avaient imaginé qu'elle donnait l'effet d'avoir été magnifiquement mise en scène.

La jeune fille les regarda tour à tour avec des grands yeux étonnés. Sir James prit la parole :

— Miss Finn, voici votre cousin, Mr Julius P. Hersheimmer.

La jeune fille rougit légèrement quand Julius s'avança pour lui serrer la main.

— Comment allez-vous, ma cousine ? demanda-t-il, d'un ton qui se voulait léger.

Mais Tommy perçut un tremblement dans sa voix.

— Vous êtes vraiment le fils d'oncle Hiram ? demanda-t-elle étonnée.

Elle avait une voix émouvante, avec les intonations chaudes des habitants de l'Ouest. Cette voix n'était pas inconnue à Tommy, mais il chassa cette impression.

— Naturellement.

— Nous avons lu bien des choses sur oncle Hiram dans les journaux, poursuivit-elle de sa voix basse, mais je n'avais jamais pensé qu'un jour je vous rencontrerais. Maman pensait qu'oncle Hiram ne se réconcilierait jamais avec elle.

— Il était comme ça, admit Julius. Mais nous sommes d'une autre génération. Ne nous occupons pas de ces querelles de famille. La première chose à laquelle j'ai pensé, sitôt la guerre finie, c'était de partir à votre recherche.

Une ombre passa sur le visage de la jeune fille.

— Ils m'ont dit des choses... des choses terribles... Que j'avais perdu la mémoire... que je ne saurais jamais rien d'une certaine période... que ce seraient des années perdues.

— Vous ne vous en rendiez pas compte vous-même ?

— Mon Dieu, non, répondit-elle, l'air étonné. C'est comme si je venais d'être poussée dans ce canot de sauvetage. Je m'y revois encore.

Elle ferma les yeux en frissonnant. Julius jeta un coup d'œil à sir James qui acquiesça.

— Ne vous inquiétez pas, cela ne sert à rien. Maintenant, Jane, il y a une chose que nous voudrions savoir : à bord, il y avait un homme qui transportait des documents très importants, et certains gros bonnets, ici, en Angleterre, pensent qu'il vous les a remis. Est-ce exact ?

La jeune fille hésita. Son regard allait de l'un à l'autre. Sentant ses réticences, Julius précisa :

— Mr Beresford est chargé par le gouvernement anglais de retrouver ces documents. Sir James Peel Edgerton est membre du Parlement et pourrait, s'il le souhaitait, jouer un rôle très important dans la vie politique anglaise. C'est grâce à lui que nous avons fini par vous dénicher. Aussi vous pouvez nous parler librement. Danvers vous a-t-il remis les papiers ?

— Oui, en me disant qu'ils seraient plus en sécurité avec moi parce qu'on sauverait les femmes et les enfants d'abord.

— C'est bien ce que nous pensions, déclara sir James.

— Il a ajouté que ces documents étaient très importants, au point de pouvoir changer le sort des Alliés. Mais c'était il y a bien longtemps. La guerre est finie, quelle importance tout cela peut-il avoir ?

— L'histoire est un éternel recommencement, Jane. Il y a eu beaucoup de bruit autour de ces documents, puis on les a oubliés, et maintenant c'est de nouveau l'ébullition, pour des raisons différentes. Bref, pouvez-vous nous les rendre ?

— Non.
— Pourquoi ?
— Je ne les ai plus.
— Vous ne les avez plus ? bégaya Julius.
— Non, je les ai cachés.
— Vous les avez cachés ?
— Oui. J'étais très inquiète. J'avais l'impression d'être surveillée. J'ai eu peur. (Elle se prit la tête entre les mains.) C'est à peu près la seule chose dont je me souvienne avant mon réveil à l'hôpital.
— Continuez, suggéra sir James d'une voix rassurante. De quoi vous souvenez-vous ?
Elle se tourna docilement vers lui :
— C'était à Holyhead. On nous avait débarqués là-bas, je ne sais pas trop pourquoi...
— Peu importe, continuez.
— Au milieu de la confusion générale, sur le quai, je me suis enfuie, personne ne m'a vue. J'ai pris un taxi et j'ai dit au chauffeur de me conduire en dehors de la ville. Quand nous sommes arrivés sur la route, j'ai regardé derrière nous : aucune voiture ne nous suivait. Au bord de la route j'ai vu un sentier et j'ai demandé au chauffeur de m'arrêter. (Elle marqua un temps d'arrêt avant d'enchaîner :) Le sentier menait à une falaise et descendait vers la mer. De chaque côté, il y avait de gros buissons de genêts : on aurait dit de grandes flammes. J'ai jeté un coup d'œil autour de moi : personne à l'horizon. Au-dessus de ma tête, il y avait un creux dans le rocher, assez petit — je pouvais juste y mettre la main — mais profond. J'ai pris le paquet recouvert de toile cirée que j'avais autour du cou et je l'ai enfoncé aussi loin que j'ai pu. Puis j'ai arraché une touffe de genêts — Aïe, les piquants ! — et j'ai bouché la cavité de manière qu'on ne puisse plus la voir. Enfin j'ai soigneusement repéré l'endroit pour être à même de le retrouver. Il y avait justement un caillou de forme bizarre — on aurait dit un chien faisant le beau. Sur la route, la voiture m'attendait et

j'ai repris le train. J'avais un peu honte d'avoir inventé toute cette histoire, mais dans le train, un homme assis en face de moi faisait un clin d'œil à une femme assise à côté de moi. De nouveau j'ai eu peur et j'étais contente d'avoir mis les papiers en lieu sûr. Je suis sortie prendre un peu l'air dans le couloir. Je pensais aller m'installer dans un autre wagon. Mais la femme m'a rappelée pour me dire que j'avais laissé tomber quelque chose. Quand je me suis penchée pour regarder, on m'a frappée là. (Elle désigna sa nuque.) À partir de ce moment et jusqu'à mon réveil à l'hôpital je ne me souviens de rien.

Il y eut un silence.

— Merci, miss Finn. J'espère que vous n'êtes pas trop fatiguée? demanda sir James.

— Oh non! j'ai un peu mal à la tête, sinon, je vais bien.

Julius se leva et lui serra la main.

— À bientôt, ma cousine. Je vais me dépêcher de retrouver ces papiers et je serai de retour en deux temps trois mouvements. Je vous embarquerai à Londres, et nous y passerons un peu de bon temps avant de retourner en Amérique. C'est promis... alors dépêchez-vous de guérir!

20

TROP TARD

Une fois dans la rue, ils tinrent un véritable conseil de guerre. Sir James sortit sa montre de son gousset.

— Le train pour Holyhead s'arrête à Chester à 12 h 40. Si vous partez tout de suite, vous pourrez attraper la correspondance.

Tommy le regarda, étonné :

— Il y a vraiment urgence, monsieur ? Nous ne sommes que le 24.

— Le monde appartient à ceux qui se lèvent tôt, déclara Julius avant que l'homme de loi n'ait eu le temps de répondre. Nous allons filer tout de suite à la gare.

— Je regrette de ne pouvoir vous accompagner, précisa sir James l'air soucieux. Je dois prendre la parole à une réunion à 14 heures. C'est bien dommage...

Si sir James paraissait sincèrement ennuyé, il était non moins clair que Julius était enchanté de se passer de sa compagnie.

— Je ne pense pas que ce soit très compliqué, remarqua-t-il. C'est une sorte de jeu de cache-cache.

— Je le souhaite, répliqua sir James.

— Il n'y a pas de raison. Que voulez-vous que ce soit d'autre ?

— Vous êtes encore bien jeune, Mr Hersheimmer. Quand vous aurez mon âge, vous saurez qu'il ne faut jamais mésestimer son adversaire.

Si cette remarque impressionna Tommy, elle n'eut que peu d'effet sur Julius.

— Vous pensez que Mr Brown peut surgir parmi les genêts ? Si c'est cela, je suis prêt. (Il donna une petite tape sur sa poche.) J'ai mon revolver sur moi. Mon petit Willie m'accompagne partout. (Il exhiba un automatique à l'aspect redoutable et le caressa tendrement avant de le rempocher.) Mais il ne servira pas cette fois-ci. Personne ne peut renseigner Mr Brown sur nos projets.

L'homme de loi haussa les épaules :

— Il n'y avait personne pour apprendre à Mr Brown que Mrs Vandemeyer était sur le point de le trahir. Et pourtant elle est morte sans avoir parlé.

Pour une fois, Julius ne trouva rien à répondre. Et sir James ajouta d'un ton léger :

— Je tenais simplement à vous mettre sur vos gardes. Au revoir et bonne chance ! Dès que vous aurez les documents, ne prenez pas de risques inutiles. Si vous avez la moindre raison de croire que vous avez été suivis, détruisez-les immédiatement. Bonne chance ! À vous de jouer !

Et il leur serra la main à tous les deux.

Dix minutes plus tard, les jeunes gens étaient installés en première classe, direction Chester.

Pendant un certain temps, ni l'un ni l'autre ne parlèrent. Finalement Julius rompit le silence pour faire une remarque totalement inattendue :

— Dites, ça vous est déjà arrivé de tomber amoureux fou d'un visage ?

Son premier étonnement passé, Tommy fouilla dans ses souvenirs.

— Je ne pense pas, répondit-il enfin. En tout cas, je ne m'en souviens pas. Pourquoi ?

— Parce que, au cours de ces deux derniers mois, je me suis comporté vis-à-vis de Jane comme un idiot et un sentimental. Dès que j'ai posé les yeux sur sa photo, mon cœur m'a fait le genre de cinéma qu'on lit dans les romans à l'eau-de-rose. J'ai honte de l'avouer mais j'étais venu ici avec la ferme intention de la retrouver, de conclure l'affaire et de la ramener en Amérique comme Mrs Julius P. Hersheimmer.

— Ça, par exemple ! s'exclama Tommy, ahuri.

— Cela vous prouve à quel point je suis stupide. Un seul regard sur cette fille en chair et en os et j'ai été guéri.

De plus en plus interloqué, Tommy fit entendre un nouveau : « Ça, par exemple ! »

— Ce n'est pas pour dénigrer Jane, voyez-vous. Elle est charmante et je suis sûr que n'importe qui peut avoir le coup de foudre pour elle, mais...

— Je l'ai trouvée très jolie, dit Tommy, revenu de sa surprise.

— Moi aussi, mais elle ne ressemble pas le moins du monde à la photo. C'est-à-dire, si, d'une certaine manière, parce que je l'ai reconnue. Si je l'avais aperçue dans la foule, j'aurais dit, sans hésiter : voilà un visage que je connais. Mais il y avait dans cette photo quelque chose de... Ah ! l'amour est une chose bien étonnante...

— Ça, je m'en doute, répliqua froidement Tommy. Si vous pouvez être amoureux d'une fille et proposer le mariage à une autre que vous ne connaissez que depuis quinze jours...

Julius eut le bon goût de paraître gêné :

— C'est-à-dire... voyez-vous... j'avais le sentiment que je ne retrouverais jamais Jane. J'étais fatigué... tout ça me paraissait de la folie pure. Et puis... euh... eh bien, les Français, par exemple, sont beaucoup plus sensés dans leur manière d'envisager l'existence. Ils ne confondent pas l'amour et le mariage. Et...

Tommy devint écarlate.

— Je veux bien être pendu ! Si c'est ça que...

— Attendez ! Un peu de calme ! Comprenez-moi. Je crois que les Américains ont une plus haute idée de la morale que vous. Quant aux Français, comme je vous le disais, le mariage est pour eux une affaire comme une autre. Deux personnes qui vont bien ensemble examinent le problème financier, étudient l'aspect pratique de la question...

— Si vous voulez mon avis, nous sommes devenus beaucoup trop pratiques, de nos jours. Nous nous posons toujours la question : qu'est-ce que cela va me rapporter ? Les hommes sont écœurants et les femmes encore bien davantage.

— Du calme, mon petit vieux, ne vous énervez pas comme cela.

— Je suis énervé !

Julius jugea plus sage de ne rien ajouter. De toute

manière, Tommy avait le temps de se calmer avant Holyhead. Et de fait, quand ils arrivèrent à destination, il était tout sourire.

Après avoir posé des questions à droite et à gauche puis consulté une carte routière, ils tombèrent d'accord. Ils hélèrent un taxi sans plus de façons et prirent la route menant à Treaddur Bay.

Le chauffeur fut prié de rouler lentement et ils regardèrent de chaque côté de la route pour ne pas manquer le sentier. Ils y parvinrent peu de temps après avoir quitté la ville et Tommy fit arrêter la voiture. D'un air détaché il demanda au chauffeur si le sentier menait à la mer. Puis ils ajoutèrent un généreux pourboire au prix de la course.

Quelques minutes plus tard, le taxi reprenait la route de Holyhead. Dès qu'il fut hors de vue, Tommy et Julius descendirent le petit chemin.

— J'espère que c'est le bon, déclara Tommy, sceptique. Il doit y en avoir des tas dans le coin.

— C'est sûrement le bon. Regardez ces genêts. Vous vous souvenez de ce qu'a dit Jane ?

Tommy regarda les haies couvertes de fleurs d'or de chaque côté du sentier. C'était sûrement là. Ils descendirent l'un derrière l'autre, Julius en tête. Par deux fois, Tommy regarda par-dessus son épaule. Il était inquiet. Julius s'en aperçut.

— Qu'y a-t-il ?

— Je ne sais pas, j'ai la frousse. Comme si quelqu'un nous suivait.

— Ce n'est pas possible, affirma Julius, nous l'aurions vu.

C'était l'évidence. Néanmoins, Tommy se sentait de plus en plus mal à l'aise. Malgré lui, il croyait en l'omniscience de l'ennemi.

— Si seulement ce type arrivait, ajouta Julius. (Il tapota sa poche.) Little William souffre précisément de manque d'exercice.

— Vous le portez toujours sur vous? demanda Tommy, étonné.

— La plupart du temps. On ne sait jamais ce qui peut arriver.

Tommy garda un silence respectueux. Little William l'impressionnait. Le revolver écartait toute menace de la part de Mr Brown.

Le sentier descendait le long de la falaise, parallèlement à la mer. Soudain, Julius s'arrêta si brusquement que Tommy le heurta :

— Qu'y a-t-il ?

— Regardez ! Ça, c'est la meilleure !

Un gros rocher barrait à demi le passage. Il ressemblait étrangement à un chien faisant le beau.

— C'est ce que nous nous attendions à voir, non ? fit Tommy s'efforçant de rester calme.

Julius le regarda en secouant tristement la tête :

— Le flegme britannique ! Bien sûr que nous nous y attendions. Mais tout de même, ça me dépasse de le trouver là, précisément à l'endroit où nous nous attendions à le trouver !

Tommy, dont le calme était peut-être plus feint que réel, s'impatienta.

— Eh bien, avancez ! Où est cette cavité ?

Ils examinèrent attentivement la paroi de la falaise.

— Le genêt n'y sera plus, après tant d'années ! s'entendit marmonner bêtement Tommy.

— Vous avez raison, répondit Julius.

Brusquement, Tommy désigna quelque chose d'une main tremblante :

— Que pensez-vous de cette fissure ?

— C'est sûrement ça, répondit Julius impressionné.

Ils se regardèrent.

— Quand j'étais en France, se remémora Tommy, chaque fois que mon ordonnance ne parvenait pas à me joindre, il disait qu'il ressentait quelque chose de bizarre. Je ne l'ai jamais cru. Mais qu'il l'ait ressenti ou pas, cette sensation existe. Je l'éprouve en ce moment. Très fort.

Il regarda le rocher avec une sorte d'angoisse.

— Nom de Dieu ! s'exclama-t-il. C'est impossible ! Cinq ans ! Pensez donc ! Les gamins qui viennent dénicher les oiseaux, les pique-niques, les milliers de gens qui sont passés par là. On a une chance sur mille de retrouver le document ! C'est de la folie !

Pour lui, c'était impossible. Surtout parce qu'il ne pouvait croire à leur réussite là où tant de gens avaient échoué. C'était trop simple. À tous les coups la cavité serait vide ! Mais Julius le regardait avec un large sourire.

— Cela vous épate. Bon, allons-y ! (Il plongea la main dans la fissure et grimaça.) C'est plutôt étroit. Jane doit avoir des mains beaucoup plus fines que les miennes. Je ne sens rien. Non... mais... qu'est-ce que c'est ? Hurrah ! (D'un grand geste, il exhuma un paquet décoloré.) Et voilà la marchandise ! Enveloppée dans de la toile cirée. Tenez-la pendant que je cherche mon canif.

L'incroyable s'était produit. Tommy tenait le précieux paquet entre ses mains. Ils avaient réussi !

— C'est étrange, murmura-t-il, pensif. On aurait pu penser que les coutures seraient pourries. Elles ont l'air neuves !

Ils les coupèrent soigneusement et ôtèrent la toile cirée. À l'intérieur se trouvait une petite feuille de papier. Les doigts tremblants, ils la déplièrent. Elle était blanche ! Ils se regardèrent, stupéfaits !

— Un faux ! lança Julius. Danvers n'était donc qu'un appât !

Mais Tommy secouait la tête. Cette solution ne le satisfaisait pas. Soudain son visage s'éclaira :

— J'ai trouvé ! C'est de l'encre sympathique !

— Vous croyez ?

— Essayons toujours ! La chaleur va nous donner la réponse. Ramassons du bois sec et faisons du feu.

En quelques minutes, un feu de brindilles et de feuilles flambait joyeusement. Le papier se racornit légèrement sous l'effet de la chaleur. Rien d'autre. Soudain, Julius saisit Tommy par le bras : des caractères de couleur brune apparaissaient peu à peu.

— Hurrah ! Nous y sommes ! Vous avez eu une idée géniale ! Je n'y aurais jamais pensé !

Tommy maintint la feuille au-dessus du feu pendant quelques minutes. Estimant qu'elle avait atteint la température voulue, il la retira et poussa un cri. En travers de la feuille, en caractères bruns soigneusement imprimés, on pouvait lire :

« Avec les compliments de Mr Brown. »

21

TOMMY FAIT UNE DÉCOUVERTE

Un instant, ils se regardèrent, sans comprendre, anéantis. Ainsi, inexpliquablement, Mr Brown les avait devancés. Si Tommy accepta la défaite avec sérénité, ce ne fut pas le cas de Julius.

— Bon Dieu de bois, comment a-t-il pu nous devancer ? Cela me dépasse.

— Voilà pourquoi les coutures étaient en si bon état, murmura sombrement Tommy. Nous aurions pu y penser...

— Au diable ces fichues coutures ! Comment s'est-il débrouillé pour passer avant nous ? Nous avons pourtant fait le maximum. Personne ne pouvait arriver ici plus rapidement que nous. D'ailleurs, comment a-t-il pu savoir ?... Et s'il y avait un micro dans la chambre de Jane ? C'est sûrement ce qui s'est passé.

Avec son bon sens habituel, Tommy objecta :

— Personne ne pouvait savoir d'avance qu'elle irait dans cette clinique et encore moins dans cette chambre.

— C'est vrai, admit Julius. Alors, une des infirmières devait faire partie de la bande et a écouté derrière la porte ? Que pensez-vous de ça ?

— Peu importe, répondit Tommy d'une voix découragée. Il a pu trouver la cachette il y a des mois et prendre les documents puis... Mais non... ça ne colle pas... À ce moment-là les documents auraient été rendus publics tout de suite.

— C'est certain. Non, quelqu'un nous a précédés aujourd'hui, d'une heure ou deux. Mais comment y sont-ils parvenus, je n'en sais fichtre rien.

— Si seulement le vieux Peel Edgerton était avec nous, murmura pensivement Tommy.

— Pourquoi ? Le mal était fait quand nous sommes arrivés.

— Oui...

Tommy ne savait pas comment formuler ce qu'il ressentait. C'était comme si la présence de l'avocat aurait pu, d'une certaine manière, conjurer la catastrophe. Il en revint à sa première idée :

— Inutile de discuter sur ce qui a pu se passer. Nous avons perdu la partie. Il ne me reste plus qu'une chose à faire.

— Laquelle ?

— Rentrer à Londres le plus tôt possible et avertir Mr Carter. Il n'y a plus que quelques heures avant que cette bombe explose. Mais de toute façon, il faut qu'il apprenne au plus vite cette mauvaise nouvelle.

C'était un devoir pénible entre tous, mais Tommy n'avait nullement l'intention de s'y dérober. Il devait mettre Carter au courant de son échec. Il partit pour

Londres à midi. Quant à Julius, il avait décidé de passer la nuit à Holyhead.

Une demi-heure après son arrivée, pâle et défait, Tommy se fit annoncer.

— Je viens au rapport, monsieur. J'ai échoué. Lamentablement.

Carter posa sur lui un regard pénétrant :

— Vous voulez dire que le traité...

— ... entre les mains de Mr Brown, monsieur.

— Ah ! s'exclama Carter.

Son visage ne marqua aucune émotion, mais dans son regard passa une lueur de détresse. Après cette dernière tentative, il n'y avait plus d'espoir.

— Eh bien, ajouta Carter, nous n'allons pas passer toute la sainte journée à nous lamenter. Je préfère être fixé une fois pour toutes. Nous ferons ce que nous pourrons.

Mais Tommy avait la certitude qu'il n'y avait plus rien à espérer et que Carter le savait.

— Ne prenez pas cet échec trop à cœur, ajouta gentiment Carter. Vous avez fait de votre mieux. Vous aviez contre vous l'un des plus grands cerveaux du siècle. Et vous avez failli réussir ! Ne l'oubliez pas.

— Merci, monsieur. Vous êtes vraiment très chic.

— Je m'en veux. Je m'en veux depuis que j'ai appris d'autres nouvelles.

Quelque chose dans sa voix alerta Tommy. Une nouvelle crainte l'étreignit.

— Tuppence... ? balbutia-t-il.

— J'en ai bien peur.

Carter attrapa une feuille posée sur son bureau :

— Lisez vous-même.

Des mots en caractères d'imprimerie se mirent à danser sous ses yeux. C'était la description d'une toque verte et d'un manteau avec, dans la poche, un mouchoir aux initiales P.L.C. Il questionna Carter d'un regard chargé d'angoisse. L'autre lui répondit :

— Échoués sur la côte du Yorkshire, près d'Ebury. J'ai bien peur que... que ce ne soit leur œuvre.

— Seigneur... Ces bandits... Je le leur ferai payer... Je les traquerai... Je...

Mais en voyant la compassion qui se peignait sur le visage de Carter il se tut.

— Je comprends ce que vous ressentez, mon pauvre garçon. Mais ce n'est pas une solution. Vous dépenseriez vos forces en vain. C'est dur, mais je vous conseille de ne plus y penser. Le temps vous aidera. Vous finirez par oublier.

— Oublier Tuppence ? Jamais.

— C'est ce que vous croyez. Cela ne sert à rien de penser à cette chère petite. Je suis désolé de toute cette affaire. Vraiment désolé...

— Je ne veux pas vous retenir plus longtemps, monsieur, fit Tommy dans un effort pour se reprendre. Nous avons été fous d'accepter un tel travail. Vous nous aviez bien avertis. J'aurais préféré que ce soit moi qui écope. Au revoir, monsieur.

De retour au *Ritz*, l'esprit ailleurs, Tommy emballa machinalement ses quelques affaires. Il était encore bouleversé par l'irruption du malheur dans son existence jusque-là joyeuse et sans vrais problèmes. Comme ils s'étaient bien amusés, Tuppence et lui ! Et maintenant... oh ! non... il ne pouvait pas y croire. C'était impossible ! Tuppence morte ! Cette petite Tuppence, si débordante de vie. C'était un cauchemar. Un horrible cauchemar, rien de plus.

On lui apporta un billet : quelques mots de sympathie de Peel Edgerton qui avait appris la nouvelle par le journal. Il y avait eu un gros titre : « Une ex-infirmière noyée. » La lettre se terminait par une offre d'emploi dans le ranch en Argentine où sir James avait des intérêts.

— Le cher homme, murmura Tommy en jetant le billet sur une table.

La porte s'ouvrit et Julius fit irruption dans la pièce

avec son impétuosité coutumière. Il tenait un journal à la main.

— Qu'est-ce que c'est? Qu'est-ce qu'ils racontent au sujet de Tuppence? Ils sont fous!

— C'est la vérité, répondit calmement Tommy.

— Vous pensez qu'ils l'ont supprimée?

Tommy acquiesça :

— Quand ils ont eu le traité... elle ne leur servait sans doute plus à rien et ils ont eu peur de la laisser partir.

— Sacrebleu! s'écria Julius. Cette petite Tuppence... C'était vraiment la plus courageuse...

Soudain Tommy, perdant tout sang-froid, se leva :

— Sortez! Allez au diable! ça vous est bien égal, ce qui arrive! Vous lui avez peut-être demandé de vous épouser avec votre pragmatisme à la noix, mais moi je l'aimais. J'aurais donné ma vie pour elle. Si elle avait voulu vous épouser, je n'aurais rien dit, parce que vous pouviez lui donner tout ce qu'elle désirait. Tandis que moi je ne suis qu'un pauvre type sans le sou.

— Écoutez..., commença Julius pour tenter de le calmer.

— Fichez le camp! Je ne supporte plus de vous entendre parler de cette « petite Tuppence »! Allez retrouver votre cousine! Tuppence est à moi. Je l'ai toujours aimée, depuis l'époque où nous faisions des châteaux de sable. Nous avons grandi mais mes sentiments n'ont jamais changé. Je n'oublierai jamais quand j'étais à l'hôpital et qu'elle est arrivée affublée de cette coiffe ridicule et de son tablier. C'était un miracle: la fille que j'aimais transformée en infirmière!

Mais Julius lui coupa la parole :

— Un uniforme d'infirmière! Nom d'un chien! Je suis bon pour l'asile d'aliénés. Je jurerais que j'ai vu Jane elle aussi avec une coiffe d'infirmière. Or, c'est rigoureusement impossible ! Et pourtant si, fichtre ! Je l'ai bel et bien vue. C'est elle... elle qui parlait avec Whittington à la clinique de Bornemouth. Cette clinique, elle n'y était pas en tant que malade, mais en tant qu'infirmière.

— Dans ce cas-là, s'écria Tommy en colère, elle est dans le coup depuis le début. Je ne serais pas étonné d'apprendre qu'elle a volé les documents à Danvers.

— Je ne vous permets pas ! hurla Julius. C'est ma cousine et elle est aussi patriote que vous et moi.

— Je m'en fiche, sortez d'ici ! cria Tommy.

Ils étaient sur le point d'en venir aux mains quand soudain, comme par magie, la colère de Julius tomba :

— D'accord, je m'en vais. Je ne vous en veux pas de ce que vous venez de dire. Je préfère même que vous l'ayez dit. Je me suis conduit comme le plus parfait imbécile que la terre ait jamais porté. (Et, alors que Tommy recommençait à s'impatienter :) Calmez-vous. Je file. Je vais droit au London and North Western Railway, si vous voulez savoir.

— Je me fiche bien de savoir où vous pouvez aller !

Dès que la porte se fut refermée sur Julius, Tommy se remit à préparer ses bagages.

— Voilà une affaire réglée, murmura-t-il.

Et il sonna :

— Descendez mes bagages.

— Oui, monsieur. Monsieur s'en va ?

— Oui, je vais au diable, répondit Tommy sans se soucier de ce que l'employé pouvait penser de lui.

Ce dernier se contenta d'ajouter :

— Bien, monsieur. Dois-je appeler une voiture ?

Tommy acquiesça d'un signe de tête.

Où aller ? Il n'en avait pas la moindre idée. À part son désir, plus tenace que jamais, de se venger de Mr Brown, il n'avait aucun projet. Il relut la lettre de sir

James : Tuppence devait être vengée, mais la proposition de l'avocat partait d'un bon sentiment et il jugea préférable de lui répondre. Il s'installa au bureau. Avec la fantaisie qui règne toujours dans les articles de papeterie que l'on trouve dans les chambres d'hôtel, il trouva beaucoup d'enveloppes mais aucune feuille. Il sonna. Personne ne vint. Tommy fulminait, puis il se rappela qu'il y avait du papier dans le salon de Julius. L'Américain ayant annoncé son départ immédiat, il ne risquait pas de tomber sur lui. D'ailleurs s'il le rencontrait, ce serait aussi bien: il commençait à regretter ce qu'il lui avait dit. Ce brave Julius avait bien pris l'algarade. S'il se trouvait là, il lui présenterait ses excuses.

Mais la chambre était vide. Tommy se dirigea vers le bureau et ouvrit le tiroir du milieu. Une photo attira son attention. Sidéré, il prit le cliché, referma le tiroir, se dirigea à pas lents vers le fauteuil et s'assit. Au nom du ciel, que faisait la photo d'Annette, la petite Française, dans le bureau de Julius Hersheimmer ?

22

CHEZ LE PREMIER MINISTRE

Le Premier Ministre pianotait nerveusement sur la table. Son visage exprimait un profond découragement. Il reprit sa conversation avec Carter au point où il l'avait laissée :

— Je ne comprends pas. Vous croyez vraiment qu'après tout, la situation n'est pas désespérée ?

— C'est ce que ce jeune homme semble penser.

— Montrez-moi cette lettre.

Carter lui tendit la missive de Tommy, rédigée d'une grosse écriture enfantine.

Cher Mr Carter,

Je viens de découvrir quelque chose qui m'a donné un choc. Il est possible que je fasse complètement fausse route, mais je ne le pense pas. Si mes conclusions sont exactes, la jeune fille de Manchester n'est pas Jane Finn. Tout a été manigancé. Le paquet était faux, comme tout le reste d'ailleurs, dans le but de nous faire croire que les jeux étaient faits.

Ce qui m'incite à penser que nous avons été bien près de la vérité. Je crois savoir qui est la véritable Jane Finn et même où se trouve le document. Naturellement ce n'est qu'une supposition, mais j'ai le sentiment de ne pas me tromper. Quoi qu'il en soit, je vous adresse ci-joint une enveloppe scellée : je vous prie instamment de ne l'ouvrir qu'au dernier moment, c'est-à-dire le 28 à minuit. Voici pourquoi : j'ai dans l'idée que les vêtements de Tuppence que l'on a retrouvés font également partie d'une machination et qu'elle n'est pas plus noyée que vous et moi. Et ceci tout simplement parce qu'en dernier recours ils laisseront Jane Finn s'enfuir dans l'espoir qu'elle a simulé l'amnésie et que, sitôt libre, elle se rendra directement à sa cachette. Bien sûr, c'est pour eux un énorme risque, puisqu'elle sait tout de leur organisation, mais ils sont prêts à n'importe quoi pour retrouver le document. S'ils apprennent qu'il est entre nos mains, les deux jeunes filles sont perdues. Je dois essayer de retrouver Tuppence avant que Jane ne s'échappe.

J'aimerais disposer d'une copie du télégramme qui a été envoyé à Tuppence au Ritz. *Sir James Peel Edgerton m'a dit que vous pourriez me la procurer. Il est terriblement intelligent.*

Une dernière chose encore : ayez l'obligeance de faire surveiller la maison de Soho jour et nuit.

Votre dévoué,
Tommy Beresford.

— Et l'enveloppe scellée ? demanda le Premier Ministre.

Carter se força à sourire :

— À la banque dans un coffre. Je ne veux prendre aucun risque.

— Ne pensez-vous pas, suggéra le Premier Ministre après une courte hésitation, qu'il serait préférable de l'ouvrir maintenant ?

»Nous devons bien sûr mettre ce document en sécurité, si la supposition de ce jeune homme se révèle exacte. Personne ne saurait que nous en avons pris connaissance.

— Je n'en suis pas aussi sûr que vous. Nous sommes entourés d'espions. Dès qu'on le saura, je ne donnerais pas cela (et il claqua des doigts) de la vie de ces deux jeunes filles. Non, ce garçon m'a honoré de sa confiance et je ne le trahirai pas.

— Bien, bien. Dans ce cas, attendons. Qui est au juste ce jeune homme ?

— À première vue, c'est un jeune Anglais comme tant d'autres, sain et même un peu lourdaud. Lent dans ses raisonnements, incapable de se laisser entraîner par son imagination, pour la bonne raison qu'il en est dépourvu. Difficile à tromper. Il réfléchit lentement et, quand il a une idée en tête, il ne la lâche pas. La jeune fille est tout à fait différente. Plus d'intuition et moins de bon sens. Ils forment un couple charmant et une bonne association : pondération et dynamisme.

— Il paraît croire en son plan, murmura le Premier Ministre.

— Oui, et c'est bien ce qui me donne l'espoir. Il appartient à cette catégorie de jeunes gens méfiants qui ont besoin d'être complètement sûrs d'eux avant de hasarder une opinion quelconque.

L'autre esquissa un sourire :

— Et c'est ce garçon qui va vaincre le plus grand criminel de notre époque ?

— Oui, ce garçon comme vous dites, mais dans

l'ombre, derrière lui, je soupçonne quelqu'un d'autre...

— Qui ?

— Peel Edgerton.

— Peel Edgerton ? répéta le Premier Ministre, étonné.

— Oui. Je sens sa présence dans cette affaire. (Il reprit la lettre.) Il est là, œuvrant dans l'ombre, en silence, discrètement... J'ai toujours pensé que s'il y avait un homme capable d'affronter Mr Brown, ce serait Peel Edgerton. D'ailleurs il vient de m'adresser une curieuse requête.

— Ah bon ?

— Il m'a envoyé une coupure de journal américain mentionnant le cadavre d'un homme trouvé sur les docks de New York, il y a environ trois semaines. Il m'a prié de recueillir tous les renseignements possibles sur cette affaire.

— Et alors ?

Carter haussa les épaules :

— Je n'ai pas appris grand-chose. Un jeune type dans les trente-cinq ans, pauvrement vêtu, complètement défiguré. On n'a pas pu l'identifier.

— Et vous pensez qu'il y a un rapport entre les deux affaires ?

— Oui. Mais je peux me tromper. (Après un silence, Carter reprit :) J'ai demandé à Peel Edgerton de venir nous rejoindre et il ne va plus tarder. Nous ne tirerons rien de lui qu'il ne veuille dire : il est prudent, comme tous les hommes de loi. Mais nul doute qu'il pourra éclaircir un ou deux points de la lettre du jeune Beresford. Tiens !... le voici !

Les deux hommes se levèrent pour accueillir le visiteur.

« C'est peut-être lui mon successeur », pensa le Premier Ministre, non sans une certaine ironie.

— Nous avons reçu une lettre du jeune Beresford,

déclara Carter en entrant directement dans le vif du sujet. Vous l'avez vu, sans doute ?

— Pas du tout, répondit sir James.

— Oh ! fit Carter, interloqué.

— Mais il m'a téléphoné, reconnut l'avocat qui se caressa le menton en souriant.

— Verriez-vous une objection à nous répéter votre entretien ?

— Nullement. Il m'a remercié de la lettre dans laquelle je lui offrais une situation. Puis il m'a rappelé quelque chose que je lui avais dit à Manchester à propos de ce télégramme destiné à faire tomber miss Cowley dans un piège. Je lui ai demandé si un élément nouveau était intervenu. Il m'a répondu que dans un tiroir de la chambre de Mr Hersheimmer, il avait découvert une photo. Je lui ai demandé si ce cliché portait le nom et l'adresse d'un photographe californien. Il m'a répondu « oui, tout à fait », puis il a ajouté un détail que j'ignorais : c'est la photo d'Annette, la jeune Française qui lui a sauvé la vie.

— Quoi ?

— Parfaitement ! Curieux d'en savoir davantage, je lui ai demandé ce qu'il avait fait de cette photo. Il m'a répondu qu'il l'avait remise là où il l'avait trouvée. (L'homme de loi se tut quelques secondes avant d'ajouter :) C'est ce qu'il fallait faire. Ce jeune homme sait faire fonctionner ses méninges. Cette découverte était providentielle. Naturellement, à partir du moment où la jeune fille de Manchester n'était plus Jane Finn, cela changeait tout. Le jeune Beresford s'en est aperçu tout seul, sans que je le lui dise. Mais au sujet de miss Cowley, il ne savait que penser. Il voulait savoir si je la croyais vivante. Après mûre réflexion, je lui ai répondu qu'il y avait de fortes chances pour qu'elle le soit, ce qui nous a ramenés au télégramme.

— Et alors ?

— Je lui ai conseillé de vous demander une copie de

l'original. Une idée m'est venue: après que miss Cowley eut jeté ce télégramme dans la cheminée, on a pu effacer et changer certains mots, dans le but d'aiguiller sur une fausse piste ceux qui partiraient à sa recherche.

Carter, qui paraissait de cet avis, sortit un papier de sa poche et lut à haute voix:

Rapplique illico, Astley Priors, Gatehouse, Kent. Il y a du nouveau.

Tommy.

— C'est à la fois très simple et très ingénieux. Quelques mots de changés et le tour est joué! Et ils ont négligé l'indice le plus important.

— Lequel?

— Selon le petit chasseur, miss Cowley s'était fait conduire à Charing Cross. Ils étaient tellement sûrs d'eux qu'ils ont cru que le gamin s'était trompé.

— Et où se trouve actuellement le jeune Beresford?

— À Gatehouse, dans le Kent, si je ne me trompe.

Carter le regarda avec curiosité:

— Je m'étonne que vous n'y soyez pas également, Peel Edgerton.

— Je suis sur une affaire importante.

— Je pensais que vous étiez en vacances?

— Disons que l'affaire ne m'a pas été officiellement confiée; il serait sans doute plus exact de vous dire que je travaille sur un dossier. Avez-vous du nouveau pour moi, au sujet de cet Américain?

— Non. Est-ce si important d'établir son identité?

— Oh! son identité, je la connais! Bien que je ne sois pas encore en mesure de fournir des preuves.

Les deux autres ne posèrent plus de questions: ils savaient qu'ils perdraient leur temps.

— Ce que je ne comprends pas, dit soudain le

Premier Ministre, c'est comment cette photo s'est trouvée dans le tiroir de Mr Hersheimmer.

— Elle ne l'a peut-être jamais quitté, suggéra le juriste.

— Et le faux inspecteur? L'inspecteur Brown?

— Bof! se borna à répondre sir James, plus évasif que jamais. (Il se leva.) Je ne veux pas vous retenir plus longtemps. Occupez-vous des affaires du royaume. Quant à moi, je vais vaquer aux miennes.

Deux jours plus tard, Julius Hersheimmer revint de Manchester. Sur son bureau, il trouva un billet de Tommy :

Cher Hersheimmer

Désolé de m'être laissé emporter. Au cas où je ne vous reverrais pas, adieu. On m'a proposé une situation en Argentine et ce que j'ai de mieux à faire, c'est d'accepter.

Bien à vous,
Tommy Beresford.

Un sourire singulier s'attarda sur le visage de Julius. Il jeta la lettre au panier.

— Quelle triple buse! murmura-t-il.

23

LA COURSE CONTRE LA MONTRE

Après qu'il eut téléphoné à sir James, Tommy se rendit à South Audley Mansions. Il y trouva Albert en train de vaquer à ses occupations et se présenta comme un ami de Tuppence. Albert fut immédiatement conquis.

— Il ne s'est rien passé ici ces derniers temps, dit-il avec tristesse. J'espère que la jeune dame va bien, monsieur.

— C'est ça le problème, Albert. Elle a disparu.

— Vous ne voulez pas dire que les bandits l'ont enlevée ?

— Si.

— Elle est dans les bas-fonds ?

— Que voulez-vous dire ?

— C'est une expression toute faite, monsieur, expliqua Albert. Dans les films, les bandits ont toujours un repaire dans les bas-fonds. Mais vous ne pensez tout de même pas qu'ils l'ont tuée, monsieur ?

— J'espère que non. À propos, auriez-vous par hasard une tante, une cousine, une grand-mère ou une vieille parente dont vous pourriez dire qu'elle est sur le point de rendre l'âme ?

Un sourire enthousiaste illumina le visage d'Albert :

— Bien sûr ! Ma pauvre tante qui habite à la campagne est depuis longtemps à l'article de la mort et elle demande toujours à me voir avant de rendre le dernier soupir.

— Voilà qui est parfait. Pouvez-vous en informer vos chefs et me rejoindre à la gare de Charing Cross d'ici une heure ?

— J'y serai, monsieur, vous pouvez compter sur moi.

Tommy l'avait prévu, le fidèle Albert se révéla un allié précieux. Tous deux s'installèrent à l'auberge de Gatehouse. Albert avait pour mission de recueillir le plus de renseignements possible. Ce ne fut pas difficile. Aux dires de l'hôtelier, Astley Priors appartenait à un certain Dr Adams, médecin à la retraite, qui avait conservé une petite clientèle privée. (Et là l'hôtelier mit son index sur son front et ajouta :) « Tous des cinglés, si vous voyez ce que je veux dire. » Au village le médecin était très populaire, membre honoraire de toutes les associations locales, apprécié pour sa gentillesse.

Était-il là depuis longtemps? « Oh, une dizaine d'années, peut-être un peu plus. » Un praticien réputé. Toutes les couches de la société venaient de Londres pour le consulter. Sa maison était très accueillante, toujours pleine.

Tommy était perplexe. Cet honorable et sympathique personnage pouvait-il être un dangereux criminel? Il paraissait si franc, si loyal! Rien de sinistre en lui. Tommy eut froid dans le dos. Était-il en train de commettre une grossière erreur? Puis il se souvint de la clientèle: « tous des cinglés »! Il demanda prudemment s'il y avait une jeune femme parmi eux et traça le portrait de Tuppence. Mais on ne savait rien des malades. On les voyait quelquefois dehors, sur les pelouses de la propriété. D'Annette non plus, l'hôtelier ne savait rien.

Astley Priors était une belle villa de brique rouge entourée d'arbres qui la cachaient aux yeux des passants. Dès le premier soir, Tommy, accompagné d'Albert, se livra à une reconnaissance du terrain. Sur les instances du gamin, ils rampèrent à plat ventre, exercice fort pénible qui fit beaucoup plus de bruit que s'ils avaient marché normalement. D'ailleurs ces précautions étaient totalement inutiles. La nuit tombée, le jardin, comme celui des autres villas, n'était pas sous surveillance. Tommy avait redouté la présence de féroces chiens de garde. Albert, quant à lui, redoutait plutôt l'attaque d'un puma ou d'un cobra apprivoisé. Mais c'est sans incidents qu'ils atteignirent un bosquet situé près de la maison.

Les rideaux de la salle à manger n'étaient pas tirés. De nombreux convives étaient attablés. Le porto passait de main en main. C'était une joyeuse assemblée, où tout semblait normal. À travers les fenêtres ouvertes, des bribes de conversation leur parvenaient dans la nuit. Le cricket faisait l'objet d'une discussion animée.

De nouveau, Tommy s'interrogeait. Était-il possible

que ces gens fussent différents de ce qu'ils paraissaient ? L'avait-on dupé une fois de plus ? L'homme qui présidait ce souper, avec sa belle barbe et ses lunettes, semblait incroyablement honnête et normal.

Cette nuit-là, Tommy dormit mal. Le lendemain matin, l'infatigable Albert ayant passé un pacte avec le commis du marchand de légumes, il prit sa place et s'insinua dans les bonnes grâces de la cuisinière de Malthouse. Il revint, persuadé qu'elle appartenait à la bande d'escrocs, mais Tommy se méfiait de son imagination débordante. Le garçon ne pouvait rien prouver, sinon que la cuisinière n'était pas banale, ce qui se voyait au premier coup d'œil.

Le lendemain, ils opérèrent la même substitution — au grand avantage pécuniaire du véritable commis — et Albert rapporta la première nouvelle encourageante : il y avait une jeune Française dans la maison. Tommy, reprenant espoir, vit là une confirmation de sa théorie. Mais le temps passait. On était le 27. Le 29 était le jour dont il avait tant été question pour la grève générale. Toutes sortes de rumeurs couraient concernant une émeute. Les journaux s'agitaient. On faisait ouvertement allusion à un coup d'État. Le gouvernement ne se prononçait pas. On l'avait informé et il était prêt à toute éventualité.

On parlait également de dissensions chez les leaders Travaillistes. Ils ne parvenaient pas à se mettre d'accord. Les plus prévoyants d'entre eux se rendaient compte que ce qu'ils proposaient porterait un coup fatal à l'Angleterre que pourtant ils chérissaient. Ils hésitaient devant la misère et les problèmes qu'entraînerait une grève générale et se déclaraient disposés à rencontrer le gouvernement pour trouver un terrain d'entente. Mais des forces subtiles et profondes étaient à l'œuvre, on reparlait des erreurs passées, on désapprouvait les demi-mesures peu courageuses, on créait des malentendus. Grâce à Carter, Tommy avait une vision précise de la situation. Si le fatal document se trouvait aux mains de Mr Brown le jour J, l'opinion publique pencherait du côté des extrémistes et des révolutionnaires. Dans le cas contraire, la bataille n'était pas perdue. Le gouvernement, assisté d'une armée et d'une police loyales, pourrait l'emporter, mais au prix d'immenses sacrifices. Tommy, cependant, nourrissait un rêve absurde. Il pensait — à tort ou à raison — qu'une fois Mr Brown démasqué, l'organisation tout entière s'effondrerait d'un seul coup — lamentable baudruche — puisqu'elle reposait en fait sur l'étrange et diffuse influence de son invisible chef. Sans lui, Tommy prévoyait qu'elle serait en proie à une panique immédiate. Les hommes honnêtes livrés à eux-mêmes, une réconciliation de dernière heure serait possible.

« Tout repose sur un seul homme, pensa Tommy. Et je dois capturer cet homme. » C'était en partie pour servir cet ambitieux dessein qu'il avait prié Carter de ne pas ouvrir l'enveloppe scellée. Le projet de traité serait l'appât qu'il tenait en réserve pour Mr Brown. Il lui arrivait d'être sidéré par sa propre présomption. Comment osait-il espérer qu'il allait réussir là où tant d'hommes, plus expérimentés et plus intelligents que lui, avaient échoué ? Cependant il s'accrochait à son idée.

Ce soir-là, il pénétra une nouvelle fois avec Albert dans le parc d'Astley Priors. Son but était de trouver le moyen de s'introduire dans la maison. Comme ils s'en approchaient prudemment, Tommy étouffa une exclamation : au deuxième étage, devant la fenêtre d'une chambre éclairée, une silhouette venait de se dessiner. Tommy l'aurait reconnue entre toutes : c'était celle de Tuppence ! Tuppence était dans la maison !

Il empoigna l'épaule d'Albert :

— Restez ici. Quand je commencerai à chanter, regardez bien cette fenêtre.

Il fonça vers l'allée centrale et se mit à brailler le refrain suivant en avançant d'une démarche mal assurée :

J'suis un soldat anglais
Un joyeux soldat anglais
Comment qu'vous savez qu'j'suis un troupier ?
Z'avez qu'à m'regarder les pieds

À l'hôpital, Tuppence avait souvent passé cet air à la mode sur son tourne-disque. Elle le reconnaîtrait et saurait à quoi s'en tenir. Tommy chantait faux, mais il était doté d'excellents poumons. On l'entendit dans toute la maison.

Aussitôt, un impeccable maître d'hôtel, accompagné d'un non moins impeccable valet, sortit sur le perron. Le maître d'hôtel se lança dans de vives remontrances. Tommy n'en continuait pas moins à chanter, traitant affectueusement le domestique de « brave petit gars ». Le valet le prit par un bras, le maître d'hôtel par l'autre, et ils l'expulsèrent proprement du jardin en le menaçant d'appeler la police s'il s'introduisait de nouveau dans la propriété. C'était magnifiquement joué, avec talent et sobriété. On aurait juré que le maître d'hôtel était un vrai maître d'hôtel et le valet un vrai valet. Seulement voilà... le maître d'hôtel n'était autre que Whittington.

Tommy retourna à l'auberge et attendit le retour d'Albert. Finalement ce valeureux jeune homme fit son apparition.

— Eh bien ? demanda Tommy, impatient.

— Tout va bien. Pendant qu'ils vous raccompagnaient au portail, la fenêtre s'est ouverte et on a jeté quelque chose.

Il tendit à Tommy un petit morceau de papier roulé en boule et sur lequel on avait gribouillé :

Demain, même heure !

— C'est fabuleux ! On va y arriver ! s'écria Tommy.

— J'ai écrit un message, je l'ai enroulé autour d'un

caillou et je l'ai lancé dans la fenêtre, continua Albert à bout de souffle.

— Votre zèle va finir par nous perdre, grommela Tommy. Que disiez-vous dans ce billet?

— *Sommes à l'auberge. Si vous pouvez vous échapper, venez et coassez comme une grenouille.*

— Elle saura qu'il s'agit de vous, déclara Tommy en poussant un soupir de soulagement. Vous savez, Albert, vous vous laissez emporter par votre imagination. Vous croyez que vous pourriez reconnaître le coassement d'une grenouille?

Albert prit un air penaud.

— Courage! Ça n'est pas grave! Ce maître d'hôtel est un vieil ami à moi. Je parie qu'il m'a reconnu même s'il n'en a rien laissé voir... ce n'est pas dans leur intérêt de laisser transparaître leurs soupçons. C'est pourquoi nous avons eu la partie belle: ils ne veulent pas me décourager complètement, tout en ne voulant pas trop me faciliter les choses. Je suis un pion dans leur jeu, rien d'autre. Voyez-vous, Albert, si l'araignée laisse la mouche s'enfuir trop facilement, la mouche pensera tout de suite qu'il s'agit d'un coup monté. D'où l'utilité de ce jeune homme prometteur, Mr T. Beresford, qui a mis les pieds dans le plat juste au bon moment. Mais ensuite, ledit Beresford aurait intérêt à être prudent.

C'est dans un état d'exaltation intense que Tommy monta se coucher. Il avait soigneusement élaboré son plan pour le soir suivant, persuadé qu'à Astley Priors on ne contrarierait pas ses projets jusqu'à un certain point. C'est ensuite que Tommy se proposait de leur réserver une surprise.

Cependant, vers minuit, sa tranquillité fut rapidement mise à l'épreuve. On vint lui dire que quelqu'un le demandait au bar. Il s'agissait d'un charretier un peu rustaud, aux vêtements couverts de boue.

— Eh bien, mon ami qu'y a-t-il?

— Ce ne serait pas pour vous, monsieur?

Le charretier lui présenta une feuille de papier pliée et sale sur laquelle on pouvait lire :

À apporter au jeune homme qui est à l'auberge près d'Astley Priors. Il vous remettra dix shillings en échange.

C'était l'écriture de Tuppence. Tommy apprécia sa présence d'esprit. Elle avait deviné qu'il pouvait être descendu à l'auberge sous un faux nom. Il voulut s'emparer de la feuille.

— Oui, c'est pour moi.

— Holà ! et mes dix shillings ? dit l'homme sans desserrer les doigts.

Tommy lui donna un billet et l'homme lui abandonna sa trouvaille.

Tommy la déplia aussitôt et commença à lire :

Cher Tommy,

J'ai bien compris que c'était toi, la nuit dernière. Ne viens pas ce soir, ils t'attendent. Ils nous emmènent demain matin. J'ai entendu parler du pays de Galles, quelque chose comme Holyhead. Si je peux, je laisserai tomber cette feuille sur la route. Annette m'a raconté comment tu t'es échappé. Courage !

Bien à toi,
Tupence.

Tommy n'avait pas fini de prendre connaissance de cette pittoresque missive, qu'il criait à Albert :

— Faites mes bagages ! On s'en va !

— Bien, monsieur.

On entendit Albert monter les escaliers en courant.

— Holyhead ? Cela signifiait-il qu'après tout...

Tommy était intrigué. Il poursuivit lentement sa lecture. Au-dessus, Albert continuait à s'agiter.

Soudain Tommy cria :

— Albert ! Je suis complètement idiot ! Défaites mes bagages !

— Oui, monsieur.

Tommy replia la feuille, songeur, et ajouta tout

doucement : — Oui, je suis un bel idiot, mais je ne suis pas le seul, et maintenant je sais qui est l'autre.

24

JULIUS PREND LES CHOSES EN MAIN

Dans sa suite du *Claridge*, allongé sur un divan, Kraménine dictait son courrier — en russe — à son secrétaire.

La sonnerie du téléphone retentit. Le secrétaire prit le récepteur, parla un instant puis se tourna vers son patron :

— Il y a en bas quelqu'un qui vous demande.

— Qui est-ce ?

— Mr Julius P. Hersheimmer.

— Hersheimmer, répéta Kraménine songeur. Ce nom me dit quelque chose.

— Son père était l'un des rois de l'acier en Amérique, expliqua le secrétaire dont la fonction était de tout savoir. Ce jeune homme doit être plusieurs fois millionnaire.

L'autre ferma à demi les yeux, puis :

— Descendez donc voir ce qu'il veut, Ivan.

Le secrétaire sortit et referma la porte sans bruit. Quelques minutes plus tard, il était de retour.

— Il refuse de me dire de quoi il s'agit. Il dit que c'est une affaire privée et qu'il doit vous voir personnellement.

— Plusieurs fois millionnaire, murmura Kraménine. Faites-le monter, mon cher Ivan.

Le secrétaire redescendit pour revenir, escorté de Julius.

— Mr Kraménine ? demanda ce dernier sans plus de façons.

Le Russe l'examina de ses yeux pâles et durs puis s'inclina.

— Ravi de vous rencontrer, déclara l'Américain. J'aimerais vous parler d'une affaire extrêmement importante. En tête-à-tête, ajouta-t-il en désignant le secrétaire.

— Mon secrétaire, Mr Grieber, pour lequel je n'ai aucun secret.

— Vous, peut-être, mais pas moi, répliqua Julius sur un ton cassant. Et je vous serais obligé de lui dire de disparaître.

— Ivan, dit le Russe d'une voix douce, peut-être pourriez-vous passer dans la pièce voisine?

— Non, pas dans la pièce voisine, l'interrompit Julius. Je connais bien ces suites princières et je veux que celle-ci soit totalement vide, qu'il n'y ait vraiment que vous et moi. Envoyez-le vous acheter pour deux sous de caramels mous.

S'il n'appréciait guère ce style désinvolte, Kraménine était dévoré par la curiosité.

— Est-ce que ce sera long?

— Si ça marche, cela peut nous prendre toute la soirée.

— Très bien. Ivan, je n'ai plus besoin de vous ce soir. Allez donc au théâtre.

— Merci beaucoup, Votre Excellence.

Le secrétaire s'inclina et sortit. De la porte, Julius le regarda s'éloigner puis il poussa un soupir, referma la porte et reprit sa place, au milieu de la pièce.

— Maintenant, Mr Hersheimmer, peut-être aurez-vous l'obligeance de m'expliquer de quoi il s'agit.

— Cela ne prendra pas longtemps, répondit Julius d'une voix traînante. (Puis changeant brusquement de ton, il ajouta :) Haut les mains ou je tire !

Kraménine commença par fixer l'automatique, puis, avec une hâte presque comique, mit les mains sur la tête. À cet instant, Julius prit sa mesure.

L'homme qu'il avait devant lui était physiquement un lâche, le reste serait facile.

— Mais c'est indigne ! s'écria le Russe, d'une voix hystérique. C'est parfaitement indigne ! Vous voulez me tuer ?

— Pas si vous vous taisez. Ne vous approchez pas de la sonnette, je vous le conseille.

— Que voulez-vous ? Réfléchissez avant d'agir. Rappelez-vous que ma vie est très précieuse pour mon pays. On vous a peut-être dit du mal de moi.

— Je crois, dit Julius, que je rendrais un grand service à l'humanité en vous supprimant. Mais ne vous inquiétez pas : je n'ai pas l'intention de le faire, à condition bien sûr que vous vous montriez raisonnable.

Le Russe ne s'y trompa pas. Il y avait une menace réelle dans le regard de Julius, il passa sa langue sur ses lèvres desséchées.

— Que voulez-vous ? De l'argent ?

— Non, je veux Jane Finn.

— Jane Finn ? Je n'ai jamais entendu parler d'elle.

— Vous êtes un sacré menteur. Vous savez parfaitement de qui je veux parler.

— Je vous répète que je n'ai jamais entendu parler de cette fille.

— Et moi, enchaîna Julius, je vous précise que Little Willie ici présent meurt d'envie de vous envoyer une petite balle dans le cœur.

Visiblement, le Russe perdait contenance :

— Vous n'oseriez pas !

— Oh ! que si, mon petit vieux !

Kraménine comprit que l'Américain ne plaisantait pas et, de mauvaise grâce, il demanda :

— Bon. Supposons que je sache de qui vous parlez, que voulez-vous ?

— Vous allez me dire tout de suite où elle se trouve.

— Je ne peux pas.
— Pourquoi ?
— Je ne peux pas. Ce que vous me demandez est impossible.
— Vous avez peur, hein ? De qui ? De Mr Brown ? Ah, tiens ! Rien que son nom vous terrifie ? Je m'en doutais.
— Je l'ai vu, murmura lentement le Russe. Je lui ai parlé comme je vous parle. Je n'ai su qu'après qu'il s'agissait de lui. C'était dans la foule. Si je le revoyais, je ne le reconnaîtrais pas. Qui est-il en réalité ? Je l'ignore. Tout ce que je sais, c'est qu'il est redoutable.
— Mais il n'en saura rien.
— Il sait tout. Et sa vengeance est immédiate. Même moi, Kraménine, je ne lui échapperai pas.
— Vous ne ferez donc pas ce que je vous demande ?
— Vous me demandez l'impossible.
— C'est bien dommage pour vous, déclara Julius gentiment. Mais ce sera un bon débarras pour tout le monde.
Et il pointa son revolver.
— Stop ! hurla le Russe. Vous n'allez tout de même pas tirer !
— Bien sûr que si ! J'ai toujours entendu dire que les révolutionnaires attachaient peu de prix à la vie, mais quand il s'agit de sa propre vie, ce n'est pas la même chose ! Je vous donne une chance de sauver votre sale peau et vous ne la saisissez pas.
— Ils me tueront !
— Bien, déclara Julius, sur le mode plaisant, comme vous voudrez. Mais je viens de vous le dire : avec Little Willie, vous mourrez à coup sûr. Alors moi, à votre place, je risquerais ma chance contre Mr Brown.
— Si vous me tuez, vous serez pendu, marmonna le Russe sans conviction.

— Vous vous trompez, monsieur l'étranger. Vous oubliez mes dollars. Une foule d'avocats se mettront au travail : ils confieront le dossier à quelques sommités médicales qui finiront par conclure que j'ai le cerveau dérangé. Je passerai quelques mois au vert dans une maison de santé tranquille. Les médecins déclareront que je suis à nouveau sain d'esprit et tout se terminera pour le mieux dans le meilleur des mondes pour ce bon Julius. Je suis prêt à endurer une retraite de quelques mois pour la joie de vous supprimer, mais ne vous bercez pas d'illusions : on ne me pendra pas pour ça !

Le Russe ne mit pas en doute cette déclaration. Étant lui-même corrompu, il croyait profondément au pouvoir de l'argent. Il avait lu des comptes rendus de procès en Amérique du genre de celui que venait d'évoquer Julius. Lui-même avait rendu la justice, à sa façon. Ce jeune et énergique Américain, avec son accent traînant, avait barre sur lui.

— Je vais compter jusqu'à cinq, continua Julius. Si à quatre vous ne m'avez pas arrêté, vous n'aurez pas à vous inquiéter de Mr Brown. Il enverra peut-être des fleurs à vos obsèques, mais vous ne sentirez pas leur parfum. Vous êtes prêt ? Je commence : un, deux, trois, quatre.

Le Russe poussa un hurlement :

— Ne tirez pas ! Je ferai tout ce que vous voudrez.

— Je pensais bien que vous redeviendriez raisonnable, dit Julius en abaissant le revolver. Où est la jeune fille ?

— À Gatehouse, dans le Kent. La propriété s'appelle Astley Priors.

— Elle est prisonnière ?

— On ne lui permet pas de sortir de la maison, mais elle ne court aucun danger. Cette gourde a perdu la mémoire !

— Voilà qui a dû être bien ennuyeux pour vous et

vos amis, j'imagine. Et l'autre jeune fille, celle que vous avez attirée dans un piège la semaine dernière ?

— Elle est là-bas également, ajouta le Russe, de mauvaise grâce.

— C'est bien. Est-ce que tout ne s'organise pas merveilleusement ? En plus il fait une nuit idéale pour notre promenade !

— Quelle promenade ? demanda Kraménine, le regard fixe.

— C'est à Gatehouse que nous allons, naturellement. Je suis sûr que vous adorez les promenades en voiture.

— Que voulez-vous dire ? Je refuse de sortir.

— Pas d'affolement. Vous vous rendez compte que je ne suis pas assez naïf pour vous laisser ici. La première chose que vous feriez serait de téléphoner à vos amis. (L'autre blêmit.) C'est ce que vous auriez fait, non ? Eh bien, vous allez m'accompagner. La pièce à côté, c'est bien votre chambre ? Allez-y. Little Willie et moi, nous vous suivons. Mettez un bon pardessus. Doublé de vison ? Et vous êtes socialiste ? Nous sommes prêts ? Descendons. Ma voiture nous attend en bas. Et n'oubliez pas que je ne vous quitterai pas des yeux. Et que je n'hésiterai pas à tirer à travers la poche de mon pardessus. Un mot ou un regard à un de ces domestiques en livrée et vos amis peuvent convoquer les Pompes Funèbres.

Ils descendirent l'escalier ensemble et s'approchèrent de la voiture. Le Russe écumait de rage. Les chasseurs du *Claridge* évoluaient autour d'eux. Il faillit crier mais, au dernier moment, ses nerfs le trahirent. Il savait que l'Américain tiendrait parole. Quand ils arrivèrent à la voiture, Julius poussa un soupir de soulagement : la peur avait réussi à hypnotiser l'homme.

— Montez, ordonna Julius.

Interceptant le regard que le Russe adressait en douce au chauffeur, il s'empressa d'ajouter :

— Non, le chauffeur ne vous aidera pas. Il était dans la Marine, à bord d'un sous-marin, quand la révolution a éclaté. Vous avez massacré un de ses frères. George !

— Oui, monsieur ? répondit le chauffeur en tournant la tête.

— Notre ami est un Russe bolchevique. Nous ne voulons pas le tuer, mais ce sera peut-être nécessaire. Vous voyez ce que je veux dire ?

— Très bien, monsieur.

— Nous allons à Gatehouse, dans le Kent. Vous connaissez la route ?

— Oui, monsieur. Nous y serons dans une heure et demie.

— Dans une heure. Je suis pressé.

— Je vais faire de mon mieux, monsieur.

Et la voiture partit comme une flèche.

Julius s'installa confortablement à côté de son prisonnier. Tout en gardant la main dans la poche de son pardessus, il restait tout à fait homme du monde.

— Un jour, dans l'Arizona, commença-t-il avec entrain, j'ai tué un homme...

À la fin du trajet, le malheureux Kraménine était plus mort que vif. Après l'épisode de l'Arizona, il avait eu droit à un autre récit qui se déroulait à San Francisco, suivi d'un épisode dans les Rocheuses. Pour ne pas être toujours conformes à la vérité, les histoires de Julius n'en étaient pas moins pittoresques. Le chauffeur ralentit et, jetant un coup d'œil par-dessus son épaule, signala qu'ils arrivaient à Gatehouse. Julius ordonna au Russe de lui indiquer le chemin. Son plan était de se rendre directement à la maison. Là, Kraménine, auquel Julius expliqua qu'il ne tolérait aucune fantaisie, demanderait à voir les deux jeunes filles. Little Willie était là, prêt à intervenir. Le Russe n'était plus qu'un pantin : la vitesse avec laquelle ils avaient roulé lui avait fait perdre ses moyens. À chaque virage, il avait cru mourir. La voiture s'engagea dans l'allée et s'arrêta devant le perron. Le chauffeur se retourna pour recevoir les instructions.

— George, mettez la voiture dans le sens du départ, puis sonnez et revenez vous asseoir. N'arrêtez pas le moteur et soyez prêt à démarrer en trombe dès que je vous le dirai.

— Très bien, monsieur.

Le maître d'hôtel ouvrit la porte. Kraménine sentit le revolver de Julius contre ses côtes.

— Allez-y tout de suite, souffla Julius. Et pas d'imprudence !

Le Russe fit un signe de la main. Ses lèvres étaient blêmes, sa voix tremblante :

— C'est moi, Kraménine. Faites immédiatement descendre la fille. Il n'y a pas de temps à perdre.

Whittington était descendu. En voyant le Russe, il poussa une exclamation d'étonnement.

— C'est vous ? Qu'est-ce qui vous arrive ? Vous savez certainement que...

Kraménine l'interrompit et, employant des mots qui avaient déjà par le passé causé tant de panique, déclara d'une traite :

— Nous avons été trahis. Il faut abandonner nos projets si nous voulons sauver notre peau. La fille ! Tout de suite ! C'est notre seule chance.

Whittington marqua une légère hésitation :

— Vous avez des ordres ? De lui ?

— Bien sûr ! Autrement je ne serais pas là. Vite ! Il n'y a pas de temps à perdre. Faites aussi descendre l'autre idiote.

Whittington courut à l'intérieur de la maison. Quelques minutes angoissantes s'ensuivirent. Enfin, deux silhouettes drapées dans des capes apparurent sur le seuil et furent poussées dans la voiture. La plus petite des deux semblait vouloir résister mais Whittington la poussa sans ménagement. Julius se pencha et, à cet instant, la lumière du vestibule éclaira son visage. L'homme qui se trouvait sur les marches, derrière Whittington, poussa une exclamation : ils étaient découverts.

— Allez-y, George, foncez ! cria Julius.

Le chauffeur débraya et, dans un bond, la voiture démarra.

L'homme en haut des marches poussa un juron et tira précipitamment un revolver de sa poche. La balle effleura la plus grande des deux jeunes filles.

— Baissez-vous, Jane ! cria Julius. À plat ventre dans la voiture.

Il la poussa, se redressa, visa et tira.

— Vous l'avez touché ? s'écria Tuppence.

— Oui. Mais je ne l'ai pas tué. La vermine a la peau dure. Tout va bien, Tuppence ?

— Très bien. Où est Tommy ? Qui c'est, celui-là ? ajouta-t-elle en désignant Kraménine, plus tremblant que jamais.

— Tommy s'est embarqué pour l'Argentine. Il croyait que vous n'étiez plus de ce monde. George, attention au portail ! Il leur faudra au moins cinq minutes avant de se lancer à notre poursuite. Ils vont téléphoner aux autres. Alors, méfiez-vous des pièges et ne prenez pas la route directe. Tuppence, vous me demandiez qui c'est ? Permettez-moi de vous présenter Mr Kraménine. Je l'ai persuadé de venir faire un petit tour avec moi, c'est excellent pour sa santé.

L'autre restait muet, figé par la terreur.

— Mais pourquoi nous ont-ils laissés partir ? demanda Tuppence, méfiante.

— Mr Kraménine que voilà le leur a demandé si gentiment qu'ils n'ont pas osé refuser !

C'en était trop pour le Russe qui éclata :

— Soyez maudit ! Ils savent que je les ai trahis. Je ne peux plus rester dans ce pays, je n'y suis plus en sécurité.

— C'est vrai, approuva Julius. Je vous conseille de retourner tout de suite en Russie.

— Alors, laissez-moi partir ! s'écria Kraménine. J'ai fait ce que vous m'aviez demandé. Pourquoi me gardez-vous ?

— Ce n'est pas pour vos beaux yeux. Si vous voulez descendre, ne vous gênez pas. Je pensais que vous préfériez que je vous ramène à Londres.

— Vous n'atteindrez peut-être jamais Londres, grogna l'autre. Laissez-moi descendre tout de suite.

— Avec plaisir. Arrêtez-vous, George, Monsieur ne voyage pas avec nous pour le retour. Si jamais je vais en Russie, Mr Kraménine, je m'attends de votre part à un accueil chaleureux et...

Mais avant que Julius eût terminé sa phrase, et avant que la voiture ne fût totalement arrêtée, le Russe avait sauté et disparaissait dans la nuit.

— Un peu impatient de nous quitter, non ? commenta Julius comme la voiture repartait. Mesdames, il ne vous a même pas dit au revoir ! Jane, vous pouvez vous asseoir, maintenant.

Pour la première fois, la jeune fille ouvrait la bouche :

— Comment avez-vous fait pour le « persuader » ?

Julius mit la main sur son revolver :

— Le mérite en revient à Little Willie !

— Sensationnel ! s'écria la jeune fille, elle rougit en lançant un regard admiratif à Julius.

— Annette et moi ne savions vraiment pas ce qui allait nous arriver, enchaîna Tuppence. Le vieux Whittington est venu nous chercher comme des moutons que l'on conduit à l'abattoir.

— Annette, répéta Julius, c'est comme ça que vous l'appelez ?

— C'est son nom, répondit Tuppence en ouvrant de grands yeux.

— Allons donc ! rétorqua Julius. Elle croit peut-être que c'est son nom parce qu'elle a perdu la mémoire, pauvre gosse. Mais en réalité, c'est la seule, la vraie, l'unique Jane Finn.

— Quoi ! s'exclama Tuppence.

Mais elle fut interrompue par le sifflement d'une balle qui vint terminer sa course à l'arrière de la voiture, juste derrière sa nuque.

— Baissez-vous, cria Julius. C'est un traquenard ! Ces bandits ont fait drôlement vite ! Accélérez, George !

La voiture fonça de plus belle. Trois autres balles sifflèrent, mais elles manquèrent leur but. Julius se retourna.

— Personne sur qui tirer, dit-il d'une voix sombre. Mais j'ai bien peur qu'il y ait de nouveau une petite fête ! Ah !

Il porta sa main à sa joue.

— Vous êtes blessé ? demanda aussitôt Annette.

— Seulement une égratignure.

La jeune fille se redressa :

— Laissez-moi, laissez-moi descendre, arrêtez la voiture. C'est moi qu'ils veulent. Moi seule. Je ne veux pas qu'ils vous tuent à cause de moi. Laissez-moi descendre.

Ce disant, elle se mit à tripoter la poignée de la porte. Julius lui saisit les deux bras mais surtout il la dévisagea avec attention : elle s'était exprimée sans aucune trace d'accent étranger.

— Rasseyez-vous, ma petite, dit-il d'une voix douce. Je parie que vous n'avez jamais perdu la mémoire et que vous les avez fait marcher pendant tout ce temps, non ?

La jeune fille le regarda, acquiesça et éclata en sanglots. Julius lui tapota l'épaule :

— Allez ! allez ! asseyez-vous. Restez tranquille. Nous n'allons pas vous abandonner.

Au milieu de ses sanglots, la jeune fille balbutia :

— Vous, vous êtes de mon pays. Je le reconnais à votre accent. Et j'ai la nostalgie de mon pays.

— Bien sûr que je suis de votre pays. Je suis votre cousin, Julius Hersheimmer. Je suis venu en Europe pour vous retrouver et je vous assure que cela n'a pas été la fête tous les jours !

La voiture ralentit et George lança par-dessus son épaule :

— Nous sommes à un carrefour, monsieur, et je ne suis plus très sûr de la route à suivre.

La voiture continua de ralentir et s'immobilisa presque. À cet instant, une silhouette, émergeant de derrière la voiture, plongea la tête la première entre les deux jeunes gens.

— Désolé, fit Tommy en se relevant.

Il fut accueilli par un concert d'exclamations confuses. Il répondit à tous à la fois :

— J'étais dans les buissons, près de la route. Je me suis accroché derrière la voiture. Je n'ai pas pu vous le dire tant vous rouliez vite. La seule chose que je pouvais faire, c'était me cramponner. Et maintenant, les filles, descendez !

— Descendre ?

— Oui. Il y a une gare là, au bord de la route. Vous avez un train dans trois minutes. Dépêchez-vous de l'attraper.

— Que diable essayez-vous de faire ? demanda Julius. Vous croyez que nous pourrons les tromper en quittant la voiture ?

— Il n'y a que les filles qui s'en vont. Nous, nous restons.

— Vous êtes fou, Beresford ! Fou à lier ! Vous ne pouvez pas les laisser partir toutes seules ! Ce sera la fin de tout !

— Descendez tout de suite de voiture, Tuppence. Emmène-la avec toi et fais ce que je te dis. Personne ne vous fera de mal. Vous serez en sécurité. Prenez le train pour Londres. Allez tout droit chez sir Peel

Edgerton. Carter habite en dehors de la ville, mais vous serez plus en sécurité chez lui.

— Ma parole ! s'écria Julius. Vous êtes fou ! Jane, ne bougez pas.

Soudain, d'un mouvement brusque, Tommy arracha le revolver que Julius tenait encore à la main et le braqua sur lui.

— Vous me prenez au sérieux maintenant ? Sortez toutes les deux, faites ce que je vous dis, ou je tire.

Tuppence sauta à terre, entraînant Jane qui se débattait de toutes ses forces.

— Vite, allons-y ! Si Tommy le dit, c'est qu'il croit qu'il faut le faire. Ne ratons pas le train.

Elles se mirent à courir. Julius éclata enfin :

— Nom de Dieu...

Tommy l'interrompit :

— Silence ! J'ai quelques mots à vous dire, Mr Julius Hersheimmer.

25

LE RÉCIT DE JANE

Tirant Jane derrière elle, Tuppence parvint à la gare au moment où le train arrivait.

— Dépêchons-nous, dit-elle, d'une voix haletante, sinon nous allons le manquer.

Elles atteignirent le quai à l'instant où le train s'immobilisait. Tuppence ouvrit la portière d'un compartiment de première classe et, à bout de souffle, les deux jeunes filles se laissèrent tomber sur les banquettes. Un homme glissa un regard vers elles puis se dirigea vers le compartiment voisin. Jane tressaillit, les yeux dilatés de terreur. Elle lança un regard interrogateur à Tuppence.

— Vous croyez qu'il fait partie de la bande? souffla-t-elle.
— Non, non, tout va bien. (Elle prit la main de Jane dans les siennes.) Tommy ne nous aurait pas dit de faire cela s'il n'avait pas été sûr de lui.
— Mais il ne les connaît pas comme moi ! (Elle eut un frisson.) Vous ne pouvez pas comprendre. Cinq ans. Cinq longues années ! Parfois, je pensais que j'allais devenir folle.
— Ne vous inquiétez pas, c'est fini.
— Vous êtes sûre?
Le train, prenant de la vitesse, s'enfonçait dans la nuit. Soudain, Jane sursauta.
— Qu'est-ce que c'était? J'ai vu un visage à travers la vitre...
— Mais non, il n'y a rien.
Tuppence se dirigea vers la fenêtre, tira sur le cordon et ferma le rideau.
— Vous êtes sûre?
— Tout à fait sûre.
— Je suis comme une bête aux abois, mais je n'y peux rien. S'ils me rattrapent maintenant...
Elle eut un regard horrifié.
— Calmez-vous, je vous en prie. Détendez-vous et n'y pensez plus. Vous pouvez être tout à fait sûre que Tommy ne nous aurait jamais dit que nous étions en sécurité, si ce n'était pas le cas.
— Mais mon cousin n'était pas de cet avis. Il ne voulait pas que nous partions.
— C'est vrai, acquiesça Tuppence, plutôt embarrassée.
— À quoi pensez-vous? s'empressa d'ajouter Jane.
— Pourquoi?
— Vous avez l'air si mystérieuse...
— Je pensais à quelque chose en effet, avoua Tuppence, mais je préfère ne pas vous en parler. Pas maintenant. Il est possible que je me trompe, mais je

ne crois pas. C'est juste une idée qui m'est venue à l'esprit, il y a longtemps, et je suis presque certaine que Tommy a la même en tête. Mais ne vous inquiétez pas : nous aurons tout le temps d'en parler. Et puis, peut-être que je me trompe, après tout ! Faites ce que je vous dis : détendez-vous et ne pensez plus à rien.

— Je vais essayer.

Les longs cils se refermèrent sur les yeux couleur noisette. De son côté, Tuppence s'assit, droite comme un piquet, dans l'attitude du chien de garde. Bien qu'elle s'en défendît, elle se sentait nerveuse et surveillait sans relâche les deux fenêtres. Elle chercha des yeux la sonnette d'alarme. Ce qu'elle craignait, elle aurait été bien en peine de le dire, mais elle était loin d'être aussi rassurée qu'elle le prétendait. Si sa confiance en Tommy était totale, elle se demandait par moments avec angoisse si un homme aussi simple et aussi honnête que lui pouvait rivaliser avec la diabolique subtilité du plus grand des criminels. Si elles arrivaient saines et sauves chez sir James Peel Edgerton, tout irait pour le mieux. Mais y parviendraient-elles ? Les forces silencieuses de Mr Brown ne s'étaient-elles pas déjà liguées contre elles ? Même la dernière vision qu'elle avait de Tommy, un revolver à la main, ne parvenait pas à la réconforter. À cet instant, il était peut-être déjà maîtrisé, vaincu par le nombre de ses ennemis. Tuppence se mit à dresser un plan de campagne.

Lorsque, enfin, le train entra lentement en gare de Charing Cross, Jane Finn se redressa brusquement :

— Nous sommes arrivées ? Je pensais que nous n'y réussirions jamais.

— Oh ! j'ai toujours pensé que nous atteindrions Londres ! S'il doit y avoir du grabuge, c'est maintenant. Allez ! Vite ! Sautons dans un taxi !

Elles quittèrent rapidement le quai, sortirent de la gare et montèrent dans une voiture.

— King's Cross! ordonna Tuppence au chauffeur.

Soudain, elle eut un choc : comme ils démarraient, un homme jeta un regard par la portière. Elle était presque sûre qu'il s'agissait de l'individu qui était monté dans le compartiment voisin du leur.

Elle eut l'horrible sensation que, peu à peu, elles étaient cernées.

— Voyez-vous, expliqua-t-elle à Jane, s'ils pensent que nous nous rendons chez sir James, nous les aiguillons sur une fausse piste : ils vont penser que nous allons chez Mr Carter, qui habite quelque part au nord de Londres.

Au premier carrefour, ils tombèrent sur un embouteillage et le taxi dut s'arrêter. C'est ce qu'attendait Tuppence.

— Vite, chuchota-t-elle, ouvrez la portière de votre côté.

Les deux jeunes filles descendirent de la voiture. Deux minutes plus tard, elles prenaient place dans un autre taxi et rebroussaient chemin vers Carlton House Terrace.

— Ouf ! murmura Tuppence, avec un soupir de soulagement, je crois que ça va aller, maintenant. Je ne peux pas m'empêcher de penser que je suis vraiment maligne. L'autre chauffeur doit jurer comme un charretier. Mais j'ai pris son numéro et je lui enverrai un mandat-poste demain : il ne perdra rien pour avoir été confiant. Mais qu'est-ce que c'est que cet écart ? Oh !...

Il y eut un crissement suivi d'une secousse. Un autre taxi venait de les percuter de plein fouet. En deux secondes, Tuppence fut sur le trottoir. Un agent s'approchait. Avant qu'il n'arrive à la hauteur des véhicules, Tuppence avait déjà donné cinq shillings au chauffeur et s'était mêlée à la foule avec Jane.

— Nous sommes tout près maintenant, déclara-t-elle hors d'haleine.

La collision avait eu lieu à Trafalgar.

— C'était un accident ou un coup monté ?

— Je n'en sais rien. Tout est possible.

Bras dessus, bras dessous, les deux jeunes filles hâtaient le pas.

— Je ne sais pas si mon imagination me joue des tours, déclara brusquement Tuppence, mais j'ai l'impression que quelqu'un nous suit.

— Vite, murmura l'autre, plus vite.

Elles avaient atteint l'angle de Carlton House Terrace et reprenaient confiance. Soudain, un homme d'une taille imposante et apparemment ivre leur barra le chemin.

— Bonsoir, mesdames, dit-il entre deux hoquets. Où donc allez-vous si vite ?

— Laissez-nous passer, s'il vous plaît, ordonna Tuppence.

— Je veux juste dire un mot à votre petite camarade.

Il avança une main tremblante vers Jane et lui saisit l'épaule. Tuppence entendit derrière elle des pas se rapprocher. Elle ne prit pas le temps de s'interroger pour savoir s'il s'agissait d'amis ou d'ennemis. Se baissant, elle eut recours à une technique bien connue des enfants : elle fonça la tête la première dans l'estomac de leur agresseur. Le résultat de cette défense — certes peu élégante — ne se fit pas attendre : l'homme tomba assis sur le trottoir. Et Tuppence et Jane prirent leurs jambes à leur cou. La maison qu'elles voulaient à tout prix atteindre n'était plus qu'à quelques mètres. Elles entendirent d'autres pas résonner derrière elles. Quand elles parvinrent à la porte de sir James, elles étaient à bout de souffle. Tuppence se suspendit à la sonnette et Jane cogna de toutes ses forces sur la porte avec le heurtoir.

L'homme qui les avait accostées atteignit à son tour les premières marches. Il hésita quelques instants pendant lesquels la porte s'ouvrit. Elles se ruèrent à l'intérieur. À cet instant sir James apparut sur le seuil de sa bibliothèque.

— Voyons, qu'est-ce que c'est ?

Comme Jane chancelait, il passa son bras autour d'elle et la porta à moitié jusqu'au divan de cuir. Puis il versa quelques gouttes de cognac dans un verre et l'obligea à boire. Elle se redressa avec un soupir, les pupilles toujours dilatées par la terreur.

— Tout va bien. N'ayez pas peur, mon enfant. Vous êtes ici en sécurité.

La respiration de la jeune fille redevint normale, et le sang afflua à ses joues.

Sir James gratifia Tuppence d'un sourire railleur :

— Alors, miss Tuppence, vous n'êtes pas morte ? Pas plus que votre ami Tommy ?

— Les Jeunes Aventuriers ont la peau dure, répondit Tuppence, non sans un soupçon de vantardise.

— C'est bien ce que je vois, répliqua sir James, narquois. Ai-je raison en pensant que la société des Jeunes Aventuriers clôt l'enquête en beauté et que cette personne (il se tourna vers la jeune fille allongée sur le divan) n'est autre que Jane Finn ?

Jane se redressa.

— Oui, répondit-elle posément. Je suis bien Jane Finn, et j'ai des révélations à vous faire.

— Quand vous aurez repris des forces.

— Non. Tout de suite, dit-elle d'une voix plus ferme. Je serai plus rassurée quand je vous aurai tout dit.

— Comme vous voudrez, répondit l'homme de loi.

Il s'installa dans un des grands fauteuils de cuir qui faisaient face au divan. À voix basse, Jane commença son récit :

— J'avais embarqué sur le *Lusitania*, pour rejoindre mon poste à Paris. J'étais terriblement touchée par la guerre, et je mourais d'envie d'être utile à quelque chose. J'étudiais le français et mon professeur disait qu'ils avaient besoin d'aide dans les hôpitaux parisiens. J'ai donc écrit pour poser ma candidature et on m'a répondu favorablement. J'étais seule au monde, ce qui arrangeait bien des choses.

»Quand le *Lusitania* a été torpillé, un homme s'est approché de moi. Je l'avais déjà remarqué plus d'une fois, et je m'étais dit qu'il devait avoir peur de quelqu'un ou de quelque chose. Il m'a demandé si j'aimais mon pays, puis il a ajouté qu'il portait sur lui des documents décisifs pour la victoire des Alliés. Il m'a demandé de les prendre. Je devais répondre à une petite annonce du *Times*. Si cette annonce ne paraissait pas, je devais remettre le document à l'ambassadeur des États-Unis.

»Ce qui a suivi est toujours un cauchemar pour moi. J'en rêve souvent la nuit... Je ne vous donnerai pas les détails. Danvers m'avait recommandé d'être sur mes gardes. Peut-être l'avait-on suivi depuis New York. Au début, je ne soupçonnais personne, mais sur le bateau qui nous conduisait à Holyhead, j'ai commencé à me sentir mal à l'aise. Il y avait une femme, une certaine Mrs Vandemeyer, qui ne cessait de rechercher ma compagnie et qui voulait visiblement se lier avec moi. Au début, je la trouvais gentille, mais il y avait en elle quelque chose qui ne me plaisait pas. Sur ce bateau irlandais, j'ai vu qu'elle parlait avec des individus un peu louches et à la façon dont ils me regardaient, j'ai compris qu'il s'agissait de moi. Alors, je me suis souvenue qu'elle se tenait près de moi, sur le *Lusitania*, quand Danvers m'avait remis le paquet et qu'avant cela, elle avait tenté, à une ou deux reprises, d'engager la conversation avec lui. J'ai commencé à avoir peur, mais je ne savais pas quoi faire.

»J'ai eu l'idée un peu bizarre de m'arrêter à Holyhead et de ne pas me rendre à Londres le jour même. Mais je me suis aperçue que c'était de la folie pure. La seule chose qui me restait à faire était de me comporter comme si je n'avais rien vu et d'espérer que tout irait pour le mieux. Si je me méfiais d'eux, je ne voyais pas comment ils pourraient arriver à leurs fins. J'avais déjà pris la précaution de découdre la toile cirée du paquet et de remplacer le document par une feuille blanche. De sorte que si quelqu'un parvenait à me le voler, ce serait sans conséquence.

»Ce que je devais faire du vrai document me tracassait plus que tout. J'ai fini par ouvrir le paquet : il y avait seulement deux feuillets. Je les ai placés entre les pages de publicité d'un magazine que j'ai collées entre elles avec le rabat d'une enveloppe. La revue dépassait négligemment de la poche de ma gabardine.

»À Holyhead, j'ai tout fait pour monter dans un compartiment occupé par des gens qui avaient l'air bien. Mais, étrangement, il y avait toujours une foule autour de moi, qui me bousculait et me poussait justement là où je ne voulais pas aller. Ça avait un côté bizarre, angoissant. Pour finir, je me suis retrouvée dans le même wagon que Mrs Vandemeyer. Je suis sortie dans le couloir, mais tous les autres compartiments étaient pleins, alors je suis revenue et je me suis assise. Dans ce compartiment — et cela me rassurait un peu —, il y avait un homme tout à fait sympathique, accompagné de sa femme, assise juste en face de lui.

»J'étais donc tranquille jusqu'à ce que l'on arrive aux abords de Londres. Les yeux fermés, j'avais appuyé ma tête sur le dossier de la banquette, et ils ont dû penser que je dormais. À travers mes paupières mi-closes, j'ai vu soudain l'homme qui paraissait sympathique sortir quelque chose de son sac et le tendre à Mrs Vandemeyer avec un clin d'œil.

»Je ne peux pas vous dire à quel point j'étais terrifiée. Je n'avais qu'une idée en tête : sortir dans le couloir le plus rapidement possible. Je me suis levée, essayant de paraître naturelle et décontractée. Peut-être se sont-ils aperçus de quelque chose — je ne sais pas —, mais soudain Mrs Vandemeyer a dit: « maintenant », et a jeté quelque chose sur mon nez et sur ma bouche pour étouffer mes cris. Au même moment, j'ai reçu un coup terrible sur la nuque.

Elle eut un long frisson. Sir James murmura quelques paroles de réconfort et elle poursuivit:

— Je ne sais pas combien de temps s'est écoulé avant que je reprenne conscience. Je me sentais faible, malade. J'étais couchée sur un lit crasseux, avec un paravent tout autour. Dans la pièce, deux personnes parlaient, dont Mrs Vandemeyer. Je les entendais mal, alors j'ai tendu l'oreille. Mais au début je ne comprenais pas grand-chose. Quand enfin j'ai commencé à saisir ce qui se disait, j'ai eu si peur que je m'étonne encore de ne pas avoir hurlé. Ils n'avaient pas trouvé les documents mais ils avaient mis la main sur le paquet enveloppé de toile cirée contenant la feuille blanche. Ils étaient fous de rage. Bien entendu, ils ne savaient pas si j'avais remplacé le vrai document par un faux ou si Danvers avait été chargé d'un faux message pendant que le vrai transitait par un autre chemin. Ils parlaient (elle ferma les yeux à ce souvenir) de me torturer pour découvrir la vérité.

»Auparavant, je n'avais jamais connu la peur, la vraie peur. Quand ils se sont approchés de moi, j'ai fermé les yeux et j'ai fait semblant d'être encore inconsciente. Mais j'étais folle de terreur à l'idée qu'ils entendent les battements de mon cœur. Ils se sont éloignés, que pouvais-je faire? Je savais que je ne résisterais pas longtemps à la torture.

»Brusquement, je me suis souvenue de tout ce que j'avais appris sur l'amnésie. Le phénomène m'avait toujours intéressée et j'avais lu des tas de livres sur le sujet. Je connaissais la question sur le bout des doigts. Si je parvenais à les tromper, j'étais sauvée. J'ai fait une prière, j'ai pris ma respiration, puis j'ai ouvert les yeux et j'ai commencé à parler en français. Mrs

Vandemeyer est arrivée derrière le paravent. Son visage exprimait une telle méchanceté que j'ai cru défaillir. Mais j'ai vaguement souri et, en français, je lui ai demandé où je me trouvais. Surprise, elle a appelé l'homme avec lequel elle bavardait. Il se tenait à côté, le visage dans l'ombre. Il m'a répondu en français. Il avait une voix banale, calme. Mais, d'une certaine façon, je ne sais pas pourquoi, il me semblait pire que la femme. J'ai eu l'impression qu'il m'avait percée à jour mais j'ai continué à jouer mon rôle. J'ai demandé une nouvelle fois où j'étais, puis j'ai ajouté qu'il y avait quelque chose dont je devais me souvenir — absolument me souvenir — mais que pour le moment, je ne me rappelais plus rien. J'ai tout fait pour avoir l'air de plus en plus agité. Il m'a demandé mon nom : je lui ai répondu que je ne le savais pas et que je ne me souvenais de rien du tout.

»Alors, il s'est jeté sur mon poignet et a commencé à le tordre. Je hurlais autant que je pouvais en français. Je ne sais pas combien de temps j'aurais pu tenir, mais par bonheur je me suis évanouie au moment où il disait : « Ce n'est pas du bluff. D'ailleurs une gamine de son âge n'en sait pas assez pour jouer cette comédie. » Il ignorait que les jeunes Américaines sont plus mûres pour leur âge que les jeunes filles anglaises et qu'elles ont plus de connaissances dans les sujets scientifiques.

»Quand je suis revenue à moi, Mrs Vandemeyer s'est montrée d'une douceur angélique. Je pense qu'elle avait reçu des ordres dans ce sens. Elle me parlait en français, me disait que j'avais reçu un choc, que j'avais été très malade, mais que bientôt j'irais mieux. J'ai fait semblant d'être hébétée et j'ai ajouté quelque chose au sujet du « médecin » qui m'avait tordu le poignet. En m'écoutant, elle a paru soulagée et elle n'a pas tardé à sortir de la chambre.

»Méfiante, je suis restée étendue pendant quelques minutes. Puis je me suis levée. J'ai fait le tour de la pièce pour l'examiner. Je me disais que même si quelqu'un m'observait, mon attitude semblerait naturelle, compte tenu des circonstances. L'endroit était sale, sordide même. Il n'y avait pas de fenêtre, ce qui me paraissait bizarre. La porte devait être fermée à clé... je n'ai même pas essayé de l'ouvrir. Sur les murs étaient accrochés des vieux sous-verre décrépits représentant des scènes de Faust.

D'une même voix, Tuppence et sir James poussèrent un « ah ! » d'étonnement et la jeune fille hocha la tête :

— Oui, c'était la maison de Soho où Mr Beresford avait été emprisonné.

»Naturellement, à ce moment-là, je ne savais même pas que je me trouvais à Londres. Une chose me préoccupait affreusement, et je fus bien soulagée de voir ma gabardine jetée sur le dossier d'une chaise. Le magazine était toujours dans la poche ! Comment savoir si je n'étais pas surveillée ! J'ai examiné attentivement les murs. Il ne semblait pas y avoir de judas ou de truc de ce genre. Néanmoins, il valait mieux que je m'en assure. Alors, je me suis assise, j'ai posé mes coudes sur la table, et j'ai mis mon visage entre mes mains en sanglotant : « Mon Dieu ! mon Dieu ! » J'ai l'ouïe fine. J'ai entendu distinctement le frou-frou d'une robe ainsi qu'un léger craquement. Voilà qui était suffisant : on m'observait.

»Je me suis rallongée sur le lit et Mrs Vandemeyer est venue m'apporter à souper. Elle était toujours aussi douce. On avait dû lui dire d'essayer de gagner ma confiance. Sans me quitter de ses yeux de lynx, elle m'a montré le paquet recouvert de toile cirée et m'a demandé si je le reconnaissais. Je l'ai pris, l'ai retourné dans tous les sens d'un air embarrassé. Puis j'ai hoché la tête : j'ai dit que j'avais bien conscience que je devais me souvenir de quelque chose. Tout semblait me revenir, puis au dernier moment, tout disparaissait. Alors, elle m'a dit que j'étais sa nièce et que je devais l'appeler tante Rita, ce que je fis docilement. Elle a ajouté que je ne devais pas m'inquiéter et que ma mémoire reviendrait bientôt.

»J'ai passé une nuit horrible. Mais j'avais élaboré un plan. Si jusque-là, le document était en sécurité, je ne pouvais pas prendre le risque de le laisser plus longtemps dans ma poche : à chaque instant, ils pouvaient jeter le magazine. Je suis restée éveillée jusqu'à environ 2 heures du matin. Puis je me suis levée le plus doucement possible, je me suis glissée dans le noir le long du mur de gauche. Sans bruit, j'ai décroché l'un des tableaux — celui qui représente Marguerite avec son coffret à bijoux —, j'ai pris le magazine dans ma gabardine et une ou deux vieilles enveloppes que j'y avais glissées. Puis j'ai été au lavabo, j'ai humidifié les bords du papier brun qui était placé derrière la gravure et j'ai pu ainsi le retirer. J'avais déjà arraché les deux pages collées du magazine et je les ai glissées avec leur précieux contenu entre la gravure et le papier brun. Les bords de l'enveloppe m'ont servi à recoller l'ensemble. Personne ne devinerait jamais qu'on avait bricolé ce tableau. Je l'ai remis au mur, j'ai de nouveau fourré le magazine dans ma poche de gabardine, puis je suis retournée me glisser dans mon lit. J'étais enchantée de ma cachette. Ils ne penseraient jamais à mettre en pièces un de leurs tableaux. Ils en concluraient que Danvers avait transporté un faux message et, à la fin, ils me libéreraient.

»Je crois que c'est ce qu'ils ont tout d'abord pensé, et, d'une certaine manière, c'était dangereux. J'ai appris plus tard qu'ils avaient failli me supprimer tout de suite et qu'il n'y avait plus aucune chance qu'ils me laissent partir. Mais l'homme qui m'avait parlé le premier (le patron) préférait me laisser en vie pour le cas où j'aurais caché le document et serais capable d'indiquer l'endroit — si la mémoire me revenait. Ils m'ont surveillée pendant des semaines. Ils me questionnaient de longues heures d'affilée. Ils connaissaient tous les trucs pour faire parler les gens, mais j'ai réussi à jouer le jeu malgré la tension nerveuse que cela exigeait.

»Ils me ramenèrent en Irlande et nous avons refait toutes les étapes du voyage dans l'hypothèse où j'aurais caché les papiers en route. Mrs Vandemeyer et une autre femme ne me lâchaient pas d'une semelle. Elles disaient à tout le monde que j'étais une jeune parente de Mrs Vandemeyer, dont le cerveau était dérangé depuis le choc subi sur le *Lusitania*. Je ne pouvais pas appeler à l'aide sans éveiller leur attention. Je risquais d'échouer. Et Mrs Vandemeyer paraissait si riche, si élégante, qu'on aurait pris son parti contre le mien. On m'aurait taxée de la maladie de la persécution. Les horribles traitements qu'ils me réservaient seraient encore plus épouvantables s'ils apprenaient que je les avais trompés.

Sir James écoutait ce récit avec une attention pleine de sympathie :

— Mrs Vandemeyer possédait une grande force de caractère. Grâce à cela et à sa position sociale, elle n'aurait eu aucune difficulté à imposer sa version des faits. Vous auriez eu du mal à faire croire que vos révélations sensationnelles avaient le moindre fondement.

— C'est bien ce que je pensais. Finalement, on m'a envoyée dans une maison de santé de Bornemouth. Au début, je ne parvenais pas à savoir si j'en avais vraiment besoin ou si c'était une ruse de leur part. Je bénéficiais d'un traitement spécial : j'avais une infirmière qui semblait si gentille et si honnête que j'avais décidé de me confier à elle. La providence m'a sauvée de justesse. Ma porte était entrouverte et je l'ai entendue parler à quelqu'un dans le couloir. Elle faisait partie de la bande ! Ils soupçonnaient encore que je leur jouais la comédie et son rôle était de s'en assurer. Cela acheva de me démoraliser et je n'osai plus me confier à personne.

»J'étais comme hypnotisée. J'en finis presque par oublier qui j'étais réellement. Je faisais un tel effort pour jouer le rôle de Janet Vandemeyer que mes nerfs ont commencé à me jouer des tours. Je suis tombée vraiment malade et pendant plusieurs mois j'ai sombré dans une sorte de léthargie. Je croyais que j'étais sur le point de mourir et tout me devenait indifférent. On dit qu'une personne normale enfermée dans un asile de fous finit par devenir folle : c'était mon cas. Mon rôle était devenu une seconde nature. Je n'étais même plus malheureuse, je sombrais dans l'apathie. Rien n'avait d'importance et les années passèrent.

»Et puis, tout d'un coup, les choses ont changé. Mrs Vandemeyer arriva de Londres. Le médecin et elle me posèrent des questions, expérimentèrent divers traitements. On parla de m'envoyer chez un spécialiste, à Paris. Finalement, ils n'osèrent pas prendre de risque. J'ai entendu des rumeurs. Il semblait que des gens — des amis — me recherchaient. Plus tard, j'ai appris que l'infirmière qui s'était occupée de moi était allée à Paris, consulter un spécialiste en prenant mon identité. Il lui avait fait passer un certain nombre de tests et lui avait déclaré qu'elle n'était qu'une simulatrice. Mais elle avait retenu ses méthodes et les expérimenta sur moi. Je dois avouer que je n'aurais pas trompé un spécialiste une seconde, mais, une fois de plus, je réussis à les duper. Je ne m'étais plus considérée comme Jane Finn pendant si longtemps que cela me facilitait les choses.

»Une nuit, on me fit partir précipitamment pour Londres et on me ramena dans la maison de Soho. Aussitôt sortie de la clinique, je me sentis différente — comme si quelque chose qui avait été enterré depuis longtemps en moi se réveillait. On m'envoya faire le service dans la chambre où Mr Beresford était prisonnier. Naturellement, à ce moment-là, je ne connaissais pas son nom. Je me méfiais. Je pensais qu'il s'agissait d'un nouveau piège, mais il semblait si honnête que j'avais du mal à le croire. Quoi qu'il en soit, je décidai de rester prudente dans tout ce que je disais parce que je savais que nous pouvions être entendus : il y avait un petit trou dans un des murs.

»Le dimanche après-midi, on apporta un message qui troubla profondément tout le monde. Je les écoutais à leur insu : on leur avait donné l'ordre de tuer le jeune homme. Je n'ai pas besoin de vous raconter la suite, vous la connaissez. Je pensais avoir le temps de monter à toute vitesse, de sortir le document de sa cachette mais ils m'ont rattrapée. Alors, pendant qu'il s'enfuyait, j'ai crié que je voulais retourner chez Marguerite. J'ai crié ce nom trois fois. Les autres allaient penser que je parlais de Mrs Vandemeyer tandis que pour Mr Beresford, cela évoquerait peut-être le tableau. Le premier jour, il en avait décroché un, c'est pourquoi je me demandais si je pouvais lui faire confiance.

— Donc, demanda lentement sir James, le document est dans cette pièce, derrière le tableau ?

Après un signe d'acquiescement, la jeune fille était retombée sur le divan, épuisée par son long récit. Sir James se leva et regarda sa montre :

— Venez, dit-il, nous devons y aller tout de suite.

— Cette nuit ? demanda Tuppence, surprise.

— Demain, il sera peut-être trop tard. En outre, en y allant cette nuit, nous avons une chance de capturer cet homme exceptionnel, ce super-criminel — Mr Brown.

Il y eut un profond silence puis sir James reprit :

— Vous avez été suivies jusqu'ici, cela ne fait aucun doute. Quand nous quitterons la maison, nous serons de nouveau suivis, mais on ne nous fera pas de mal car le plan de Mr Brown consiste à se laisser guider par nous. Or, la maison de Soho est sous surveillance de la police nuit et jour : plusieurs hommes y sont en faction. Quand nous y entrerons, Mr Brown risquera le tout pour le tout dans l'espoir de recueillir l'étincelle qui mettra le feu au pays. D'ailleurs, il imagine que le risque est limité puisqu'il portera le masque d'un ami.

— Mais il y a une chose que vous ignorez... que nous ne vous avons pas dite, dit Tuppence en rougissant et en regardant Jane.

— Qu'y a-t-il ? demanda sir James avec une certaine brusquerie. Pas d'hésitations, miss Tuppence, nous devons agir en toute sincérité.

Mais pour une fois la jeune fille semblait muette :

— C'est tellement difficile, vous comprenez, et si je me trompe, ce serait affreux.

Elle fit une grimace en désignant Jane qui reposait les yeux mi-clos.

— Elle ne me le pardonnerait jamais, ajouta-t-elle, énigmatique.

— Vous voulez que je formule les choses à votre place ?

— Oui. Je vous en prie. Vous savez qui est Mr Brown, n'est-ce pas ?

— Oui, répondit sir James. Enfin, je le sais.

— Enfin ? demanda Tuppence, sceptique. Oh ! mais je pensais que...

— Vous avez vu juste, miss Tuppence. Je suis convaincu de son identité depuis un certain temps — depuis que Mrs Vandemeyer a si mystérieusement trouvé la mort.

— Ah ! souffla Tuppence.

— À partir de là, nous devons considérer la logique des faits. Il n'y a que deux solutions : ou bien elle s'est elle-même administré le chloral — théorie que je rejette entièrement, ou bien...

— Oui ?

— Ou alors le chloral lui a été administré dans le cognac que vous lui avez servi. Seules trois personnes ont eu ce verre de cognac entre les mains : vous, moi, et un autre... Mr Julius Hersheimmer...

Jane Finn s'agita, s'assit et regarda sir James avec de grands yeux étonnés.

— Au début, la chose paraissait totalement impossible. Mr Hersheimmer, fils d'un millionnaire en vue, était un Américain connu. Il semblait impossible que Hersheimmer et Brown ne fassent qu'un. Mais on n'échappe pas à la logique des faits. Puisque telle était la situation, il fallait l'accepter. Souvenez-vous de l'agitation aussi soudaine qu'inexplicable de Mrs Vandemeyer. C'était une nouvelle preuve, si besoin en était. Plus tard, j'ai cru bon de faire une allusion à votre intention. Grâce à quelques mots prononcés par Mr Hersheimmer à Manchester, j'en ai déduit que vous aviez compris et agi en conséquence. Dès lors, je me suis efforcé de démontrer que l'impossible était possible. Mr Beresford m'a téléphoné et m'a dit — ce que je soupçonnais déjà — que la photo de miss Jane Finn n'avait jamais cessé d'être en possession de Mr Hersheimmer.

Mais la jeune fille l'interrompit. Se levant d'un bond, elle s'écria :

— Que voulez-vous dire ? Qu'essayez-vous de nous faire croire ? Que Mr Brown est Julius ? Julius, mon cousin ?

— Non, miss Finn, l'interrompit sir James, contre toute attente. Ce n'est pas votre cousin. L'homme qui se fait appeler Julius Hersheimmer ne vous est nullement apparenté.

26

MR BROWN

Cette déclaration fit l'effet d'une bombe. Pétrifiées, les deux jeunes filles se regardèrent. Le juriste prit sur son bureau une coupure de journal qu'il tendit à Jane. Tuppence lut par-dessus son épaule un fait divers que Carter connaissait et qui relatait la mort mystérieuse d'un homme, à New York.

— Comme je le disais à miss Tuppence, reprit l'homme de loi, je me suis efforcé de prouver que l'impossible était possible. La pierre d'achoppement était le fait indéniable que Julius Hersheimmer ne pouvait être un faux nom. Quand je suis tombé sur ce fait divers, mon problème a été résolu. Julius Hersheimmer avait décidé de savoir ce qu'était devenue sa cousine. Il partit dans l'Ouest où il retrouva sa trace et mit la main sur une photo d'elle qui l'aida dans ses recherches. La veille de son départ de New York, il fut agressé et assassiné. Son cadavre fut habillé de vieux vêtements et on le défigura pour empêcher toute possibilité d'identification. Mr Brown prit sa place et s'embarqua le soir même pour l'Angleterre. Aucune relation, aucun intime du vrai Hersheimmer ne le vit avant son départ. D'ailleurs, même s'ils l'avaient vu, cela n'aurait eu que peu d'importance, tant il l'imitait à la perfection. Depuis, il a travaillé main dans la main avec ceux qui étaient acharnés à sa propre perte. Il avait découvert tous leurs secrets. Une seule fois, il a frôlé le désastre. Mrs Vandemeyer connaissait son secret. Il ne faisait pas partie de ses plans qu'une aussi forte somme d'argent soit offerte à cette femme. Sans l'heureux changement de tactique de miss Tuppence, elle aurait quitté son appartement avant que nous n'arrivions. La crainte d'être trahi le bouleversa : il commit un acte désespéré, croyant que sur sa bonne mine, on ne le soupçonnerait pas. Il faillit réussir...

— Je ne peux y croire, murmura Jane. Il avait l'air d'un si chic type.

— Le vrai Julius Hersheimmer était un type formidable et Mr Brown est un acteur consommé. Mais demandez donc à miss Tuppence si elle n'a pas eu elle aussi des soupçons.

Sans un mot, Jane se tourna vers Tuppence.

— Je ne voulais pas vous le dire. Je savais que cela vous ferait de la peine. Et après tout, je n'étais sûre de rien. Si c'est bien lui Mr Brown, je ne comprends toujours pas pourquoi il nous a aidées à fuir.

— Est-ce que c'est bien Julius Hersheimmer qui vous a aidées à vous échapper?

Tuppence raconta brièvement les événements de la soirée qui n'expliquaient en aucune façon le comportement de Julius.

— Vous ne comprenez pas? Eh bien moi, si. Le jeune Beresford aussi, à en juger par ce qu'il a fait. En dernier recours, il fallait laisser Jane Finn s'échapper. Et sa fuite devait être organisée de telle manière qu'elle ne soupçonne pas que c'était un coup monté. C'est pourquoi ils n'empêchèrent pas le jeune Beresford de rôder dans les parages et même de communiquer avec vous. Ils l'auraient supprimé au bon moment. C'est alors que surgit Julius Hersheimmer qui, chevaleresque comme un héros de roman de cape et d'épée, vous enlève. Des balles sifflent mais ne touchent personne. Que serait-il arrivé ensuite? Vous seriez allées directement à la maison de Soho pour mettre en sécurité le document que Jane Finn aurait probablement confié à son cousin. Ou bien, s'il était entré le premier, il aurait prétendu que la cachette avait déjà été visitée. Il aurait eu toutes sortes de possibilités de se sortir de cette situation, et le résultat aurait été le même. Puis je crois qu'il vous serait arrivé un accident à toutes les deux. Voyez-vous, vous en saviez trop. Ce n'était pas bon pour vous. J'admets qu'il m'a eu. Mais quelqu'un ne s'est pas laissé rouler !

— Tommy ? demanda Tuppence à voix basse.

— Oui. Au moment où ses adversaires allaient se débarrasser de lui, il s'est montré le plus malin. Cependant, je ne suis pas très rassuré sur son sort.

— Pourquoi ?

— Parce que Julius Hersheimmer est Mr Brown, répliqua sèchement sir James, et il faut plus qu'un homme armé d'un revolver pour tenir tête à Mr Brown.

— Que pouvons-nous faire ? demanda Tuppence, très pâle.

— Rien avant de nous être rendus dans la maison de Soho. Si Beresford a gardé le dessus, nous n'avons rien à craindre. Sinon, notre ennemi tombera sur nous... et il ne nous trouvera pas les mains vides !

Il prit dans un des tiroirs de son bureau un revolver qu'il mit dans la poche de son pardessus.

— Nous sommes prêts. Miss Tuppence, inutile de suggérer que nous pourrions y aller sans vous.

— Tout à fait inutile, en effet.

— En revanche, je suggère que miss Finn reste ici. Elle y sera en sécurité. Et je la crois beaucoup trop épuisée par toutes les épreuves qu'elle a traversées.

Mais, à la surprise de Tuppence, Jane refusa :

— Non. Je vous accompagne. C'est à moi qu'on avait confié ce document et je dois accomplir ma mission jusqu'au bout. D'ailleurs je me sens beaucoup mieux.

On avança la voiture de sir James. Durant le trajet, le cœur de Tuppence battit à tout rompre. En dépit de l'inquiétude que, par moments, lui inspirait le sort de Tommy, elle éprouvait une sorte d'exaltation. Enfin ils touchaient au but !

La voiture s'arrêta à l'angle du square et ils en descendirent. Sir James s'approcha du policier en civil qui montait la garde et lui adressa quelques mots avant de rejoindre les deux jeunes filles.

— Personne n'est entré dans la maison. C'est d'autant plus certain que l'autre façade est également surveillée. Quiconque essayerait d'entrer derrière nous serait arrêté sur-le-champ. Nous y allons ?

Un policier leur tendit la clé. Tout le monde connaissait sir James. Ils avaient en outre reçu des ordres au sujet de Tuppence. Seule Jane Finn leur était totalement inconnue. Tous trois pénétrèrent dans la maison et refermèrent la porte derrière eux. Ils montèrent lentement l'escalier aux marches usées. Sur le palier, ils découvrirent le rideau en lambeaux qui cachait le renfoncement où s'était dissimulé Tommy. Tuppence avait entendu raconter cet épisode par Jane qu'elle croyait alors être « Annette ». Maintenant encore, elle aurait juré que ce rideau bougeait comme s'il y avait quelqu'un derrière. L'illusion était si forte qu'elle crut presque entrevoir une silhouette... Et si Mr Brown — Julius — était là, à guetter ?

C'était impossible, naturellement. Et pourtant elle faillit retourner sur ses pas pour vérifier.

Ils entrèrent dans la pièce qui avait servi de prison. Là, au moins, il n'y avait aucun endroit où se cacher, songea Tuppence avec un soupir de soulagement et tout en se gourmandant intérieurement. Il ne fallait pas qu'elle se laisse emporter par son imagination... Elle devait réprimer cette impression aussi curieuse qu'insistante : « et si Mr Brown se trouvait dans la maison ? » Qu'est-ce que c'était ? Un bruit de pas furtif dans l'escalier ? Il y avait quelqu'un dans la maison ! Grotesque ! Elle devenait hystérique !

Jane était allée droit au tableau représentant Marguerite et son coffret à bijoux et le décrocha sans hésiter. Il était couvert d'une épaisse couche de poussière et plein de toiles d'araignée. À l'aide du canif que lui tendit sir James, elle arracha le papier brun collé au dos du tableau. Les pages du magazine tombèrent à terre et Jane les ramassa. Séparant les bords collés, elle extirpa les deux minces feuillets couverts d'une fine écriture. Cette fois-ci ce n'était pas un faux mais le bon document !

— Enfin ! déclara Tuppence... Nous l'avons !

Ce fut un moment chargé d'émotion. Oubliés les craquements légers, les bruits imaginaires ! Tous trois n'avaient d'yeux que pour les papiers que Jane tenait entre ses mains. Sir James les prit et les examina.

— Oui, déclara-t-il. C'est bien ce maudit projet de traité !

— Nous avons réussi, dit Tuppence d'une voix qui trahissait une sorte de crainte mêlée d'incrédulité.

— Réussi, répéta sir James en repliant soigneusement le document et en le plaçant dans un carnet qu'il sortit de sa poche tandis qu'il jetait un coup d'œil circulaire sur la pièce sordide. C'est bien là que votre jeune ami a été emprisonné si longtemps, n'est-ce pas ? C'est vraiment un endroit sinistre. Vous avez remarqué l'absence de fenêtre et l'épaisseur de la porte. Quoi qu'il puisse se passer ici, personne n'en saurait jamais rien.

Tuppence frissonna : ces mots éveillaient en elle une étrange frayeur. Et si quelqu'un se cachait vraiment dans cette maison ? Quelqu'un qui, par exemple, refermerait cette porte sur eux et les laisserait mourir comme des rats dans une souricière ? Puis elle comprit l'absurdité de ses craintes. La maison était gardée par la police qui, s'ils tardaient à reparaître, n'hésiterait pas à enfoncer la porte et à faire des recherches. Elle sourit de sa propre sottise puis, levant brusquement les yeux, elle surprit le regard de sir James.

— Bien vu, miss Tuppence. Vous flairez le danger. Moi aussi. Miss Finn également.

— C'est vrai, avoua Jane. C'est absurde, mais c'est plus fort que moi.

— Vous sentez... comme nous le sentons tous... *la présence de Mr Brown*, n'est-ce pas ?

C'est un document, une preuve qui se retournera contre moi. Mais je n'ai jamais hésité à prendre des risques. Et je ressens un indicible besoin de m'exprimer... C'est sur mon cadavre que l'on trouvera ce carnet...

... Je n'étais encore qu'un enfant quand j'ai compris que je possédais des dons exceptionnels. Seuls les sots se sous-estiment. Mon intelligence se situait bien au-dessus de la moyenne. J'étais né pour réussir mais mon physique jouait contre moi : insignifiant, banal, quelconque au dernier degré...

... Adolescent, j'assistai au procès d'un assassin célèbre. Je fus profondément impressionné par l'éloquence de son défenseur. C'est alors que j'ai envisagé d'exercer mes talents dans ce milieu si particulier... Puis j'ai observé le comportement du criminel... Cet homme était stupide, incroyablement stupide, et l'éloquence de son avocat avait peu de chances de le sauver... J'ai éprouvé pour lui un incommensurable mépris... Alors il m'est venu à l'esprit que le niveau des criminels, en général, était très bas. C'étaient des ratés, les déclassés, les rebuts de la société qui s'adonnaient au crime... Étonnant, non, que les hommes intelligents n'aient jamais compris les extraordinaires possibilités qui s'offraient à eux dans cette voie ! Je me suis mis à jouer avec cette idée... Quel magnifique champ d'activité ! Sans aucune limite ! J'en avais le vertige...

... Je lus tous les ouvrages classiques sur le crime et les criminels. Ils me confirmèrent dans mon opinion : dégénérescence, maladie — jamais plan de carrière d'un homme avisé. J'ai alors réfléchi. Supposons que mes plus grandes ambitions se concrétisent — que je devienne le meilleur avocat, que je m'occupe de politique et que je devienne, pourquoi pas, Premier Ministre ? Et après ? Était-ce cela le pouvoir ? Être entravé dans chacun de mes mouvements par mes collègues, lié par le système démocratique dont je ne serais jamais que la figure de proue. Non le pouvoir dont je rêvais était un pouvoir absolu. Devenir un autocrate,

Tuppence eut un mouvement de recul.

— Oui, reprit sir James. Il n'y a plus de doute... *Mr Brown est bien ici...*

— Dans la maison ?

— Dans cette pièce... Vous n'avez pas encore compris ? *Je suis Mr Brown...*

Pétrifiées, n'en croyant pas leurs oreilles, les deux jeunes filles le dévisagèrent. Ses traits même avaient changé. Elles avaient en face d'elles un homme différent, qui arborait un sourire cruel :

— Ni l'une ni l'autre, vous ne quitterez cette pièce vivantes. Vous venez de dire que nous avons réussi ! *J'ai* réussi ! Ce projet de traité est à moi ! (Il regarda Tuppence et son sourire s'épanouit.) Voulez-vous que je vous dise comment les choses vont se dérouler ? Tôt ou tard, la police fera irruption dans la pièce pour y découvrir les trois victimes de Mr Brown. Trois, non deux, vous saisissez ? Mais heureusement, la troisième ne sera pas morte, elle sera seulement blessée et elle pourra décrire l'attaque avec une grande profusion de détails. Le traité ? Aux mains de Mr Brown, bien sûr ! Personne n'aura l'idée d'aller le chercher dans les poches de sir James Peel Edgerton ! (Puis se tournant vers Jane :) Vous vous êtes montrée plus maligne que je ne le pensais. Je vous en félicite. Mais vous ne recommencerez plus.

C'est alors qu'il y eut un léger bruit derrière lui. Mais, grisé par son succès, il ne tourna pas la tête. Il plongea la main dans sa poche et leva lentement son automatique :

— Échec aux Jeunes Aventuriers !

Mais comme il accomplissait ce geste, une poigne de fer le saisit par-derrière. On lui arracha son revolver et une voix traînante déclara :

— Nous vous prenons la main dans le sac avec le butin !

Le célèbre avocat devint tout rouge mais il fit

preuve d'un remarquable sang-froid en regardant à tour de rôle Julius et Tommy.

— Vous, Tommy ! murmura-t-il. Vous ! J'aurais dû m'en douter.

Voyant qu'il n'offrait aucune résistance, ils relâchèrent leur étreinte. Rapide comme l'éclair, il porta à sa bouche sa main gauche, celle qu'ornait une chevalière.

— *Ave Cesar, qui morituri te salutant*, dit-il en regardant fixement Tommy.

Puis ses traits s'altérèrent et, dans un frémissement convulsif, il s'écroula tandis qu'une odeur d'amandes amères envahissait la pièce.

27

UN SOUPER AU *SAVOY*

Le souper offert par Mr Julius Hersheimmer à quelques-uns de ses amis, le 30, restera longtemps dans les annales des fournisseurs. Il se déroula dans un salon particulier. Les ordres de Mr Hersheimmer étaient clairs et précis : il avait donné carte blanche au maître d'hôtel, et quand un millionnaire donne carte blanche, il est généralement bien servi ! Les tables regorgeaient de ce que chaque saison de l'année peut offrir de plus délicat. Les garçons, avec leurs grands crus millésimés, se suivaient en un cortège solennel. La décoration florale défiait les saisons et tous les fruits de la terre — qu'on cueille au printemps ou à l'automne — se trouvaient réunis. La liste des invités était courte mais choisie avec soin : l'ambassadeur des États-Unis, Mr Carter qui avait pris la liberté d'amener avec lui un de ses vieux amis, sir William Beresford, le pasteur Cowley, le Dr Hall, les deux

Jeunes Aventuriers — miss Prudence Cowley et Tommy Beresford — et enfin et surtout miss Jane Finn. Julius s'était employé à faire de sa présence le clou de la soirée. Le matin même, un coup discret avait été frappé à la porte de l'appartement que Tuppence partageait avec la jeune fille : c'était Julius, un chèque dans la main.

— Dites-moi, Tuppence, vous voudriez bien me rendre un petit service ? Prenez ça et débrouillez-vous pour que Jane soit sur son trente et un ce soir : vous venez tous dîner au *Savoy* avec moi. D'accord ? Et ne regardez pas à la dépense, hein ?

— Compris, compris. Nous allons nous amuser comme des folles. Ce sera un plaisir d'habiller Jane. C'est la plus charmante fille que j'aie jamais rencontrée.

— C'est ce que je pense aussi, déclara Hersheimmer avec une sorte de ferveur dans la voix.

Tuppence ne manqua pas de la remarquer et de s'en amuser.

— À propos, Julius, ajouta-t-elle, impassible, je ne vous ai toujours pas donné ma réponse.

— Votre réponse ? dit-il en devenant tout pâle.

— Vous vous souvenez... quand vous m'avez demandé de vous épouser..., balbutia Tuppence, les yeux baissés à la manière des jeunes héroïnes de l'époque victorienne, et que vous ne vouliez pas d'un refus. J'ai réfléchi, depuis...

— Oui ? dit Julius.

Comme la sueur perlait à son front, Tuppence se laissa attendrir :

— Vous n'êtes qu'un grand nigaud ! Quelle mouche vous avait piqué pour me parler ainsi ? Je voyais bien que vous n'éprouviez pas une once de sentiment pour moi.

— C'est faux. J'avais et j'ai toujours la plus grande estime, le plus profond respect et la plus vive admiration pour vous.

— Hum..., déclara Tuppence. C'est bien là le genre de sentiments qui fondent comme neige au soleil quand on en éprouve d'autres. Vous ne croyez pas, mon vieux ?

— Je ne vois pas de quoi vous voulez parler, déclara Julius d'un air pincé mais en devenant rouge comme une tomate.

— Mon œil ! répliqua Tuppence. (Elle éclata de rire puis, faisant mine de fermer la porte, elle ajouta de son ton le plus digne :) Moralement, je considérerai toujours que j'ai été abandonnée.

— Qui était-ce ? demanda Jane.

— Julius.

— Que voulait-il ?

— En fait, je pense qu'il voulait vous voir. Mais je ne le lui ai pas permis. Pas jusqu'à ce soir... Ce soir où vous allez être plus éblouissante qu'une princesse des Mille et Une Nuits. Allez, venez, nous-allons-faire-des-courses ! ! !

Pour la plupart des gens, le 29, le grand jour de grève générale, tant annoncé, s'était déroulé comme tous les autres jours. Il y avait eu des discours à Hyde Park et à Trafalgar Square. Des défilés clairsemés s'étaient formés çà et là. Les plus hardis avaient entonné des chansons partisanes en déambulant dans les rues sans grande conviction. Les journaux, qui avaient annoncé une grève générale et le début d'une ère de terreur, furent contraints d'avouer qu'ils s'étaient montrés un peu trop hâtifs. Les plus culottés et les plus rusés d'entre eux tentèrent de prouver que la paix avait été préservée grâce à eux. Dans la presse du dimanche, on annonça la disparition soudaine du célèbre avocat sir James Peel Edgerton. L'édition du lundi retraça la brillante carrière du défunt. La manière exacte dont il avait trouvé la mort ne fut jamais révélée au public.

Tommy avait vu juste : toute l'affaire ne reposait que sur un seul homme. Privée de son chef, l'organisation avait cessé d'exister. Fuyant l'Angleterre dès le samedi matin, Kraménine avait regagné son pays. La bande, saisie de panique, avait abandonné Astley Priors, laissant derrière elle, dans sa hâte, toutes sortes de documents qui la compromettaient définitivement. Grâce à ces preuves laissées par les conspirateurs, grâce aussi à un petit journal de bord trouvé dans la poche du mort et qui contenait un plan aussi complet que lumineux de tout le complot, le gouvernement avait tenu une session d'urgence. Les leaders travaillistes durent admettre qu'ils avaient été les dindons de la farce. Le gouvernement fit certaines concessions qui furent acceptées avec empressement. Ce ne serait pas la guerre mais la paix !

Mais au Ministère, on savait pertinemment que l'on avait échappé de justesse au désastre. Carter gardait, gravée dans sa mémoire, l'étrange scène qui s'était déroulée la veille dans la maison de Soho. Il était entré dans une pièce sordide pour y découvrir un grand homme, un ami de longue date, mort, coupable de son propre aveu. Dans sa poche, il avait trouvé le fatal projet de traité et, sur-le-champ, en présence des trois autres témoins, l'avait réduit en un petit tas de cendres. L'Angleterre était sauvée !

Et maintenant, en cette soirée du 30, dans le salon particulier du *Savoy*, Mr Julius Hersheimmer recevait ses invités. Carter arriva le premier, accompagné d'un monsieur d'un certain âge, type même de l'homme irascible. Tommy, tout rougissant, s'approcha de lui.

— Ah ! s'exclama le vieil homme, prêt à exploser, c'est vous mon neveu ? Rien à dire, il paraît que vous avez fait du bon travail. Votre mère a dû vous élever comme il faut, après tout ! Le passé est le passé, hein ? Vous êtes mon héritier, n'est-ce pas ? À l'avenir, je me propose de vous verser une rente. Et vous pouvez considérer Chalmers Park comme votre maison.

— Merci, monsieur, c'est vraiment très, très... chic de votre part.

— Où est cette jeune personne dont on m'a tant parlé ?

Tommy présenta Tuppence.

— Hé, hé ! s'exclama sir William, en la détaillant. Les jeunes filles ne sont plus ce qu'elles étaient de mon temps !

— Mais si, répliqua Tuppence. Leurs vêtements sont peut-être différents mais elles sont restées les mêmes.

— Oui, vous avez peut-être raison. Friponnes elles étaient, friponnes elles demeurent !

— C'est vrai, acquiesça Tuppence. Moi-même, je suis terriblement friponne.

— Cela ne m'étonne pas, déclara le vieil homme en gloussant et en tirant l'oreille de Tuppence dans un élan de bonne humeur.

La plupart des jeunes femmes étaient terrifiées par cet« ours mal léché », comme elles le surnommaient. Mais l'effronterie de Tuppence enchanta le vieux misogyne.

Ensuite, arriva le pasteur, quelque peu effarouché par la brillante compagnie au sein de laquelle il se trouvait. Tout heureux que sa fille se fût ainsi distinguée, il ne pouvait s'empêcher toutefois de la regarder de temps en temps avec une certaine appréhension. Mais Tuppence se comportait parfaitement bien. Elle ne croisa pas une seule fois les jambes, tint plus ou moins sa langue et refusa net toutes les cigarettes qu'on lui offrit.

Puis vint le Dr Hall, suivi de l'ambassadeur des États-Unis.

— Prenons place, proposa Julius après avoir fait les présentations. Tuppence, si vous voulez bien...

D'un geste, il lui indiqua la place d'honneur.

Mais Tuppence refusa :

— Non, c'est la place de Jane ! Quand on pense à

tout ce qu'elle a enduré pendant toutes ces années, quoi de plus naturel qu'elle soit la reine de la soirée !

Julius lui jeta un regard reconnaissant et Jane s'avança timidement vers la place d'honneur. Elle avait toujours été jolie, mais maintenant, habillée avec élégance, elle était ravissante. Tuppence avait remarquablement joué son rôle. La robe haute couture de Jane s'intitulait « Lys tigré ». Ce n'était qu'ors, rouges, bruns, mettant en valeur la blancheur de sa gorge tandis que la masse de ses cheveux encadrait son charmant visage. Tous la regardaient avec admiration.

Bientôt la fête battit son plein et Tommy fut sommé par toute la compagnie de fournir une explication complète de l'affaire.

— Vous avez été fichtrement discret tout au long de cette affaire, déclara Julius sur un ton de reproche. Vous m'avez fait croire que vous partiez pour l'Argentine... et je pense que vous aviez de bonnes raisons de le faire. Mais l'idée que Tuppence et vous m'ayez pris pour Mr Brown me rend fou.

— Ce n'était pas leur idée, précisa Carter. On la leur a inculquée et le poison leur a été inoculé très subtilement par un maître de la persuasion. L'article du journal new-yorkais lui a inspiré un plan qui a failli vous être fatal.

— Je n'ai jamais pu l'encaisser, avoua Julius. Dès le premier instant, j'ai senti qu'il y avait en lui quelque chose de mauvais. Et j'ai toujours soupçonné que c'était lui qui avait définitivement réduit Mrs Vandemeyer au silence. Mais c'est seulement quand j'ai su que l'ordre d'exécuter Tommy avait immédiatement suivi notre visite chez lui, ce fameux dimanche, que j'ai vraiment compris : c'était lui le grand patron.

— Dire que je ne l'ai pas soupçonné un instant ! se lamenta Tuppence. J'ai toujours pensé que j'étais beaucoup plus intelligente que Tommy mais il est indéniable qu'il m'a battue, là, à plates coutures.

Julius était bien d'accord :

— C'est Tommy qui nous a tirés de ce mauvais pas ! Au lieu de rester muet comme une carpe et rouge comme une pivoine, qu'il nous raconte tout.

— Il n'y a pas grand-chose à raconter, commença Tommy, très mal à l'aise. Je me suis comporté comme une andouille jusqu'à ce que je découvre la photo d'Annette et que je comprenne qu'elle et Jane Finn ne faisaient qu'un. À ce moment-là, je me suis souvenu de l'insistance avec laquelle elle avait crié « Marguerite » à plusieurs reprises. Sur quoi j'ai repensé aux tableaux, et voilà, c'est tout. Alors, du coup, j'ai repassé toute l'affaire dans ma tête pour découvrir à quel moment je m'étais comporté comme le dernier des imbéciles.

— Allez, continuez, l'encouragea Carter comme Tommy faisait mine, une fois de plus, de se réfugier dans le silence.

— Toute cette affaire Vandemeyer me tracassait depuis que Julius m'en avait parlé. À première vue, c'était sir James ou lui qui avait fait le coup. Et je ne savais pas lequel des deux. Comme j'avais découvert cette photo dans le tiroir et que d'après Julius l'inspecteur Brown la lui avait prise, c'est lui que j'ai soupçonné. Puis je me suis souvenu que c'était sir James qui avait découvert la fausse Jane Finn. Comme je ne parvenais pas à me décider sur la culpabilité de l'un ou de l'autre, j'ai choisi de ne prendre aucun risque. J'ai laissé un mot à Julius — pour le cas où il aurait été Mr Brown —, lui précisant que je partais pour l'Argentine et j'ai laissé traîner, à côté de son bureau, la lettre de sir James me proposant un travail là-bas, pour qu'il soit sûr qu'il ne s'agissait pas d'une feinte. Puis j'ai écrit à Mr Carter et téléphoné à sir James. Le mieux était de mettre ce dernier dans la confidence. Aussi lui ai-je tout dit sans toutefois lui parler de l'endroit où je pensais que le document était caché. La manière dont il m'a aidé à retrouver la trace de Tuppence et d'Annette m'a un peu désarmé, mais pas trop. Je les avais tous les deux à l'œil. C'est alors que j'ai reçu le mot truqué de Tuppence et là, j'ai tout compris.

— Mais comment ?

Tommy sortit de sa poche le mot en question et le fit circuler tout autour de la table.

— Bien sûr, c'est son écriture. Mais à la signature j'ai vu que ce n'était pas elle qui avait écrit ce mot. Elle n'a jamais orthographié son surnom « Tupence » mais quelqu'un qui ne le savait pas aurait pu croire qu'elle ne mettait qu'un « p » au lieu de deux. Julius *avait déjà vu* la signature de Tuppence — il m'a montré un mot qu'elle lui avait envoyé — *mais sir James*, non. Dès lors, tout devenait simple comme bonjour. Je me suis empressé d'envoyer Albert chez Mr Carter. J'ai fait mine de partir, puis je suis revenu. Quand Julius est arrivé en trombe avec sa voiture, j'ai compris que ce n'était pas prévu au plan de Mr Brown et qu'il y aurait du grabuge. À moins que sir James ne soit pris en flagrant délit, pour ainsi dire, je savais que Mr Carter ne le croirait jamais coupable sur ma parole.

— C'est vrai, dut reconnaître Carter.

— C'est pourquoi j'ai envoyé les filles chez sir James. J'étais sûr que tôt ou tard ils iraient dans la maison de Soho. Si j'ai menacé Julius avec le revolver, c'est parce que je voulais que Tuppence le répète à sir James et qu'il ne s'occupe plus de nous.

»Dès que les filles sont parties, j'ai demandé à Julius de foncer à Londres et, en route, je lui ai raconté toute l'histoire. Nous sommes arrivés à temps à la maison de Soho et y avons retrouvé Mr Carter. Après l'avoir mis au courant de la situation, nous sommes entrés dans la maison et nous nous sommes cachés dans le renfoncement derrière le rideau. Il avait donné l'ordre aux agents de déclarer à quiconque les interrogerait qu'il n'y avait personne dans la maison. Voilà. Cette fois, c'est tout.

Tommy s'arrêta à bout de souffle et il y eut un silence.

— À propos, déclara Julius, pour la photo de Jane, vous vous trompez tous. On me l'avait bien prise et je l'ai retrouvée !

— Où ça ? s'écria Tuppence.

— Dans le petit coffre encastré dans le mur de la chambre de Mrs Vandemeyer.

— Je savais bien que vous aviez trouvé quelque chose, déclara Tuppence sur un ton de reproche. Pour être franche, c'est à partir de là que j'ai commencé à vous soupçonner. Pourquoi n'avez-vous rien dit ?

— J'avais certains soupçons, moi aussi. La photo m'avait été enlevée une fois et j'étais bien décidé à ne pas m'en séparer avant qu'un photographe ne m'ait fait une douzaine de copies !

— Nous avons tous dissimulé quelque chose, ajouta pensivement Tuppence. J'imagine que c'est le fait de travailler pour les services secrets !

Rompant le silence qui s'était de nouveau installé, Carter sortit de sa poche un petit carnet à la couverture usée.

— Beresford vient de dire que je n'aurais jamais cru sir James Peel Edgerton coupable avant de le prendre en flagrant délit. C'est vrai, et encore je n'aurais peut-être même pas cru à sa culpabilité si je n'avais pas lu les déclarations contenues dans ce petit journal de bord. Ce carnet va être remis à Scotland Yard mais son contenu ne sera jamais révélé au public. La carrière juridique de sir James rend la chose impossible. Mais pour vous qui connaissez la vérité, je vais lire certains passages qui éclaireront l'extraordinaire cheminement de ce grand homme.

Ouvrant le carnet, il se mit à le feuilleter.

... *C'est une folie de conserver ce carnet. Je le sais.*

un dictateur ! Mais un tel pouvoir ne pouvait être exercé qu'en marge de la loi. Exploiter la faiblesse de la nature humaine puis celle des nations — mettre sur pied et contrôler une vaste organisation pour finalement renverser l'ordre établi et gouverner ! Cette idée m'enivrait...

... Je compris qu'il me fallait mener deux vies parallèles. Un homme comme moi est appelé à se faire remarquer. Je devais avoir une carrière brillante qui masquerait mes activités réelles... Je devais me composer une personnalité. Je modelai mon attitude sur celle d'avocats célèbres, imitant leurs manières avec ce qu'elles comportaient de spécifique, cultivant leur magnétisme. Si j'avais choisi de devenir acteur, je serais devenu le plus grand ! Pas de costumes, pas de maquillages, pas de fausses barbes, mais une personnalité ! Quand je quittais cette personnalité d'emprunt, je redevenais moi-même, un homme tranquille, effacé, un homme comme tant d'autres. Je me faisais appeler Mr Brown. Il y a des centaines d'hommes qui s'appellent Mr Brown... il y a des centaines d'hommes qui me ressemblent...

... Je réussis dans ma fausse carrière. J'étais né pour le succès. Je réussirais dans l'autre aussi. Un homme comme moi ne connaît pas l'échec...

... J'ai lu une vie de Napoléon. Nous avons beaucoup de points communs...

... Je défends des criminels. Un homme se doit de s'occuper des gens de son milieu...

... À une ou deux reprises, j'ai eu peur. La première fois, c'était en Italie, au cours d'un dîner auquel assistait le Pr D., le célèbre aliéniste. On parla de la folie et il déclara : « Beaucoup d'hommes sont fous sans que personne ne le sache. Eux-mêmes l'ignorent. » Je n'ai pas compris pourquoi il me regardait d'une manière étrange en prononçant cette phrase. Je n'ai pas aimé cela...

... La guerre a dérangé mes plans... Je pensais au

contraire qu'elle les favoriserait. Les Allemands sont si efficaces ! Ce sont également d'excellents espions. Les rues regorgent de ces garçons en kaki. Des garçons stupides à la tête vide... Et cependant... ils ont gagné la guerre... Cela m'inquiète...

... Mes affaires vont bien. Une fille nous est arrivée... Je ne pense pas qu'elle soit réellement au courant de quoi que ce soit. Mais nous devons abandonner les Verreries de l'Esthonie. Ne prenons pas de risques.

... Tout va bien. Cette perte de la mémoire me contrarie. Il n'est pas possible que ce soit du trucage. Aucune fille ne parviendrait à me bluffer, moi.

... Le 29, c'est bientôt...

— Je ne vais pas vous lire en détail le coup qu'il avait monté, dit Carter. Mais il y a juste deux petits paragraphes qui se rapportent à vous trois. Compte tenu de ce qui est arrivé, ces lignes ne manquent pas de sel.

... En suggérant à la petite de venir me voir de son plein gré, je suis parvenu à la désarmer. Mais elle a des éclairs d'intuition qui peuvent être dangereux... Il faudra se débarrasser d'elle...

... Je ne peux rien faire avec l'Américain. Il me soupçonne et ne m'aime pas... Quelquefois, je crains d'avoir sous-estimé l'autre garçon. Il n'est pas intelligent, mais il n'est pas commode de le rendre aveugle aux réalités...

Carter referma le carnet.

— Un grand homme, déclara-t-il. Génie ou folie ? Qui peut le dire ?

Il y eut un long silence. Puis Carter se leva :

— Je voudrais porter un toast aux Jeunes Aventuriers dont l'entreprise a si magnifiquement réussi.

On but avec force acclamations.

— Il y a autre chose que nous voudrions savoir, poursuivit Carter. (Il regarda l'ambassadeur des États-Unis :) Je parle également en votre nom. Nous allons prier miss Jane Finn de nous raconter son histoire que seule Tuppence a entendue jusqu'à présent. Mais avant, buvons à sa santé ! Je lève mon verre à la santé d'une des filles les plus courageuses d'Amérique, et qui mérite la reconnaissance de deux grands pays !

28

ET APRÈS

— C'était un bien beau toast, Jane, déclara Julius Hersheimmer tandis qu'il raccompagnait sa cousine au *Ritz* en Rolls-Royce.

— Le toast aux Jeunes Aventuriers ?

— Non, le toast en votre honneur. Aucune autre jeune fille au monde ne serait capable de faire ce que vous avez fait. Vous avez été merveilleuse.

— Je ne me sens pas merveilleuse. Au fond de moi-même, je me sens lasse et solitaire et j'ai la nostalgie de mon pays.

— Je voulais justement vous parler de cela. J'ai entendu l'ambassadeur vous transmettre l'invitation de sa femme à venir habiter chez eux. Ce n'est pas une mauvaise idée, mais j'ai un autre projet. Jane, je veux que vous m'épousiez. Ne me dites pas non tout de suite et ne vous inquiétez pas. Je sais bien que vous ne pouvez pas m'aimer tout de suite, c'est impossible. Mais moi, je vous aime depuis l'instant où j'ai jeté les yeux sur votre photo. Et maintenant que je vous connais je suis tout simplement fou de vous. Si vous consentiez à m'épouser, je ne vous ennuierais pas. Je vous laisserais tout le temps qu'il faudra. Peut-être ne m'aimerez-vous jamais. Dans ce cas, je vous rendrai votre liberté. Mais je veux avoir le droit de vous protéger et de prendre soin de vous.

— Mais c'est précisément ce que je souhaite, répondit la jeune fille d'un air mélancolique. Quelqu'un qui soit avec moi. Vous n'imaginez pas à quel point je me sens seule !

— Oh si ! Alors, tout est arrangé. Et, dès demain matin, j'irai voir l'archevêque pour qu'il nous délivre une dérogation.

— Oh, Julius !

— Je ne veux pas vous bousculer, Jane. Mais différer notre mariage ne rimerait à rien. Ne soyez pas inquiète. Je ne m'attends pas à ce que vous m'aimiez tout de suite.

À cet instant une petite main se glissa dans la sienne :

— Julius, je vous aime déjà. Je vous ai aimé tout de suite, dans la voiture, quand la balle a effleuré votre joue.

Quelques minutes plus tard la jeune fille murmura :

— Je ne connais pas très bien Londres, Julius, mais le chemin est-il vraiment aussi long du *Savoy* au *Ritz* ?

— Tout dépend de l'itinéraire que l'on choisit, répondit Julius sans le moindre embarras. Nous faisons le détour par Regent's Park.

— Oh ! Julius, que va donc penser le chauffeur ?

— Vu les appointements que je lui verse, il juge préférable de ne pas penser par lui-même ! Vous savez, Jane, j'ai organisé ce souper au *Savoy* dans un seul but : pouvoir vous raccompagner à l'hôtel. Je ne voyais pas comment je pourrais vous parler en tête-à-tête. Tuppence et vous étiez rivées l'une à l'autre comme des sœurs siamoises. Un jour de plus, Beresford et moi, nous devenions enragés !

— Oh ! parce qu'il...

— Bien sûr, comme un fou !

— Je m'en doutais, ajouta Jane pensive.

— Pourquoi ?

— À cause de ce que Tuppence ne m'a pas dit !

— Là, vous me battez, conclut Julius.

Jane se contenta de rire.

Pendant ce temps, les Jeunes Aventuriers, raides comme la justice, atrocement guindés et mal à l'aise, regagnaient le *Ritz* dans un taxi qui, par un curieux manque d'originalité, passait lui aussi par Regent's Park.

Une terrible gêne les engonçait. Sans qu'ils se rendent bien compte de ce qui s'était passé, tout semblait changé. Ils étaient muets, paralysés. Leur vieille camaraderie s'était envolée. Tuppence cherchait en vain quelque chose à dire. Et Tommy avait le même problème.

Tendus et contractés, ils évitaient même de se regarder.

Pour finir, Tuppence lança dans un effort désespéré :

— C'était plutôt sympathique, non ?

— Plutôt.

Nouveau silence.

— J'aime bien Julius, hasarda Tuppence.

Cette phrase eut le don de galvaniser Tommy.

— Tu ne l'épouseras pas, tu m'entends ? Je te l'interdis.

— Oh !

— Je te l'interdis absolument, c'est clair ?

— Il n'a pas l'intention de m'épouser. Il me l'avait simplement proposé par gentillesse.

— Je n'en suis pas si sûr.

— C'est pourtant la vérité. Il est fou de Jane. Je suis certaine qu'en ce moment même, il est en train de la demander en mariage.

— Elle lui conviendra parfaitement, répliqua Tommy d'un ton condescendant.

— Ne trouves-tu pas que c'est la plus jolie jeune fille que l'on puisse rencontrer dans tout Londres ?

— Sans doute.

— Mais rien ne vaut l'argent, n'est-ce pas, Tommy ? dit Tuppence avec son air de sainte nitouche.

— Oh ! Tuppence, laisse tomber, tu veux...

— J'aime beaucoup ton oncle, Tommy, ajouta la jeune fille pour créer une diversion. À propos, que fais-tu ? Tu acceptes l'offre de Carter, ce poste de fonctionnaire, ou tu choisis la proposition de Julius, cet emploi si rémunérateur dans un ranch, en Amérique ?

— L'offre de Hersheimmer est très avantageuse, c'est vrai. Et pourtant je pense rester ici dans notre bon vieux pays. D'ailleurs, tu te sentiras mieux à Londres.

— Je ne vois pas ce que je viens faire là-dedans.

— Moi si.

— Il y a aussi l'argent, fit observer Tuppence sur un ton pensif en le regardant du coin de l'œil.

— Quel argent ?

— Carter a dit que nous allions recevoir chacun un chèque.

— Tu lui en as demandé le montant ? s'écria Tommy.

— Oui. Mais je ne te le dirai pas.

— Tuppence, tu passes les bornes !

— C'était amusant, non ? J'espère que nous aurons encore des tas d'aventures...

— Tuppence, tu es insatiable. Pour le moment, moi, j'en ai assez.

— C'est vrai que de faire des achats, ça n'est pas mal non plus. (Tuppence prit un air songeur.) Pense un peu, acheter des meubles anciens, des tapis d'Orient, des rideaux de soie futuristes, une table de salle à manger vernie et un divan avec des tas de coussins !

— Minute ! Pour quoi faire ?

— Pour une maison... mais je pencherais plutôt pour un appartement.

— Quel appartement ?

— Tu crois que ça m'embête de le dire ! Mais non, cela ne me gêne absolument pas. Pour *notre* appartement.

— Oh, ma chérie ! s'exclama Tommy en la prenant dans ses bras. J'avais décidé que je t'obligerais à le dire toi-même ! Il faut bien que je me venge de la façon dont tu m'as rembarré chaque fois que j'ai voulu être un peu sentimental !

Tuppence tourna son visage vers lui :

— Tommy, tu ne m'as pas fait une vraie demande. Ce que nos grand-mères appelaient une « demande en mariage ». Mais après avoir entendu celle de ce nigaud de Julius, je suis encline à t'en dispenser.

— De toute façon, tu ne pourras pas faire autrement que de m'épouser, alors où est le problème ?

— Comme ce sera amusant ! répondit Tuppence. Le mariage est considéré comme un refuge, un asile, le comble de la félicité ou de l'esclavage et bien d'autres choses encore. Mais moi, je sais ce que c'est...

— Qu'est-ce que c'est ?

— Une aventure.

— Et une sacrée aventure, même ! conclut Tommy.

Liste alphabétique complète des

Romans d'Agatha Christie

(Masque et Club des Masques)

	Masque	Club des masques
A.B.C. contre Poirot	263	296
L'affaire Prothéro	114	36
A l'hôtel Bertram	951	104
Allô ! Hercule Poirot?	1175	284
Associés contre le crime	1219	244
Le bal de la victoire	1655	561
Cartes sur table	275	364
Le chat et les pigeons	684	26
Le cheval à bascule	1509	514
Le cheval pâle	774	64
Christmas Pudding		42
(Dans le Masque : Le retour d'Hercule Poirot)		
Cinq heures vingt-cinq	190	168
Cinq petits cochons	346	66
Le club du mardi continue	938	48
Le couteau sur la nuque	197	135
Le crime de l'Orient-Express	169	337
Le crime du golf	118	265
Le crime est notre affaire	1221	288
La dernière énigme	1591	530
Destination inconnue	526	58
Dix brèves rencontres	1723	578
Dix petits nègres	299	402
Drame en trois actes	366	192
Les écuries d'Augias	913	72
Les enquêtes d'Hercule Poirot	1014	96
La fête du potiron	1151	174
Le flambeau	1882	584
Le flux et le reflux	385	235
L'heure zéro	349	439
L'homme au complet marron	69	124
Les indiscrétions d'Hercule Poirot	475	142
Je ne suis pas coupable	328	22
Jeux de glaces	442	78
La maison biscornue	394	16
La maison du péril	157	152
Le major parlait trop	889	108
Marple, Poirot, Pyne et les autres	1832	583
Meurtre au champagne	342	449
Le meurtre de Roger Ackroyd	1	415
Meurtre en Mésopotamie	283	28
Le miroir du mort		94
(dans le Masque : Poirot résout trois énigmes)		

	Masque	Club des masques
Le miroir se brisa	815	3
Miss Marple au club du mardi	937	46
Mon petit doigt m'a dit	1115	201
La mort dans les nuages	218	128
La mort n'est pas une fin	511	90
Mort sur le Nil	329	82
Mr Brown	100	68
Mr Parker Pyne	977	117
Mr Quinn en voyage	1051	144
Mrs Mac Ginty est morte	458	24
Le mystère de Listerdale	807	60
La mystérieuse affaire de Styles	106	100
Le mystérieux Mr Quinn	1045	138
N ou M?	353	32
Némésis	1249	253
Le Noël d'Hercule Poirot	334	308
La nuit qui ne finit pas	1094	161
Passager pour Francfort	1321	483
Les pendules	853	50
Pension Vanilos	555	62
La plume empoisonnée	371	34
Poirot joue le jeu	579	184
Poirot quitte la scène	1561	504
Poirot résout trois énigmes	714	
(Dans le Club : Le miroir du mort)		
Pourquoi pas Evans?	241	9
Les quatre	134	30
Rendez-vous à Bagdad	430	11
Rendez-vous avec la mort	420	52
Le retour d'Hercule Poirot	745	
(Dans le Club : Christmas Pudding)		
Le secret de Chimneys	126	218
Les sept cadrans	44	56
Témoin à charge	1084	210
Témoin indésirable	651	2
Témoin muet	377	54
Le train bleu	122	4
Le train de 16 h 50	628	44
Les travaux d'Hercule	912	70
Trois souris...	1786	582
La troisième fille	1000	112
Un cadavre dans la bibliothèque	337	38
Un deux trois	359	1
Une mémoire d'éléphant	1420	469
Un meurtre est-il facile?	564	13
Un meurtre sera commis le...	400	86
Une poignée de seigle	500	40
Le vallon	361	374
Les vacances d'Hercule Poirot	351	275

2151 Et vous me trouverez bien mort
2187 Omelette canadienne

NATSUKI Shizuko
1959 La promesse de l'ombre
(Prix du Roman d'Aventures 1989)
2039 Hara-Kiri, mon amour

NIELSEN Helen
1873 Pas de fleurs d'oranger

PARETSKY Sara
2103 Qui s'y frotte s'y brûle
2136 Sous le feu des protecteurs
2148 Une médecine pas si douce
2182 Un clergé pas très régulier

RADLEY Sheila
2058 A tous les coups l'on perd

RENDELL Ruth
1501 Fantasmes
1521 Le pasteur détective
1532 L'Analphabète
1563 L'enveloppe mauve
1589 Etrange créature
1601 Le petit été de la Saint-Luke
1616 Reviens-moi
1629 La banque ferme à midi
1640 Un amour importun
1649 Le lac des ténèbres
1661 L'inspecteur Wexford
1688 Le maître de la lande
1718 La fille qui venait de loin
1747 La fièvre dans le sang
1815 Morts croisées
1866 Les corbeaux entre eux
1951 Une amie qui vous veut du bien
1965 La danse de Salomé
1978 La police conduit le deuil
1989 La maison de la mort
2000 Le jeune homme et la mort
2015 Meurtre indexé
2036 Les désarrois du Professeur Sanders

RICE Craig
1835 Maman déteste la police
1862 Justus, Malone & Co
1899 Malone cherche le 114
1962 Malone met le nain au violon
2167 Malone à Manhattan

RUTLEDGE Nancy
1830 La femme de César

SAINT-CLAIR Valérie
2156 Sous l'épée de Damoclès

SIMPSON Dorothy
1852 Feu le mari de madame

TEY Josephine
2094 Jeune et innocent
2137 En trompe l'œil
2179 Le monogramme de perles

THOMSON June
1857 Finch se jette à l'eau
1948 Dans la plus stricte intimité
1995 Bouillon de minuit
2153 Les carnets secrets de Sherlock Holmes

UHNAK Dorothy
2093 Le Registre
2109 La main à l'appât
2152 Un très mauvais souvenir
2197 Témoin à décharge

ULLMAN A. & FLETCHER L.
2075 Raccrochez, c'est une erreur
2207 L'homme de la nuit

IMPRIMÉ EN FRANCE PAR BRODARD ET TAUPIN
Usine de La Flèche (Sarthe).
ISBN : 2 - 7024 - 2188 - 1
ISSN : 0768 - 1070

H 52/0381/5

Les Reines du Crime

Nouvelles venues ou spécialistes incontestées, les grandes dames du roman policier dans leurs meilleures œuvres.

ALLINGHAM Margery
2147 La mode est au linceul
2170 Des fleurs pour la couronne

ARMSTRONG Charlotte
2074 Et merci pour le chocolat
1740 L'étrange cas des trois sœurs infirmes

BACHELLERIE
1795 Pas de quoi noyer un chat
(Prix du Festival de Cognac 1981)
1796 Il court, il court, le cadavre

BARNES L.
2126 Le blues de Miss Gibson
2193 Loin des yeux...

BLACKMON Anita
1956 On assassine au Mont-Lebeau

BRANCH Pamela
2131 Un lion dans la cave
2161 Comme un lundi...

BRAND Christianna
1877 Narcose

BROWN Rita Mae
2186 Morceaux choisis...

CANNAN Joanna
1820 Elle nous empoisonne

CHRISTIE Agatha
(86 titres parus, voir catalogue général)

CODY Liza
2138 Promenons-nous dans les bois
2208 Tête de noix
2202 Video-Dupe

CORNWELL Patricia Daniels
2092 Postmortem
(Prix du Roman d'Aventures 1992)
2120 Mémoires mortes

CURTISS Ursula
1974 La guêpe

DISNEY D.C. & PERRY G.
1961 Des orchidées pour Jenny

EEDY Clarice
2165 Est-ce possible?

GOSLING Paula
1971 Trois petits singes et puis s'en vont
1999 L'arnaque n'est plus ce qu'elle était
2088 Pour quelques flics de trop
2111 Larmes fatales
2178 On assassine au Paradis

HOWE Melodie Johnson
2095 La monnaie de sa pièce

HUGHES Dorothy B.
2043 Voyage sans fin
2070 La boule bleue

JAPP Andréa H.
2044 La Bostonienne
(Prix du Festival de Cognac 1991)
2119 Elle qui chante quand la mort vient

JAPP Andréa P.
2118 La petite fille au chien jaune
2166 C.S. Meurtres

JONES Cleo
1879 Les saints ne sont pas des anges

KALLEN Lucille
1836 Quand la souris n'est pas là...

LANGTON Jane
2037 Le poète meurt toujours deux fois

LAWRENCE Hilda
2160 Jeux de mains
2201 Le chien du manoir

LONG Manning
1831 On a tué mon amant
1988 Aucun délai

McCLOY Helen
1841 En scène pour la mort
1855 La vérité qui tue
2067 La vierge au sac d'or
2079 Celui qui s'échappa

McDERMID Val
2173 Le dernier soupir

MILLAR Margaret
1928 Le territoire des monstres
1994 Rendons le mal pour le mal
1996 Des yeux plein la tête
2010 Un doigt de folie